上一堂有趣的

文學課

從莎士比亞到 J.K. 羅琳，你知道與不知道的經典故事

卡塔玲娜·馬倫霍茲 Katharina Mahrenholtz
朵恩·帕里西 Dawn Parisi 著
麥德文 譯

遠流出版公司

國家圖書館出版品預行編目（CIP）資料

上一堂有趣的文學課：從莎士比亞到 J. K. 羅琳，你知道與不知道的經典故事 /
　卡塔玲娜・馬倫霍茲（Katharina Mahrenholtz），朵恩・帕里西（Dawn Parisi）
　著；麥德文譯 . -- 初版 . -- 臺北市：遠流，2016.05
　　面；　公分
　譯自：Literatur! : Eine Reise durch die Welt der Bücher
　ISBN 978-957-32-7810-8（平裝）

1. 世界文學　　2. 文學鑑賞

810.77　　　　　　　　　　　　　　　　　　　　　105005089

Literatur! : Eine Reise durch die Welt der Bücher by Katharina Mahrenholtz und Dawn Parisi
Copyright © 2012 by Hoffmann und Campe Verlag, Hamburg
This edition arranged with Hoffmann und Campe Verlag through jia-xi books Co., Ltd. Taiwan.
Complex Chinese translation copyright © 2016 by Yuan-Liou Publishing Co., Ltd.
All rights reserved

上一堂有趣的文學課　　從莎士比亞到 **J.K. 羅琳，你知道與不知道的經典故事**
作者：卡塔玲娜・馬倫霍茲 Katharina Mahrenholtz / 朵恩・帕里西 Dawn Parisi　　譯者：麥德文
主編：曾淑正　　美術設計：丘銳致　　企劃：叢昌瑜

發行人：王榮文　　出版發行：遠流出版事業股份有限公司　　地址：台北市中山北路一段 11 號 13 樓
劃撥帳號：0189456-1　　電話：(02) 25710297　　傳真：(02) 25710197

著作權顧問：蕭雄淋律師　　2016 年 5 月 1 日 初版一刷　　2021 年 11 月 16 日 初版六刷
售價：新台幣 380 元
缺頁或破損的書，請寄回更換　有著作權・侵害必究 Printed in Taiwan
ISBN 978-957-32-7810-8（平裝）　YLib 遠流博識網 http://www.ylib.com　　E-mail: ylib@ylib.com

「經典是每個人都希望讀過卻沒人想讀的書。」

——馬克·吐溫

「經典就是人們稱頌卻從不曾閱讀的著作。」

——海明威

許多有名的書是老師和文學研究者只會嫌惡地提起的，然而這些書依舊應該出現——或說正因如此應該出現，因為若非如此，十九世紀沒有卡爾·麥[1]，1980年代沒有《如果你不再為我心跳》[2]，那會是怎麼樣的年代？

前言

一本書的標題出現「文學」兩字總讓人猶豫——「天哪！不要！文學——聽起來好學術喔。」

才不呢，聽起來棒極了！「望而卻步」？不，充滿期待！「像學校裡的東西」——都是些一句斃命的說法。所有讓人想到學校的東西，對大部分的人而言都會引起負面觀感，而文學絕對會讓人想到學校，想到無聊的語文課，一字一句地討論沃夫岡·波歇爾特[3] 的短篇故事；想到黃封面的口袋書[4]，莎士比亞和歌德都被壓縮在裡面，細小的字體，紙張薄如蟬翼。文學就是酷刑。

然後還有參考文獻，那本來是協助我們了解文學的，但是每個句子都有好幾行，賣弄外來語，充斥多如迷霧的訊息：

> 1947 年就去世的沃夫岡·波歇爾特，其著作帶有表現派和超現實派的風格及圖像要素，他的敘述形式乃是以美國的散文模式，尤其是以海明威的短篇故事為基礎發展出來的。

文學等於無無無無無趣。

才不！！！！

文學棒透了！緊張、好笑、有趣，是場冒險。當然不是每本書都這樣，有些著名的小說無法置信地難讀，好比普魯斯特的《追憶似水年華》，絮絮叨叨，很多虛擬語氣，超少故事情節，那麼我們也可以說這本書實在無聊，然而卻可以從中得知那麼多有趣的事，例如普魯斯特穿著毛大衣睡覺，任何文字都要修改幾千遍。或是《尤里西斯》，根本沒辦法讀，就算強納森·法蘭岑[5] 也承認自己不是本書的粉絲（差不多就是他從來沒讀過的意思）。庫爾特·圖侯斯基[6] 總說這本書就像濃縮湯塊一樣：

　　沒辦法直接吃，但是可以用它做出許多道湯品。

這話說得真了不起。要是讀到詹姆斯・喬伊斯對自己作品的看法，那麼就會知道《尤里西斯》許多讓人感動的地方，根本就不必去讀這本書。或許還是想讀──那麼正是現在！

下面這些軼事又如何：史蒂芬・金曾經在洗衣店當熨燙工；鈞特・葛拉斯和約翰・厄文是好朋友；德文小說裡最長的句子有 1077 個字；許多過去和當代作家有閱讀障礙；至今最賣座的長篇小說是查爾斯・狄更斯寫的（在德國卻沒什麼知名度）。

文學不只是課堂上的素材，而且也不是無聊到像酷刑。本書就是要娛樂大家，讓讀者興味盎然，同時傳遞許多知識。著名的小說有些什麼樣的故事？為什麼這些是重要小說？作者為什麼這麼厲害？──完全沒有文學生字，而且介紹篇幅一目了然，還搭配插畫。一張圖就足以知道卡繆的《瘟疫》寫些什麼，要打賭嗎？請您立刻翻到第 126 頁，或是從第一頁的但丁開始──都可以，但是請您準備好來一趟書籍世界之旅，因為這就是文學！

時間線
時間線上的文學作品分別標示書名、作者及初版年。下方是文學作品，上方則是年代大（趣）事。中文版補充之東方文學著作以灰色標示。

您知道嗎？
《白馬騎士》出版的那一年，梵谷完成《向日葵》這幅畫，割傷了自己的耳朵；德皇威廉大帝駕崩。之前一年艾米爾・柏林納發明了留聲機──艾菲爾鐵塔在一年後完工。這些資料都可從時間線看出，時間線貫穿全書。

譯注
1 原名 Carl Friedrich May，筆名 Karl May，是德國十九世紀最多產的冒險小說作家，據聯合國教科文組織統計也是全世界最被廣泛翻譯以及閱讀的作家。他筆下的角色文納圖在德國無人不曉。參見頁 66。

2 貝努娃特・葛胡於 1988 年初版的自傳小說，起因描寫情愛露骨而被法文界視為色情小說，其文學價值卻被德語文學界發掘並受到認可；1992 年翻拍成電影，台灣片名為《激情海岸》。參見頁 170。

3 沃夫岡・波歇爾特是德國二戰後非常重要的短篇小說家。參見頁 127。

4 德國 Reclam 出版的口袋書皆為黃色封面，大小只有 15.2 × 9.8 公分，是低價的口袋書。

5 強納森・法蘭岑據說是美國當代最偉大的小說家之一。參見頁 177。

6 圖侯斯基（1890-1935）是德國威瑪共和國時期重要的諷刺小說家、評論家。

但丁·阿里杰里 Dante Alighieri

神曲

La Divina Commedia

情節

第一人稱的主角但丁穿越冥界，說得更準確一些：穿越亡者的三個國度，從地獄經過煉獄，再從煉獄到達天堂。走上旅途的原因不詳，故事是由主角尋找生命意義而展開的。主角在森林裡遇到羅馬詩人維吉爾的鬼魂，對方帶領他走過地獄和煉獄，而從煉獄開始則由但丁的青春戀人蓓阿特里契帶領前進，因為維吉爾是異教徒，不得進入天堂。整個故事就在但丁見到三位一體的上帝時結束。

不可不知的細節

1. 這個故事由 14,233 節詩所寫成。
2. 故事其實比上述複雜得多，出現許多人物——但丁在旅途中遇到很多人：埃及豔后、匈奴王阿提拉、聖湯瑪斯等（而且跟這些人物之間的對話也並非只是閒聊兩句），每個句子都充滿著象徵意涵及／或意象。
3. 並不適合在下雨的週日午後躺在沙發上閱讀，甚至可以說：根本就讀不完。
4. 本書是義大利文學當中最重要的著作——尤其因為但丁是第一個不以拉丁文而用義大利文寫作的。
5. 但丁的姓氏讀如阿里杰里（Ali-gjeri）！

小道消息

但丁原本只將作品標為「即興喜劇」（La Commedia），後人才加上「天音一般的」（divina），而成為後來的《神曲》——以示推崇。

入門提示

以圖畫的形式來讀《神曲》：美國有個插畫家西摩·查斯特將本書改寫成繪本小說——出乎意料、充滿幽默，令人驚喜又毫無敬意（但丁看起來就像彼得·謝勒演的克魯梭警探）。雖然如此一來就讀不到但丁美妙的文字，但是至少看得懂故事究竟在說什麼。

作者

但丁九歲的時候第一次看到大約同齡的蓓阿特里契，立刻陷入深深的愛戀。但是直到九年後他才再度遇到蓓阿特里契，蓓阿特里契向他揮手，但丁於是陷得更深，更重要的是因此湧出無限靈感，寫下《新生命》一書，敘述他對蓓阿特里契無盡的愛。蓓阿特里契成為但丁的繆斯——雖然他只見過蓓阿特里契兩次，而數字「九」在他的作品裡一直都是重要的符碼。

		瘟疫傳至歐洲				聖女貞德被焚	第一部用於大量印刷的印書機
~1001-08	~1300	~1307-21	1347	1368	~1390	1431	~1440
《源氏物語》紫式部	《馬可波羅遊記》馬可波羅	《神曲》但丁		《三國演義》羅貫中等	《坎特伯里故事集》喬叟		

威廉·莎士比亞 William Shakespeare

哈姆雷特

Hamlet

情節

哈姆雷特是個丹麥王子，有一天他的父親過世了——據說死於蛇吻。在守靈之夜，父親的亡魂突然出現，述說自己其實是被謀殺的！哈姆雷特的叔叔克勞迪厄斯（即父親的兄弟）從沉睡國王的耳朵滴入致命的毒藥。哈姆雷特必須對亡靈承諾為父報仇，因此繼續假裝瘋子，雖然很成功，可惜卻令哈姆雷特一直苦苦追求的歐菲莉亞強烈排斥他。

哈姆雷特雖然不斷受到懷疑和自殺的念頭所苦，卻依然決定刺殺躲在窗簾後的叔父克勞迪厄斯，然而他刺殺的其實是歐菲莉亞的父親波羅尼厄斯。

情況越來越撲朔迷離：歐菲莉亞此時發瘋（是真的發瘋）而自殺，她的兄長想為父親和妹妹報仇，演變成一場充滿詭計和毒藥的決鬥，最後舞台上遍佈屍首。

小道消息

《哈姆雷特》是莎士比亞劇作主角當中台詞最多、獨白最多的，這對演員是一大挑戰。

但是莎士比亞知道，里查·布爾貝吉一定辦得到，布爾貝吉是當時「宮務大臣劇團」團長，莎士比亞也隸屬於這個劇團，但是只演出配角以及寫劇本，明星是布爾貝吉。

名句

就像莎士比亞所有的劇作一樣，《哈姆雷特》也充滿有用的名句，以下是最重要的幾個句子（最好以原文引用）：

To be or not to be, that is the question.
（存在或死去，這就是問題所在。）

這是哈姆雷特一段有關自殺的獨白開場，他對自己說：我敢嗎，我不敢嗎。

The rest is silence.
（唯留靜默。）

這是悲劇終了，哈姆雷特倒下死去之前的最後遺言。

同中有異

如果喜歡偉大卻帶點荒謬情節的悲劇，那麼也要試試看：《馬克白》（蘇格蘭人、巫婆、鬼魂，十分糾纏），《羅密歐與茱麗葉》（安眠藥、假死、毒藥、真死、絕望、再次死去）或是《奧泰羅》（一條手巾造成謀殺與自殺）。

入門提示

《哈姆雷特》很強烈，或許從清淡的莎士比亞開始比較好，例如《李爾王》（也是悲劇，但是沒那麼悲慘）或是《仲夏夜之夢》（喜劇！很有趣！）。

此外，二十一世紀體驗莎士比亞的最佳方式並非現代的電影，由李奧納多·狄卡皮歐等人領銜主演，而是英國國家廣播公司的廣播劇 CD——就算不能了解每一個字。

哥倫布到達美洲		米開朗基羅 開始雕塑大衛像		辯論提綱 馬丁·路德	《君主論》 尼可洛·馬基維利
1492	1494	1501	~1510	1517	1532
	《愚人船》 塞巴斯蒂安·布蘭特		《搗蛋鬼提爾》 （無名氏）		

國王哈姆雷特
被克勞迪厄斯
謀殺

王子哈姆雷特
被萊爾提斯
以餵毒匕首刺殺

克勞迪厄斯
被王子哈姆雷特
謀殺

萊爾提斯
被王子哈姆雷特所殺，
因為王子以萊爾提斯的
匕首（有毒）反擊

怎麼會？
除了他
還會是誰？

歐菲莉亞自殺，
因為她父親被殺而
發瘋

波羅尼厄斯被王子哈姆雷特誤殺，
因為王子看錯了，以為他是克勞迪厄斯

皇后格特魯德陰錯陽差之下
被克勞迪厄斯謀殺，
因為她喝下本來要殺死
王子哈姆雷特的毒藥

克勞迪厄斯　　國王哈姆雷特 ⊙ 皇后格特魯德　　波羅尼厄斯

王子哈姆雷特 ⋯⋯ ♥ ⋯⋯ 歐菲莉亞　　萊爾提斯

亨利八世
宣布脫離天主教會　　聖巴托羅繆之夜　　頒布格利哥里公曆　　　　　　　　　　　伊莉莎白女王一世逝世

1534　　　　　　1572　　　　　　1582　　　　　　1593　　　~1602　　1603
《路濟塔尼亞人之歌》　　　　　　　　　　《浮士德博士的悲劇》　　《哈姆雷特》
路易・賈梅士　　　　　　　　　　　　克里斯托弗・馬洛　　　莎士比亞

★ 1564 年生於英國
† 1616 年死於英國

莎士比亞是世界上最偉大的文學作家，沒有任何一個作家的作品（除了聖經之外）像老威廉的一樣，充滿無數名言*

莎士比亞連正確的出生日期都不詳，所知的是他受洗的日期：1564 年 4 月 26 日。不知何時開始，他的生日被定為 4 月 23 日，應該差不多是正確的——而且也搭配他的忌日 1616 年 4 月 23 日。

威廉·莎士比亞是非凡的。雖然經過幾百年的研究，大家對這個人的了解依舊少得可憐——不時有文學研究者質疑，這些著名的作品根本不是莎士比亞本人所寫的，也許他的競爭對手克里斯托弗·馬洛才是那個偉大的作家，又或許是牛津伯爵或是哲學家法蘭西斯·培根——每個人選後面都有一套狂野的陰謀論，成為莎士比亞懸疑故事的一部分。

不管作者究竟是誰——他的確成就了文學奇蹟：莎士比亞的戲劇在他仍在世時就廣受歡迎，大家喜歡他，他也因此賺了許多錢。但是沒有人預料到莎士比亞會成為全世界橫貫古今最偉大的劇作家，沒有人像他對英語有這麼大的影響力。

莎士比亞掌握的辭彙無與倫比——而他持續不斷增加字彙，例如將名詞用作形容詞（bloody，血腥的），動詞當作名詞（dawn，破曉），或是乾脆發明新的字詞（courtship，求愛）。此外，莎士比亞不僅是劇作家，他也寫詩，最著名的是他 154 首的抒情詩——這又是另一個神祕之處：這些抒情詩被獻給 W.H.（直到今日無人知曉誰是 W.H.），並且是針對所有年輕男爵（W.H.？或是另外某個人？真有其人嗎？）寫下的——這在當時是創新之舉，因為當時情詩只獻給年輕女性（同性之愛？）。尤其是第 18 首的抒情詩（Shall I Compare Thee to a Summer's Day? 可否將君比夏日？）直到今日依舊舉世聞名。

充滿神祕、難解、偉大——莎士比亞超過四百歲了，但是對他的研究尚未完結。

---

*放到最後但同等重要（《李爾王》）；吼得好，獅子！（《仲夏夜之夢》）；準備勝於一切（《哈姆雷特》）；丹麥國內有些腐敗（《哈姆雷特》）；耐心是懦夫專用的（《亨利六世》）；時間的牙齒（《一報還一報》）；願望是思想之父（《亨利四世》）；萬物自有其時（《錯中錯》）；讓粗壯的男人環繞在我身邊，他們的頭頂光亮，夜晚安然入眠（《凱薩大帝》）；弱者，你的名字是女人（《哈姆雷特》）。

五月花號抵達科德角	《新工具》法蘭西斯·培根	彼得大教堂建築完成	發現血液循環
1620		1626	1628

1605
《唐吉訶德》
塞萬提斯

米奎爾 · 塞萬提斯 Miguel de Cervantes

唐吉訶德

El ingenioso hidalgo Don Quixote de la Mancha

情節

騎士小說在中古世紀晚期就好比今日的肥皂劇：完全偏離現實，非常膚淺，高成癮要素。

西班牙的小鄉紳阿隆索 · 奇哈諾喜歡騎士小說，越讀越多，直到他相信自己是個騎士。他自稱唐吉訶德，拼湊了一個騎士頭盔，穿上一套生銹的甲冑，騎著他東倒西歪的馬就出發——和他匆忙找來的隨從，肥胖而善良的農夫桑丘 · 潘查，一起體驗冒險生涯。在他的騎士妄想之下，唐吉訶德攻擊敵對的軍隊（羊群），對抗巨人（風車），搶奪了一副頭盔（刮鬍盆），和一些送酒軟管打鬥時流了許多血（紅酒），在軍營（酒館）裡他遇到城堡仕女（妓女）等等。桑丘 · 潘查覺得這些舉動相當瘋狂，但是依然跟著做，因為唐吉訶德答應給他一個小島。其他人卻被這個自封的騎士惹得好不耐煩；唐吉訶德通常討得一頓打而非讚譽。

在第二部當中，這個高高的瘦子和矮矮的胖子再度出發——但是現在他們出名了，因為他們變成小說裡的主角！更多冒險而少些毆打。最後唐吉訶德返回故鄉，發起高燒，然後死去——終於認識到騎士小說一點都不像他想得那麼美好。

驚人之處

唐吉訶德的確是第一部真正的小說，直到今日文學研究者依然猜測著，塞萬提斯究竟是為誰寫下這本書的——以及他究竟想藉此書表達什麼。

名句

引用第一個句子不錯——最好是以西班牙文：

> En un lugar de la Mancha, de cuyo nombre no quiero acordarme, no ha mucho tiempo que vivia un hidalgo...
>
> （在拉曼查某個地方，一個我不想記起的地方，不久前住著一個鄉紳……）

其中「我不想記起的地方」是重點：直到今日的確尚未澄清塞萬提斯所指何處。

入門提示

……不一定適合初級讀者。《唐吉訶德》在十七世紀當時雖然是重要作品，今日依然被所有文學熱愛者帶著敬畏的嘆息深深懷念（世界文學！絕佳喜劇！分毫不失其吸引力！），然而本書已經四百歲了——語言、幽默和整個故事都相應的老氣／不尋常／難懂。坦白說：不適合初入門者閱讀。

泰姬瑪哈陵建成	哈佛大學成立	《方法論》（我思故我在）笛卡兒	《夜巡》（林布蘭）
1630	1636	1637	1642
	《熙德》皮耶 · 高乃依		

——
★ 1547 年生於西班牙
† 1616 年死於西班牙

——
米奎爾‧塞萬提斯被
槍擊中三次，在非洲
為奴五年

——
4 月 23 日也是莎士比亞的
忌日——目前被定為世界
閱讀日。

塞萬提斯的一生以安逸地研習神學展開，但是後來捲入一場爭執，讓對手受傷，畏懼司法而潛逃國外。起初他住在義大利，充當宮廷僕役維生，最後以假名從軍而加入西班牙海軍。

1571 年，塞萬提斯在勒潘托之役對抗土耳其戰鬥，當時他生病，應該躺著休息，但是他不要——身為絕對的冒險家，他投入戰役，被射中胸膛，失去他的左手。從這時開始，塞萬提斯也被稱為「勒潘托獨臂人」（El manco de Lepanto）——對世界文學家而言是個很酷的名字。

塞萬提斯留在海軍且晉升為軍官。有一天海盜翻覆他的船隻，並將他當作奴隸帶到非洲。這無畏的西班牙人四度嘗試逃亡，每次都被抓回來。五年之後他終於被贖身。

接下來在比較不成功的海軍歲月之後，塞萬提斯考慮做些新鮮事：為了賺錢，他為劇場寫些好笑的劇目，甚至寫了一部小說。然而他後來突然有些私事要了結（妻子、情人／孩子、離婚），再也沒時間寫作。這時他擔任稅吏等工作賺錢，卻因舞弊入獄，就在此時他開始寫作他著名的小說《唐吉訶德》，1605 年發行，帶來極大的成功——1615 年問世的第二部同樣受到歡迎。

一年之後，米奎爾‧塞萬提斯逝世於 1616 年 4 月 23 日，而且身無分文，因為他以《唐吉訶德》賺的錢很快又耗盡了。

歐洲第一家咖啡館
（威尼斯）

《戴耳環的少女》
（維梅爾）

路易十四引進
長假髮

1645　　　　1650　　　　　　　1665　　　　　1668　　　　　　　1673
　　　　《西遊記》　　　　　　　　　　《傻子冒險記》　　　　《無病呻吟》
　　　　吳承恩　　　　　　　　漢斯‧雅可布‧格里美豪森　　莫里哀

丹尼爾‧迪福 Daniel Defoe

魯賓遜漂流記

Robinson Crusoe

情節

1659 年 9 月 30 日：發生船難之後，魯賓遜‧克魯梭被沖上一座荒島。他拼湊了一個竹筏，好從船的遺骸盡可能搶救物資。他起初住在一個洞穴裡，追捕野生的山羊。魯賓遜在身無長物之下過得越來越好：他自己蓋了一座茅屋，收成穀物，學會烘焙，做木工，裁縫。

他馴服、飼養山羊，越來越有創造力，不致離他的尋常文明生活太遠。他每天在他豎立的木頭十字架刻劃一痕——好讓自己不會失去概觀。此外，只要從船骸搶救下的墨水還足夠，他就寫日記。

有一天魯賓遜救了一個原住民免於被食人族吃掉，便稱他為星期五（以拯救他的那天命名），並且讓他充當自己的僕人。二十八年後，魯賓遜被救起並返回英國。

作者

丹尼爾‧迪福是個商人，本來一切都很順利（富有的妻子，大房子，超棒的假髮，美好的旅行），但是後來他多次失算，並徹底破產。

之後迪福又重新站穩腳步，一邊還寫些政治評論，最後導致他入獄。之後他成立雜誌社，致力批評教會和政府——招來相當多的憤怒（罰款、入獄、遊街示眾）。直到五十九歲，迪福才開始寫作他聞名全球的小說《魯賓遜漂流記》。

小道消息

迪福對於下個聳動的標題可不手軟，這本書原本的標題就叫做《約克郡魯賓遜‧克魯梭的一生及怪異驚人的冒險，海軍士兵在美國海岸鄰近歐隆諾克大河口的荒島上獨居二十八年；因船難被沖上岸，其他全部船員皆罹難，唯獨他倖存。附上他如何同樣怪異地被海盜拯救的記錄。由他本人記錄》*，天呀！

入門提示

本書是冒險小說，所有類魯賓遜遊記作品的始祖——但是也相當古老（而且不是針對青少年而寫的）。沒有經驗的讀者可以從縮減的、針對青少年編輯過的版本開始（多點冒險，少點社會批判），就算文學研究者會生氣地嗤之以鼻。

---

* The Life and Strange Surprising Adventures of Robinson Crusoe of York, Mariner: who lived Eight and Twenty Years, all alone in an uninhabited Island on the coast of America, near the Mouth of the Great River of Oroonoque; Having been cast on Shore by Shipwreck, wherein all the Men perished but himself. With An Account how he was at last as strangely deliver'd by Pirates. Written by Himself.

萬有引力第一定律
（牛頓爵士）

第一部鋼琴
被設計出來

1686	1698	1704~1708	1719
		《一千零一夜》 首次引進歐洲	《魯賓遜漂流記》 迪福

特別精選
快速瀏覽文學作品

強納森・斯威夫特 Jonathan Swift
格列佛遊記
Gulliver's Travels

原本不是童書，而是分成四個部分（四段旅程）的社會批判諷刺小說。

1. 小人國遊記：格列佛在船難後自行游到岸上，在那裡被小矮人綁縛。他承諾在戰爭中協助厘厘普人，於是被釋放。他幫助小矮人，自己卻必須被他們帶到安全的地方。

2. 大人國遊記：再次搭船旅行，又遇上暴風雨，來到一個不知名的國家，格列佛在這裡被一個巨人賣給皇后，經歷了不同的冒險。中心片段是他和國王的對話，格列佛對國王敘述英國的一切（社會批判！）。

3. 諸島國遊記：這次格列佛被海盜丟到小船上，發現了四個風俗特異的古怪小島，但是沒有發生危險，旅途經過日本，然後回到英國。

4. 慧駰國遊記：新的旅行，發生兵變，格列佛──驚喜！──被留在沙灘上。他在那裡遇到奇怪的生物耶胡，是由智馬（慧駰）所統治（社會批判！）。回到英國之後，格列佛寧可和馬一起而不願和人一起生活（社會批判！）。

勞倫斯・史特恩 Laurence Sterne
項狄傳
The Life and Opinions of Tristram Shandy, Gentleman

文學史上第一部實驗性小說，也就不容易閱讀。《項狄傳》（全名《紳士特里斯舛・項狄的生平與見解》）就像非常早期的《尤里西斯》，也就是說：沒有真正的情節，沒有合理的句子，分段技巧令人懷疑＝沒有真正的閱讀樂趣。

第一人稱敘述者特里斯舛・項狄雖然想敘述他的生平故事，但卻不想麻煩自己爬梳好整個故事，好讓人可以理解；相反地，讀者被潑了一道道意識流，沒有任何時間先後，只有交錯的時間層次，自由聯想來來去去。因此也無法直接說出這部小說到底是什麼樣的故事。這部小說提到名字的意義，鼻子研究（沒看錯！），接生，項狄怪誕的父親──不過主要是對英國社會的諷刺批評。

其實這樣的作品只適合英國文學課程，但是在博學的圈子裡，對作者勞倫斯・史特恩的笑話和突發奇想表示激動總是好的。歌德當時就蠻熱衷的──據說《項狄傳》是佛洛伊德和湯瑪斯・曼最喜歡的書。如上所述：蠻好的……

《聖馬太受難曲》
（巴哈）

凱瑟琳二世（大帝）
登基為俄國女沙皇

1726	1727	1750	1759	1762	1772
《格列佛遊記》斯威夫特		《儒林外史》吳敬梓	《項狄傳》史特恩　《紅樓夢》曹雪芹		《艾米莉亞・加洛蒂》雷辛

戈特霍爾德‧埃佛朗‧雷辛
Gotthold Ephraim Lessing

艾米莉亞‧加洛蒂

Emilia Galotti

宮廷仕女艾米莉亞‧加洛蒂即將和伯爵結婚，這時赫托爾王子卻愛上她，命令內侍瑪利內里阻撓她的婚禮。沒問題：瑪利內里命人射殺伯爵。赫托爾極端憤怒的前情婦為艾米莉亞的父親歐多阿爾多準備了一把匕首，讓他殺死赫托爾為伯爵報仇。歐多阿爾多並不全然接受這個點子，艾米莉亞也害怕王子不顧她的意願強行佔有她，因此請求她的父親為保險起見殺死自己，她的父親也這麼做了。

有趣的是副標題：**中產階級的悲劇**——在當時是行不通的，悲劇只會發生在貴族世界裡，中產階級只有喜劇。

約翰‧沃夫岡‧歌德
Johann Wolfgang v. Goethe

少年維特的煩惱

Die Leiden des jungen Werthers

維特在慶典上愛上洛特，不巧的是洛特已經和亞柏特訂婚。維特後來也結識了亞柏特，兩人甚至結為知交。有一天維特卻再也無法忍受這一切，於是離開村子。當他回來的時候，洛特和亞柏特已經完婚。但這並未阻止維特繼續拜訪他們。有一天他無法克制自己，於是吻了洛特，而洛特完全無法應付這樣的情況。維特不想造成洛特的不幸，於是開槍自盡。歌德這本書簡小說造成大轟動，甚至帶動了商品銷售熱潮：維特裝（藍色燕尾服和黃色背心），維特香水，維特皮帶吊飾，呈現書中情節的麥森瓷器，以及其他許多東西。

佛里德里希‧席勒
Friedrich Schiller

鐘之歌

Das Lied von der Glocke

這首詩根本就是最著名的德文詩，也是最長的詩之一。原則上這是一首有關如何鑄鐘的詩——從前置作業到架高在鐘塔裡。然而席勒利用每一個工作步驟闡述一般生活觀察。例如銅和鋅的混合就連接著男女交往的講述：

> 評估誰永遠連結，
> 是否心尋得心。

大家都可以了解，不是嗎？《鐘之歌》充滿美妙的句子（粗糙的力量無謂地掌控／女性就變成土狼）——在許多方面都值得一讀的作品！

	美國獨立戰爭		法國大革命展開	
1774	1775-83	1783	1789	1799
《少年維特的煩惱》歌德		《李奧納多和布蘭丁娜》約瑟夫‧法蘭茲‧葛茲		《鐘之歌》席勒

約翰‧沃夫岡‧歌德 Johann Wolfgang von Goethe

浮士德第一部

Faust I

情節

浮士德博士遭遇瓶頸，全部的研究沒有帶來
結果，畢竟對這世界的了解實在太少。浮士
德嘗試利用魔法，而大地精靈卻不想和他有
什麼瓜葛，於是只剩下自殺一途。但是當浮
士德聽到復活節的鐘聲，他想起快樂的童年
時光──那麼還是不要服毒吧。復活節散步
的時候，一隻黑色的獅子狗跑到他面前來，
原來那是梅菲斯托（惡魔！）。接著就是惡
魔的協定。

浮士德把靈魂賣給梅菲斯托，他因此首先脫
離生命危機，也就是說：滿足所有願望。首
先是魔藥讓浮士德變年輕，同時讓所有女性
看起來都變美女。很快的他就遇到小葛蕾，
單純／內向／不起眼，但是對浮士德而言簡
直就是性感尤物（魔藥造成的）。他不知道
這樣強烈的慾望該何去何從，梅菲斯托就滿
足他的慾望，沒錯：性。但是只從字裡行間
透露出來……

接下來：小葛蕾和浮士德之間發生一些事，
無數的隱喻，兩次謀殺，最後是無盡的絕望
（小葛蕾懷孕，殺害初生嬰兒，入獄，浮士
德和梅菲斯托遠走高飛）。

二十年後，《浮士德》第二部完成，更多象
徵意涵、神祕主義、許多古怪，但是有個好
結局。

小道消息

浮士德博士和惡魔的協定，在歌德時代早已
是老故事：這個傳說源自十六世紀，普遍為
人所知，而且是關於真正的浮士德，活在西
元 1500 年左右，充當神祕治療師和魔法師
走遍各地。最後在嘗試煉金的時候被炸死。

入門提示

浮士德的故事雖然不複雜，也寫得很美，卻
不是可以隨便就讀得下去的。取而代之的可
以看看古斯塔夫‧古綠德根（梅菲斯托）和
威爾‧夸德伏利克（浮士德）主演的電影。
也不容易懂，但是值得一看。

或是閱讀歌德的小說（《親和力》或《少年
維特的煩惱》，請見上一頁）。或是清淡的
歌德──他的敘事詩：簡短、有張力，依然
是貨真價實的德國詩人侯爵。

拿破崙‧波拿巴 自封為皇帝	第一座蒸汽車頭	特拉法加戰役	神聖羅馬帝國德意志王國滅亡
	1804 《威廉‧泰爾》 席勒	1805 《少年魔法號角》 克萊門斯‧布雷塔諾／ 阿欽‧阿寧	1806

歌德
詩人侯爵

★ 1749 年生於德國
† 1832 年死於德國

歌德是德國最偉大的作家，德語地區沒有其他作家像他一樣創作出這麼多名言*

可以從西格麗德‧達姆所著《克里斯蒂安妮和歌德》書中得知許多有趣的軼事，從其他面向來看這位詩人侯爵——雖記載許多事蹟，不過依然是本小說。

約翰‧沃夫岡‧歌德初出茅廬就聲勢不凡：1773 年，他以《鐵手騎士葛茲‧馮‧貝利欣根》席捲全國，也革新了劇場表演。在歌德之前，地點、時間和情節原本必須一致，歌德卻以《葛茲》推翻了這個原則，出現許多場所以及各個平行（！）的劇情線，再加上豐富的語言，舉國無不備感歡欣。

一年之後，歌德發表《少年維特的煩惱》，暢銷全歐洲——歌德二十歲開始就一帆風順，目標為詩歌之神，他也的確辦到了，不過是在他死後數十年。他在世的時候，《少年維特的煩惱》是他最成功的作品。然而歌德是個貨真價實的名流，甚至在國外也很有名。畢竟他不只能寫作（而且以各種形式：戲劇、小說、詩、書簡等等），對政治、藝術和自然科學也有涉獵：歌德後來擔任大臣，研究色彩學以及植物的蛻變。

而說到女性……歌德很年輕就愛上夏洛特‧布夫，夏洛特卻心有所屬（因此誕生了《少年維特的煩惱》）。不久之後，歌德和某個莉莉小姐訂婚（不了了之），他結識了夏洛特‧史坦：年長他七歲，已婚，有七個孩子——對她鍾情不已。這段感情也沒有結果（或者只是祕密交往，不為人所知）。歌德最後的情人是克里斯蒂安妮‧伍皮烏斯，但是直到 1806 年才迎娶她。

歌德最重要的一段關係當屬他和席勒之間的情誼。起初這位內閣大臣一點都不喜歡這個年輕的同僚，後來卻成為精神知交。然而席勒越來越成功也對歌德造成相當的壓力——直到這位詩人朋友逝世之後，歌德才終於能夠完成《浮士德》，前後耗費了六十年的時間。

---

*精選少數幾句：你輕鬆地說出偉大的話語（《陶里斯的依菲根妮》）；血是種特殊的汁液／這正是隱藏如獅子狗之核的叵測居心！／我生而為人，得容於此！／啊，我的胸膛裡有兩個靈魂！（《浮士德第一部》）；我所召喚的精靈如今已無法擺脫（《魔法學徒》）；高貴的人類，樂於助人而良善（《神性》）；半受牽引半沉沒（《漁夫》）；你可識那檸檬花開之地？（《米格儂》）；怎麼來怎麼去（《萊尼克狐狸》）。

貝多芬第五號交響曲 完成		第一個罐頭	拿破崙揮軍俄國
1808	1809	1810	1812
《浮士德第一部》 歌德	《親和力》 歌德		《格林童話》 格林兄弟

歐洲各地文學英豪*

每個國家最受歡迎的作家通常也聞名
全球——但是某些名字至少會讓人眉
頭一皺,因此簡短說明一下:

冰島
Halldór Laxness 哈多爾·拉克斯內斯
1902-1998

① 荷蘭
詩人和劇作家約斯特·范·登·
馮德爾是「金色年代」的代表
人物——十七世紀的一百年間,
荷蘭的一切都蓬勃發展:商業
興隆,偉大的文化。

② 比利時
有兩個主角:瓦隆省的喬治·
西默農(《梅格雷探長》),
以及佛萊明省的雨果·克勞斯
(《比利時的哀愁》)。

③ 克羅埃西亞
在本地不怎麼有名的米羅斯拉
夫·克雷扎,卻是克羅埃西亞
現代文學開創者,他的小說選
輯《克羅埃西亞的馬爾斯戰神》
是重要的反戰文學作品。

④ 芬蘭
阿萊克西斯·基維是第一個不
以瑞典文而是以芬蘭文書寫的
作家,他聞名全球的《七兄弟》
於 1870 年發表之後,受到殘酷
的批評——基維在死後才成為
民族詩人。

⑤ 捷克
卡雷爾·希內克·馬哈也是個
在世時不受重視的作家,他的
史詩《五月》只能自己出版。

⑥ 波蘭
亞當·密茨凱維奇的民族史詩
《塔杜施先生》,敘說對抗俄
國的戰鬥,每個波蘭學童連在
睡夢中都背得出來**。

⑦ 羅馬尼亞
米哈伊·愛明內斯庫,特別因
為他的詩作而聞名(《晨星》),
在羅馬尼亞是個貨真價實的英
雄:有許多雕像,他的畫像出
現在五百列伊紙幣上,在他的
生日和忌日全國都有紀念活動。

愛爾蘭
James Joyce 詹姆斯·喬伊斯
1882-1941

英國
William Shakespeare 威廉·莎士比亞
1564-1616

法國
Victor Hugo 維克多·雨果
1802-1885

葡萄牙
José Saramago 若澤·薩拉馬戈
1922-2010

西班牙
Miguel de Cervantes 米奎爾·塞萬提斯
1547-1616

*幾乎每個國家對於哪個作家才是民族詩人都很難有一致的看法:例如法國根本無法在雨果、左拉和普魯斯特
當中選定一個;俄國也可以推舉杜斯妥也夫斯基——在瑞士,佛里希和杜倫馬特一較長短。

挪威
Henrik Ibsen
亨利克·易卜生
1828-1906

瑞典
August Strindberg
奧古斯特·史特林堡
1849-1912

❹ 芬蘭
Aleksis Kivi
阿萊克西斯·基維
1834-1872

st van den Vondel
斯特·范·登·馮德爾
7-1679

丹麥
Hans Christian Andersen
漢斯·克里斯蒂安·安徒生
1805-1875

俄國
Lew Tolstoi
列夫·托爾斯泰
1828-1910

德國
J.W. v. Goethe
約翰·沃夫岡·歌德
1749-1832

❺ 捷克
Karel Hynek Mácha
卡雷爾·希內克·馬哈
1810-1836

❻ 波蘭
Adam Mickiewicz
亞當·密茨凱維奇
1798-1855

奧地利
Thomas Bernhard
湯馬斯·貝恩哈特
1931-1989

❼ 羅馬尼亞
Mihai Eminescu
米哈伊·愛明內斯庫
1850-1889

2
比利時
Georges Simenon
喬治·西默農
903-1989（左）
lugo Claus
雨果·克勞斯
929-2008（右）

瑞士
Friedrich Dürrenmatt
菲里德里西·杜倫馬特
1921-1990

❸
克羅埃西亞
Miroslav Krleza
米羅斯拉夫·克雷扎
1893-1981

義大利
Dante Alighieri
但丁·阿里杰里
1265-1321

希臘
Homer 荷馬
（生卒年不詳，據推測約
介於西元前850-1200）

＊＊「立陶宛，我的故鄉，就像健康。只有失去的人，才懂得珍惜。」

珍・奧斯汀 Jane Austen

傲慢與偏見

Pride and Prejudice

情節

英國，十八世紀末，班奈特家族住在倫敦近郊。五個女兒之中的三個正尋找婚配，當然要盡可能找個好世家。新鄰居賓利先生正好年輕、富有、單身，而他的朋友達西先生也被捲入，達西同樣年輕、富有、單身，加上魅力無窮！

但是依莉莎白・班奈特覺得達西太過高傲，達西後來傷了她的自尊心，她就極力惹惱達西。達西雖然對依莉莎白的家族有偏見，卻依然愛上她，因為她聰明、美麗，而且不落俗套。達西匆促卻不是很技巧地向依莉莎白求婚，讓他的罪狀再添一樁，依莉莎白當然拒絕了。

之後班奈特家族有許多內在問題（女兒們、追求者、驕傲、偏見）。最後依莉莎白察覺自己愛上達西，終究皆大歡喜（其他女兒也有好結局）。

同中有異

只要知道一部就知道全部，珍・奧斯汀的小說很容易混淆——總是有關年輕女性和婚姻問題：《理性與感性》（兩姊妹尋找正確的丈夫）、《艾瑪》（女主角為其他人尋找丈夫）、《曼斯菲爾德莊園》（貧窮女孩要嫁給有錢的男性，卻愛上堂兄）。

小道消息

1. 整個求親往復的故事，英文叫做 marriage plot（婚姻情節），或是 courtship（求愛情節）。博朗特姊妹小說也喜歡加入這樣的情節（請見頁 38-39）。

2. 《傲慢與偏見》也是電影《BJ 單身日記》的原型，布里姬特絕不想要的男性也的確叫做馬克・達西。電影中由演員柯林・佛斯扮演達西——而佛斯也在英國國家廣播電視的影集《傲慢與偏見》中扮演奧斯汀筆下的達西！真瘋狂。

名句

坐擁財富的單身漢最迫切需要的就是個妻子，這是眾所周知的事實。

家境優渥的查爾斯・賓利搬到隔壁的時候，班奈特太太就是這麼說的。

萊比錫民族會戰

拿破崙滑鐵盧戰敗

1813
《傲慢與偏見》
奧斯汀

1815

奧斯汀

神祕的女人

★ 1775 年生於英國
† 1817 年死於英國

———

珍·奧斯汀的所有作品都以匿名發表

———

英國人直到今日依舊十分推崇珍·奧斯汀——甚至和無人可及的威廉·莎士比亞相提並論。

珍·奧斯汀——牧師的女兒——有六個兄弟和一個姊姊。在當時也相當不尋常的是：不僅兒子受教育，女兒也受到雙親的栽培。珍在十二歲的時候就寫下一些短劇本和小說，其中有幾部的確被保留下來，使得奧斯汀的鐵粉們也能欣賞她年輕時的作品。

在年少的創作渴望之後是較長的停筆時間，一家人多次遷徙，最後珍和她的母親及姊姊一起住在她的哥哥愛德華的鄉間別墅裡，在相對短的時間裡，她在這裡完成了她所有著名的小說。《理性與感性》出版於 1811 年——當時珍·奧斯汀三十六歲，未婚，因此根本就是個老小姐，仰賴兄弟的金錢和善意生活。兩百年前的情況就是如此，單身的女性孤立無援，這讓珍·奧斯汀相當惱怒。

雖然奧斯汀筆下的所有女主角最後都找到終生伴侶——但是都要等到她們試著擺脫社會桎梏之後才成功。書中並未發生許多事情，而是由角色的諷刺呈現，以及十九世紀初對社會的譏刺觀察而使作品栩栩如生。

就當時的情況而言，珍·奧斯汀的生活相當與世隔絕：沒有丈夫，沒有工作，而且還十分具批判性！因為她所有的作品雖然都以匿名發表（作者只說是某位仕女），然而大家很快就知道是誰寫下這些廣受喜愛的小說。

關於她的生活我們所知不多——而且長久以來只有兩幅（拙劣的）畫像——由她的姊姊卡珊德拉所繪，一幅只看得到她的後背，而另一幅圖上的奧斯汀看起來像個壞脾氣的處女。2011 年出現了另一幅新的畫像，讓奧斯汀研究者都樂翻了，因為畫上的珍看起來是那樣充滿自覺！

拜倫爵士和妻子離婚（醜聞）	「德萊辛」（雙輪走步車）		美國向西班牙買下佛羅里達
1816	1817	1818	1819
《艾瑪》奧斯汀		《海柏利昂》約翰·濟慈　《科學怪人》瑪麗·雪萊	

特別精選
快速瀏覽文學作品

華特・司各特爵士 Sir Walter Scott
撒克遜英雄傳
Ivanhoe

英國，十二世紀，諾曼人統治盎格魯撒克遜人；中古世紀的紛亂。在這樣的情況下，十字軍騎士威佛瑞德・艾凡荷經歷各種冒險：在一次訓練中他受傷了，受到猶太人埃薩克及其女雷蓓卡的照料，後來和這對父女一起被俘，被監禁在托奎司東城堡裡。羅賓漢偷襲城堡，有個聖殿騎士和雷蓓卡（不顧她的拒絕）一起逃回他的教團，雷蓓卡被懷疑行使巫術。為了澄清事態，艾凡荷和聖殿騎士決鬥——不必感到驚訝，這是中古世紀的普遍解決方式。聖殿騎士失敗，雷蓓卡離開該地，嫁給艾凡荷。

這本書其實是第一部歷史小說，出現許多人物和動作情節，不像《上帝之柱》那麼容易讀，但是在英國依舊是本必讀小說。在德國比較受歡迎的是漫畫版——不過也只有在舊書店才買得到。

詹姆士・菲尼莫爾・庫柏
皮襪子故事集
The Leatherstocking Tales

分為五部的系列故事，發生在美洲拓荒時期——從十八世紀中期到十九世紀初期。主要人物是獨來獨往的納堤・邦普，是個獵人和陷阱捕獸人。納堤是個隨性的人，在荒野中經歷各種冒險——而且擁有不同的綽號：皮襪子、野獸殺手、鷹眼，也被稱為長槍。他的好友是高貴的印第安酋長欽可奇卡。故事經常是關於保護以及／或者拯救婦女，揭發詭計，參加戰鬥。

呃，陳腔濫調？哎呀，當時還沒有大西部，也沒有文納圖！因此庫柏是領先時代而批判的，對其他許多作家而言是個典範。

	門羅主義	第一條鐵路（英國）	點字發明		發明縫紉機
1820	1823	1825		1827	1829
《撒克遜英雄傳》司克特爵士	《皮襪子故事集》庫柏			《猶太蘇斯》威廉・豪夫	

維克多・雨果 Victor Hugo
鐘樓怪人
Notre Dame de Paris

十五世紀的巴黎：畸形人夸西莫多被拋棄在聖母大教堂外，副主教弗若羅收容他，之後讓他負責敲鐘的工作。有一天弗若羅愛上吉普賽女子愛絲美拉達，夸西莫多為主人誘拐了她，卻因此被抓進監獄──而他自己也愛上了美麗的愛絲美拉達。弓箭隊隊長佛布斯也愛上了她，可預料的：情況不太妙。弗若羅刺殺了佛布斯，愛絲美拉達因為此一謀殺案而被吊死，夸西莫多從鐘樓墜落。這是一部帶著所有揪心要素的歷史小說：中古世紀的生活，不幸的愛情，謀殺及誤殺。

斯湯達爾 Stendhal
紅與黑
Le Rouge et le Noir

尤利安・索海爾，聰明又英俊，想遠離鄉下生活，於是決定要當上神職人員。起初尤利安在瑞納爾家擔任家庭教師，和女主人展開一段外遇情事。

他們的關係暴露之後，尤利安被送進神學院，最後成為穆爾侯爵的私人秘書。侯爵的女兒瑪蒂達引誘他，進而懷孕──這對尤利安是非常有利的：他本該和瑪蒂達結婚，晉身為貴族階級。但是後來瑞納爾夫人揭穿他，他射殺了瑞納爾夫人，被判死刑。

為什麼法國作家亨利・培爾會以筆名斯湯達爾發表這本書，原因並不明朗，他本人也未多做說明。

奧諾雷・巴爾扎克
Honoré de Balzac
歐也妮・葛朗台
Eugénie Grandet

歐也妮在家裡過得並不好，在她的父親眼中除了錢還是錢。她生命中快樂的時間並不長，就在她愛上她的堂兄查爾的時候，查爾卻被她的父親葛朗台先生快速地送到印度去，才不會耗費家裡的錢財。歐也妮借給查爾（許多）錢，這讓她的父親十分生氣，歐也妮的日子就更鬱悶了。她等待查爾返鄉，查爾卻在印度發了財，根本不再想起小堂妹，於是一切越來越悲傷而無望……

現實主義的作品，也就是說：不時描述當時的生活。

		漢巴賀慶典 （公民不服從運動）	英國廢除奴隸制度	
法國七月革命				
1830	1831	1832	1834	
	《鐘樓怪人》 雨果	《紅與黑》 斯湯達爾	《歐也妮・葛朗台》 巴爾扎克	《塔杜施先生》 密茨凱維奇

短篇小說及其他
再說一次什麼是……？

許多文字無法百分之百的歸類，連分類成詩歌、戲劇或敘述詩都不可能。

德文當中的文學總稱為「詩」或「詩藝」，這兩個名詞也讓人混淆，因為會立刻讓人聯想到「詩作」，然而「詩」卻是所有文學作品的總稱。

詩 / 詩藝

詩歌 Lyrik

原則上指稱所有種類的詩作。早期比較清楚：詩歌必須押韻，要有一定數的詩行或詩節。現代詩經常放棄以上兩個條件──不過詩歌一律和印象、感覺及意向有關。詩歌類型包括頌歌、十四行詩或敘事詩* 等等。

戲劇 Dramatik

原則上泛指所有劇作，這是最容易歸類的一種。細節上有些不同，不過，其實故事情節由對話表現的就是戲劇。戲劇種類包括悲劇或喜劇等等。

長篇小說 Roman / Novel **

原文是來自古法文 Romanz，意為以羅馬平民語言寫作的敘述文（而不是如過往一般以拉丁文書寫）。就今日的用詞而言，長篇小說是種虛構的（想像出來的）、廣泛的敘述文字。其下分為許多形態，例如歷史長篇小說、犯罪長篇小說、冒險長篇小說、家庭長篇小說、愛情長篇小說等。

記述小說 Erzählung / Narrative

比長篇小說簡短的敘述體裁，基本上情節比較不複雜，長篇小說有不同的敘述層面及時間層面，記述小說相反的一律依時間先後敘述，而且只有一個敘述觀點。

---

*歌德認為敘事詩是詩作的根源，因為它集文學的三大分類詩歌、敘事文學和戲劇於一身。但是目前一般將敘事詩歸類於詩歌。

敘述文學 Epik

原則上泛指所有敘述文字。敘述文學又被分為以詩或散文寫作。以詩的形態寫下的敘述文學，例如荷馬的《伊利亞德》，是一部「英雄史詩」。

散文（拉丁文 prosa oratio 意為直接說出的語句）指的是所有沒有詩行的文章——也包括書信或使用說明書（當然不算是敘事詩）。就文學來說，敘述文學常見的分類如長篇小說等都屬於散文。

事件小說 Novelle／Novella

短至中長篇幅的記述小說。原文來自義大利文的 Novella，意為新奇之事——事件小說的故事通常敘述單一重要事件，以及該事件對主角的影響。事件小說因此總是呈現單一主要角色的情緒變化。這種體裁是由喬凡尼·薄伽丘「發明」的（1353 年發表的《十日談》），傑弗里·喬叟的《坎特伯里故事集》也很出名（1391-1399 年間發表）。德國的事件小說主要集中在十九世紀（施篤姆、馮塔納），但之後也有許多作家以此體裁寫作，如湯瑪斯·曼、馬丁·瓦瑟、鈞特·葛拉斯以及齊格飛·藍茨等。

短篇小說 Kurzgeschichte／Short Story

短篇的故事，但是和記述小說有所不同，起初被稱為 Short Story，因為它源自於十九世紀英語系地區。短篇小說的第一位大師是愛德嘉·愛倫·坡，之後是史考特·費茲傑羅，當然還有厄尼斯特·海明威。

德語地區較常出現的是事件小說——直到 1945 年，當時的作家想表達的是：不要再那麼情緒化／病態／滿載意識形態，寧可實事求是地精簡（波歇爾特、波爾）。因為短篇小說是十分精簡而壓縮的文字，很快就直接觸及到核心，經常有個開放式的結尾，中間的情節不多，人物和發生地點都不多，卻有許多許多詮釋空間！因此學生們才要一直讀短篇故事……

**譯注：由於這樣的文學體裁分類源自西方，中文並無十分對等的概念名詞。以文章篇幅分類其實並不適當，但是為了至少能分辨 Roman 和 Short Story，姑且稱之為長篇小說和短篇小說。應注意各種形式的不同敘述結構，方能掌握各種形式的異同。長篇小說的敘事線複雜，除了主線之外，還有諸多副線發展，主、副線相互襯托輝映，結合成一完整故事，可比大樹有主幹、枝枒。其餘三種的敘述結構就比較簡單，主線發展為主，偶有副線只為補充、烘托主線故事發展。短篇小說是結構最精簡的一種，故事情節（時間、空間）集中。

查爾斯‧狄更斯 Charles Dickens

孤雛淚——教區男孩的成長

Oliver Twist; or, The Parish Boy's Progress

情節

奧利佛‧兌斯特是個好心的年輕人，不斷遭遇倒楣的事。最初他的母親因難產死亡，然後他在一個沒有愛心的老太太身邊長大。在他九歲生日當天，他被送進救濟院，而且馬上就惹來一陣大怒（請見名句）。之後他被一個殯儀師接手，努力當個學徒，（不公平地）被懲罰，於是逃往倫敦。

他在倫敦落入收贓人費金及其街頭流浪兒手中。有次偷竊時，布朗羅先生被偷了，他懷疑是奧利佛偷的（其實不是），但是奧利佛（例外地）能證明自己的清白，於是被布朗羅先生接納。

有一天奧利佛本來要為恩人準備一些東西，卻被費金一伙人捉住，並且被強迫回到費金的團伙。布朗羅誤以為奧利佛欺騙他，而此時奧利佛正被費金逼迫侵入梅萊家，奧利佛在過程中被射傷。當他滿身是血倒在梅萊家門口，善良的人（再度）同情他，照顧他恢復健康。

和費金及其他可疑的人物還有善良社區之間幾次反覆之後，發現——驚喜！——奧利佛其實和梅萊家有親戚關係，而且是布朗羅先生好友疑似失蹤的兒子！布朗羅最後收養奧利佛——一切都好轉了。

小道消息

《孤雛淚》是第一部以小孩子為主角的長篇小說，然而並非童書——其中有幾幕太殘暴了。狄更斯要揭穿的是英國的社會弊端，這本小說出現之後，這些現象也的確受到多方討論。

入門提示

《孤雛淚》是容易閱讀的作品——尤其考慮到它的年齡（幾乎兩百年），可說沒什麼能挑剔的。以今日眼光看來，這本小說卻有點長。想進入這個主題的人可以選擇不同的影像作品（1948 年由亞歷‧堅尼斯扮演費金；1997 年由李察‧德雷福斯扮演費金；2005 年由班‧金斯利扮演費金），此外，還有動畫片、廣播劇，或是獲得奧斯卡獎的音樂劇《奧利佛！》，但是這些改編作品並無法取代狄更斯的文字。

名句

> 拜託，先生，我還要再多吃一點。

救濟院的孩子餓得都快瘋了，抽籤結果由奧利佛在晚上請求多點食物。這是前所未見的事，讓奧利佛受到嚴厲的處罰。

在英國，Please, Sir, I want some more. 是非常有名而眾人皆知的句子。

西班牙承認墨西哥獨立

路易‧奧古斯特‧布朗基
發明「工業革命」一詞

1835
《講給孩子們聽的故事》
安徒生

1836
《五月》
馬哈

1837

狄更斯
英國英雄

——
★ 1812 年生於英國
† 1870 年死於英國

——
「畢竟，還有比愛和
幽默更適當的生活形
態嗎？」

——
其實大家都喜歡狄更斯，
並且對他感到驚奇——不
僅是讀者，就連他的作家
同仁也是如此。只有少數
人（亨利·詹姆斯、維吉
妮亞·吳爾芙）覺得他的
書太感傷而不切實際。

查爾斯·狄更斯的一生平淡無奇——和其他偉大的作家比較起來。他的一生正如大家所想像的維多利亞女王時期的普通生活一樣：平靜的童年（中產階級、中等大小的城市），移居到倫敦（骯髒、昂貴），為錢而煩惱，父親因欠債入獄，查爾斯賺錢養家（在倫敦倉庫裡辛苦工作），父親出獄，查爾斯成為律師助手，最後變成記者。

他寫了《匹克威克外傳》（有趣、冒險、賣座），結婚（生了十個孩子！），還寫下《孤雛淚》（也很成功）。他四處旅行，當上《每日新聞》的出版人，寫下《小氣財神》（吝嗇的老史古基，有疑問的時候可以參考許多版本的電影）、《塊肉餘生記》（沒錯，那個魔術師就是借用書中主角的名字大衛·考柏菲爾德，因為聽起來很響亮）、《雙城記》（德國幾乎沒有人知道這本書，但事實上卻是全球有史以來印行最多的小說；請參考頁 105），最後是《遠大前程》（是他最好的作品，因為最成熟）。

沒有醜聞（暫且不論他為了和一個女演員在一起生活而和妻子離婚），也沒有被錯估的天分——恰恰相反：所有的人馬上就對他的書感到興奮，珍視他的幽默、觀察入微，以及社會批判的角度。狄更斯必然有顆天真的心：他因為迫切需要錢而寫下《小氣財神》。為了讓每個人都買得起這本書，他把書本價格定得特別便宜——最後根本就沒賺錢。

他因為這本小說變成發明耶誕節的人。在這個時期，英國人恰巧開始以今日大家熟悉的方式慶祝耶誕節，狄更斯感性的《小氣財神》來得正是時候！

愛德嘉·愛倫·坡 Edgar Allan Poe

厄舍府的沒落

The Fall of the House of Usher

情節

故事設定當然是十分毛骨悚然：瘋狂的羅德里克·厄舍住在一幢古老而陰森的石屋裡，石屋看起來好像隨時都會倒塌，座落在同樣可怕的湖邊，聽說鬼怪會從湖裡升起。

第一人稱的敘述者覺得這一切看起來令人不安，他騎馬來到這裡，因為他的老朋友羅德里克再也無法忍受精神疾病的摧殘。事情越來越詭異：羅德里克的雙胞胎妹妹瑪德琳死去，被埋在地窖裡。敘述者試著以騎士故事讓六神無主的羅德里克振作起來，但結果正好相反，整個情況越來越可怕，他自己也變得越來越瘋狂。

最後故事急轉直下：瑪德琳根本沒有死，突然滿身是血的站在門口，奄奄一息地倒在哥哥的身上，羅德里克受到一生最大的驚嚇，同樣也死去。第一人稱的敘述者發現自己獲得這塊地，時間剛好在厄舍府崩塌掉進可怕的湖裡。嘩！

同中有異

愛倫·坡的所有小說讀起來其實都像《厄舍府的沒落》──陰森、可怕，然而又有種美：《陷阱與鐘擺》（有關酷刑）、《告密的心》（切割的屍塊）、《紅死病的面具》（和瘟疫有關）。

讀完愛倫·坡的人（不需要很久），可以繼續讀《福爾摩斯》，兩者之間的類似處很明顯，但是亞瑟·柯南·道爾的故事卻完全不同……

入門提示

要有強壯的神經，但是對於愛好精良恐怖片的人而言，愛倫·坡提供後來的電影良好的替代選擇，高文學性，長度適中，而且緊張情節不斷。

小道消息

厄舍府的確存在──位於波士頓。1800 年拆除的時候，在地窖裡出現一具男性和一具女性的屍體，兩具屍體在一個洞穴裡躺在一起，而且互相擁抱。傳聞屋主活埋了年輕的妻子和她的情人。嘩！

其他

愛德嘉·愛倫·坡是恐怖文學的代表之一──有趣的是英文叫做哥特式小說：恐怖和小說的綜合體。發明者是英國人霍勒斯·沃波爾，他在 1764 年出版的《奧特蘭多城堡》下了「哥特式小說」這個副標題。

其他著名的恐怖小說包括瑪麗·雪萊的《科學怪人》、布拉姆·史托克的《德古拉》、達芙妮·莫里耶的《蝴蝶夢》（《瑞蓓卡》，請見頁 113），好心一點也可以列上史蒂芬妮·梅爾的《暮光之城》。

銀版攝影	第一次鴉片戰爭（英、中戰役）	
	1839	
《帕爾馬修道院》斯湯達爾	《厄舍府的沒落》愛倫·坡	《尼古拉斯·尼克貝》狄更斯

愛倫・坡
被低估的作家

———
★ 1809 年生於美國麻薩諸
　塞州
† 1849 年死於美國馬里蘭
　州

———
「一個漂亮女人的死
亡的確是世界上最詩
意的主題」

———
愛倫・坡二十七歲和年方
十三的堂妹結婚──但並
非因為蘿莉塔情結，而是
出於保護天性。

愛德嘉・愛倫・坡不只是酗酒的恐怖小說作家。他的確嗜
酒，但並非持續性，比較像是偶發性酒鬼，無法控制自
己的酒癮。的確，愛倫・坡是駕馭恐懼的大師，但是他也是重
要的抒情詩人，偵探故事的發明者，卓越的評論家，也是現代
長篇小說的先鋒！

他的詩作《烏鴉》（內行人一定要說 "The Raven"）是全球最著
名的詩之一。沒有他在《莫爾格街兇殺案》裡創造的偵探杜平
一角，可能根本就不會有《福爾摩斯》！亞瑟・柯南・道爾狂
熱崇拜愛倫・坡，他曾說：

> 如果每個拿到稿酬的作家，只要這些故事的誕生要感謝愛
> 倫・坡，就必須支付十分之一以支持建造大師的紀念碑，
> 那麼此碑將高如古夫金字塔。

愛德嘉・愛倫・坡的生命十分具悲劇性。一歲時，他的父親拋
家棄子；一年之後他的母親過世，他被愛倫夫婦收養。他是個
聰明而好動的年輕人，然而他中斷學業，加入軍隊，之後離開
軍隊，想進入軍事學校成為軍官──最後放棄這個計畫。

愛倫・坡想寫作，已經發表了三本詩集，但是其實並不成功。
為了賺錢，他於是嘗試寫小說，並在雜誌社擔任文學評論人。
愛倫・坡很快變成名人：他的小說受到喜愛，他的評論是大家
愛看的醜聞。然而拘謹的美國人並非真的喜歡愛德嘉・愛倫・
坡──他其實也沒有賺那麼多錢。

然後是他突然而謎樣的死亡：愛倫・坡要到紐約簽新的合約，
但是他沒有到達，一週之後在巴爾的摩的街上被發現，神智錯
亂而且衣衫不整。幾天之後他在醫院過世──死亡原因一直都
沒有澄清。

| 全球第一張郵票
（英） | 巴瑟多夫
發表甲狀腺病變報告 | 維多利亞女王與薩克森─
科堡及哥達的亞伯特王子結婚 |

亞歷山大‧仲馬 Alexandre Dumas

基度山恩仇記

Le Comte de Monte-Cristo

情節

十九歲的愛德蒙‧唐泰斯被詭計陷害，無辜被囚禁在伊夫碉堡島上。經過可怕的歲月，唐泰斯幾乎要自暴自棄，這時他認識了阿貝‧法里亞。阿貝原本想要藉著自己挖掘的隧道逃出伊夫堡，卻誤通到唐泰斯的牢房。兩人於是結成好友，阿貝告訴唐泰斯基度山島上埋藏的寶藏。唐泰斯後來躲進裹屍袋，被拋進海裡，逃出裹屍袋後被救起來，並挖出了寶藏。

十四年後，唐泰斯返回法國，挖掘當時究竟發生什麼事，以展開精心籌劃的復仇行動。當時設下詭計的每個人都受到懲罰——而且毫不容情。直到唐泰斯注意到自己或許做得太過分的時候，許多人已經死亡、破產、發瘋或是被捕入獄。

故事當然也和愛有關：最初唐泰斯被捕的時候，他正要和美麗的梅賽蒂絲結婚，她後來卻嫁給壞人。唐泰斯再度見到她，對她的感情依舊，但卻必須執行自己的計畫，只能對她待之以禮。

小道消息

出名（而且昂貴）的古巴雪茄「基度山」的確是根據這部小說而命名的。該工廠在捲雪茄的時候都會有人朗讀書籍——《基度山恩仇記》特別受歡迎！

入門提示

注意有附上人物表的版本（或是您自己做一個），特別是第二部裡的人物關係相當複雜，死亡方式相當莎士比亞（毒殺、發瘋、誤殺）。對了，這本小說相當厚……

但是不要被嚇倒了：《基度山恩仇記》依舊是最佳冒險小說之一！緊急情況下還可以看影片（最佳版本是 1979 年法、德合拍的電視連續劇集）。

同中有異

當然是《三劍客》，發生在達達尼昂和他的朋友阿托斯、波托斯以及阿哈米斯周遭的故事，即使早兩百年發生，還是同樣令人血脈賁張的冒險故事。

創造「恐龍」
（Dinosaurier）一詞

馬克思與恩格斯相遇　　香港成為英國殖民地

1841　　　　　　　　　　　　1842
《莫爾格街兇殺案》　　　　　　《死靈魂》　　　　　《猶太人的山毛櫸》
愛倫‧坡　　　　　　　　　　尼可萊‧果戈里　　安內特‧德羅絲特－胡厄絲朵夫

大仲馬
輸送帶作家

★ 1802 年生於法國
† 1870 年死於法國

———

大仲馬寫了幾百篇連載故事！

辛辣味：大仲馬的祖父是大溪地的大農場主人，祖母是祖父的女奴。顯然祖母把豐密的頭髮遺傳給大仲馬（很多、深色、捲曲），讓他整個外貌深具混血特色。大仲馬因此必須經常聽著種族歧視的閒言閒語，但是他不讓自己看起來被這些話所動搖。

大仲馬生活富裕，好女色，是個能散播激情而慷慨的敗家子。他很早就開始寫作，起初寫劇本，大多是歷史劇——當時非常成功，如今比較不為人所知。然後他發現如何以寫作致富。他和一些僱員一起，為報社寫了無止境的連載故事——冒險的、虛構歷史情節，會受到讀者喜愛而讓出版社出好價錢的故事：例如《基度山恩仇記》和《三劍客》都是。

他偶爾參與政治，援助其他作家，舉辦慶典，擁有各色情人，這一切都耗費金錢，以致最後破產，必須搬去和兒子同住。他的兒子也叫亞歷山大，也是作家，《茶花女》是他最著名的小說，父子倆分別被稱為大仲馬及小仲馬。

此外，大仲馬留給我們許多好用的名言，尤其是和女性及婚姻相關的，婚禮佈告特別喜歡引用：

女人啟發我們了不起的想法——然後阻止我們實踐！

婚姻的枷鎖太沉重，只有兩個人才承受得起。有時也許要三個人。

———

「找出那個女人」（Cherchez la Femme）這句話也源自大仲馬，在《巴黎的莫西干人》這部小說中的警察角色說了這句話，因為他認為任何詭計都牽涉到某個女性。

第一個電腦程式
（愛達·勒芙蕾絲）

德北西里西亞發生織工起義

1843
《耶誕歌聲》
狄更斯

1844

1844-46
《基度山恩仇記》
大仲馬

愛蜜麗‧博朗特 Emily Brontë

咆哮山莊
Wuthering Heights

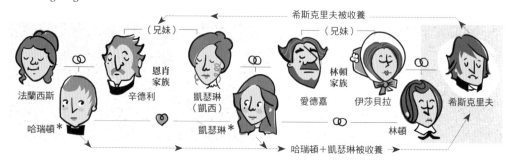

希斯克里夫被收養

（兄妹）　恩肖家族　（兄妹）　林頓家族

法蘭西斯　辛德利　凱瑟琳（凱西）　愛德嘉　伊莎貝拉　希斯克里夫

哈瑞頓 *　凱瑟琳 *　林頓

哈瑞頓＋凱瑟琳被收養

情節

英國約克夏一個荒涼的地區：恩肖家族（咆哮山莊）和林頓家族（畫眉田莊）居住在這裡。在三代之間，兩個家族間有許多恩怨糾葛，所有人物的名字類似使之更加複雜。

一切都從恩肖先生收養了六歲的希斯克里夫開始。希斯克里夫和心愛的凱西被哥哥辛德利欺壓。辛德利變本加厲，凱西為了逃避於是和愛德嘉‧林頓結婚，使希斯克里夫大受打擊而離開咆哮山莊。

希斯克里夫再度返回山莊的時候，變成一個有魅力又富有的男人——也再度燃起怒火：他心愛的凱西懷孕了，無法被他征服。

接下來的戲劇性情節，簡短說來：希斯克里夫和愛德嘉的妹妹結婚，虐待她；凱西生下女兒卻痛苦死去。希斯克里夫把咆哮山莊騙到手，生了一個兒子（名叫林頓），強迫兒子和凱瑟琳結婚。兒子林頓死後，希斯克里夫也無恥地繼承了畫眉田莊，不僅如此，他還（其實同樣無恥地）奪走辛德利的兒子哈瑞頓。

然而最後一切都算有個好結局：哈瑞頓和凱瑟琳相愛，希斯克里夫生病死去。（中間還出現鬼魂的情節，大部分的文學批評家都不怎麼欣賞。）

入門提示

大師之作，經典作品，還是被高估的通俗小說？評論家直到今日仍然意見分歧。當時的讀者相當排斥：不討喜的主角，太灰暗，過度激情，而且整體來看十分不道德。如今大家當然已經習慣更過分的情節，但是博朗特這部小說還是值得嘗試：就世界文學來說，令人驚訝地動感十足。

＊除了哈瑞頓和凱瑟琳之外，其餘的人都去世。

夏洛蒂‧博朗特 Charlotte Brontë

簡愛

Jane Eyre

情節

孤兒簡愛在可怕的親戚家長大，之後還不得不進入同樣十分可怕的寄宿學校：羅伍德寄宿學校的確嚴格、冷漠，但是至少有充分的食物。即使如此，簡愛在學校被教育成為教師，然後接下了家庭女教師的職位。她來到桑菲爾德莊園，負責照顧羅切斯特先生的私生女。羅切斯特先生愛上簡愛，兩人想要結婚。然而就在結婚聖壇前，簡愛才得知羅切斯特已經結婚，而且是和已發瘋的貝爾塔‧梅森，他把梅森關在房子裡。

簡愛在震驚之下逃走，變成村子裡的小學老師。校長想和簡愛一起到印度傳教——當然，之前先結婚。但是簡愛突然意識到自己對羅切斯特的愛，急忙趕回桑菲爾德莊園。情況令她震驚：莊園變成廢墟，貝爾塔在火災中死去（真方便！），羅切斯特失明，因為他試著從火場搶救他的妻子（道德作為加上懲罰＝重建名譽）。簡愛照顧羅切斯特，嫁給他，生了一個孩子——羅切斯特最後還重見光明呢！

驚人之處

夏洛蒂‧博朗特的這本小說和她的妹妹愛蜜麗的書同一年出版——然而故事大為不同。《咆哮山莊》由激情主導，《簡愛》卻是理性至上，這也正反映出兩個作家的個性：愛蜜麗難以駕馭、頑固、而且突破傳統，夏洛蒂比較有責任感、正直。然而在《簡愛》出版之後，夏洛蒂卻被視為革命家（尤其因為她寫下了維多利亞時期的英國對待女性之尖刻）。

那麼安妮呢？

安妮是博朗特三姊妹之一，這三姊妹都以男性筆名發表作品：科勒‧貝爾（夏洛蒂）、埃里斯‧貝爾（愛蜜麗）以及艾克頓‧貝爾（安妮）。安妮也寫了兩部小說，《阿格尼斯‧格雷》及《荒野莊園的房客》，但是她從不像姊姊們那麼出名。

首度進行麻醉	發現海王星	摩門教徒建立鹽湖城	阿爾及利亞成為法國一省
	1846		1847
		《咆哮山莊》愛蜜麗‧博朗特	《簡愛》夏洛蒂‧博朗特

特別精選
快速瀏覽文學作品

海利希・海涅 Heinrich Heine
德國，冬日童話
Deutschland. Ein Wintermärchen

以詩寫成的旅遊見聞：海利希・海涅（有趣的是他原本叫哈利）描述各個城市和不同的景色──但整本書當然不是旅遊指南，而是對德意志民族主義和保守社會的全面批評。

> 中夜思及德國，
> 叫我難以成眠。

這著名的海涅詩句摘自他的詩《夜思》，同樣發表於 1844 年。那時海涅早已住在法國，他在法國比較能自由思想和寫作。《德國，冬日童話》後來也被德國禁止。目前這些詩句被視為政治詩歌的大師之作（的確，有500 段詩節，但是都很短而且有趣！）
不要和《德國，夏日童話》弄混了──這是2006 年世界盃足球賽！以海涅作品為本的自由發揮。

赫爾曼・梅爾維爾 Herman Melville
白鯨記
Moby Dick; or, The Whale

一隻白色的抹香鯨和亞哈生死搏鬥的時候咬掉了他的腿，亞哈想報仇；他要殺掉那隻鯨魚──名為莫比大尾。他乘著自己的船找尋牠，找到大莫比，捕獵牠三天之久。
最後鯨魚贏了；船員和船都沉到海底，只有伊斯馬耶存活下來，說出整個故事：叫我伊斯馬耶──這就是聞名全球的第一個句子。
但是，期待一部緊張冒險小說的讀者也許會感到失望：捕獵從倒數第三章才開始（大約135 頁），前面是大量（非常詳細）的說明──關於那隻鯨魚和捕鯨，但是也涉及哲學、藝術史、科學和其他主題。
這超出當時讀者的限度。今日，這部小說是美國文學最重要的著作之一，可惜並不因此讓本書容易閱讀些。不過有青少年讀本、廣播劇和電影──沒有主題以外的說明；請自行判斷。

共產宣言 （馬克思／恩格斯）	德國三月革命	加州淘金熱	發明安全別針和瓦斯 面罩	
	1848		1849	1851
			《塊肉餘生記》 狄更斯	《白鯨記》 梅爾維爾

哈利葉・比切・斯托 Harriet Beecher Stowe

湯姆叔叔的小屋 / 下層生活
Uncle Tom's Cabin; or, Life among the Lowly

美國肯塔基州的一個農場莊園，1840 年左右：亞瑟・薛爾比需要錢，只得賣掉忠心的奴隸湯姆。湯姆起初來到紐奧良親切的奧古斯丁・聖克萊爾家，他想要讓湯姆恢復自由。然而聖克萊爾卻突然死去，他的妻子賣掉所有的奴隸。新的主人以最殘酷的方式虐待奴隸。

湯姆協助一個女奴逃走，他因此被打得倒地不起。就在亞瑟・薛爾比的兒子前來贖回湯姆叔叔的時候，老奴隸卻因傷重死亡。

這部小說出現於美國內戰前十年，當時非常熱門，在極短的時間內就銷售一空，初版的同一年就翻譯成其他語言——真是本國際暢銷小說。

之後（尤其在美國）卻有些被挑剔：湯姆叔叔顯得太卑微，整本小說過度以偏概全。即使如此，對於解放奴隸的奮鬥而言，這本書還是重要的作品——亞伯拉罕・林肯總統於 1862 年曾對哈利葉・比切・斯托說：「你就是那個寫了部小說而引發這場偉大戰爭的小女人啊！」

亨利・大衛・梭羅 Henry David Thoreau

湖濱散記 / 瓦爾登湖
Walden; or, Life in the Woods

極不尋常的一本書，作者在書中描述自己如何在兩年間住在森林的原始小屋裡，更進一步說明住在美國麻薩諸塞州的瓦爾登湖邊。梭羅就是想看看，遠離工業社會要如何生活——並且將自己的經驗記錄下來。每個單獨篇章都非常詩意，闡述一些觀點，如孤獨、身邊的動物或閱讀。

今日，這本書並不流行，然而 1989 年，梭羅的名言突然到處流傳：在彼得・威爾的電影《春風化雨》裡，教師約翰・基丁（羅賓・威廉斯飾演）想激發學生對文學及詩的興趣——其中一幕是讓他們誦讀梭羅的文句：

> 我走進樹林，因為我想自覺地生活。我想徹底品嚐存在的滋味。我想吸盡生命的精髓！

這部電影更常引用的是另一部作品：華特・惠特曼，請翻到下一頁。

第一座郵箱（倫敦）	克里米亞戰爭爆發	南丁格爾於克里米亞戰爭期間照顧士兵	奧匈帝國皇帝法蘭茲・約瑟夫一世和西西結婚
1852	1853		1854
《湯姆叔叔的小屋》比切・斯托			《湖濱散記》梭羅

華特・惠特曼 Walt Whitman

草葉集
Leaves of Grass

老年的華特・惠特曼看起來就像畫冊裡的老爺爺——或是聖誕老人:滿頭蓬鬆的白髮,一大把白鬍子,兩條濃密的眉毛。也許還可以在英文課本裡看到這張照片,因為身為美國現代詩創立者,課堂上可少不了惠特曼,惠特曼在電影《春風化雨》裡也是重要人物就不足為奇了。一整班的學生起立,向老師約翰・基丁行禮,按照老師的願望說:「噢,船長,我的船長」——引自惠特曼一首有關亞伯拉罕・林肯的著名詩作。

惠特曼用奇特的方式來發表他的詩:他把詩收集成一冊,稱之為《草葉集》——首次出版於 1855 年,自費出版了十二首詩。惠特曼在世的時候,就不斷修改和擴充詩集。他死後出現第十版,收錄將近四百首詩(不押韻!),有各種可能的主題,充滿力量和情感——只是不想說「激情」而已。

二十一世紀人們為了休閒而閱讀的不見得是這本書,但是……還蠻有趣的。何不和華特叔叔一起,讓野蠻大叫的聲響穿越世界的屋頂:

> I sound my barbaric yawp over the roofs of the world!

古斯塔夫・福樓拜 Gustave Flaubert

包法利夫人
Madame Bovary

愛瑪嫁給鄉村醫師查爾斯・包法利,醫生愛慕他美麗的妻子,然而妻子對這樁婚姻卻非常失望。無聊,那個男人和鄉村生活!在她的愛情小說裡一切都刺激多了——她的生命可還有激情可言?

包法利一家搬到較大的鄉鎮,愛瑪生了一個女兒——但不論是那個孩子或是新環境,都未曾使她滿意些。逛街購物也沒有幫助,只是多了債務。直到富有的魯道夫勾引她,她才似乎快樂起來——暫時的。但是後來:謊言、欺騙、更多債務、痛苦。魯道夫離開她,她生病了,開始一段新外遇,要還清債務,絕望地服下砒而死去。這還不夠戲劇性:查爾斯知道一切,深受震驚而死去。他們的女兒最後投靠窮姑媽,必須辛勞工作。

創新之處:非第一人稱敘述,沒有正面向上的主角,作者完全沒有批判發生的事。出版的時候要經過審查而且惹惱眾人:違背善良風俗!稱頌通姦!但是福樓拜被釋放,這本書也沒有刪減就印行了。

李文斯東發現
維多利亞瀑布　　發明開罐器
　　　　　　　(罐頭發明後 45 年)　　　　發現尼安德塔人

1855　　　　　　　　1856　　　　　　　　1857
《草葉集》　　　　　　　　　　　　　　《包法利夫人》　《惡之華》
惠特曼　　　　　　　　　　　　　　　　福樓拜　　　波特萊爾

查爾斯‧波特萊爾 Charles Baudelaire
惡之華
Les Fleurs du Mal

「一定要讀原版」，這種說法聽起來總有些令人不快的吹噓感，然而波特萊爾的這本詩集至少應該讀一下雙語對照版本，因為《惡之華》從來無法成功而貼切地被翻譯出來。後來的譯本各有缺失——因此最著名的譯本根本不是詩的版本，而是散文的，也就無法和原著的美相提並論。（不過德國當今最好的聲音演員克里斯提安‧布呂克納朗讀散文版，聽起來就又像詩了。）

基本上這本詩集描述大都市的可怕：籍籍無名、疏離、孤單、欺騙、賣淫、毒品。詩集出版後，波特萊爾因為敗壞道德而被控告，就像不久前的福樓拜。波特萊爾必須繳納罰鍰，並且刪掉幾首詩。

法國文豪維克多‧雨果大概是唯一衷心讚嘆《惡之華》的人，此外並沒有感動到誰，很快就被人們遺忘。直到大約三十年後，波特萊爾早已去世多年，年輕一輩的詩人才發現這部詩集的重要性。

維克多‧雨果 Victor Hugo
悲慘世界
Les Misérables

即使許多人以為《悲慘世界》是以音樂劇的形態來到世間的，其實這是那位法國作家的作品。維克多‧雨果在世的時候是法國的英雄，《悲慘世界》是他的主要著作，他持續寫了十七年才完成，是紀念之作，篇幅超過一千頁。

法國，1830 年左右：尚‧萬強因故被關在監獄裡十九年，被釋放之後，他成功地在社會上找到一席之地，甚至當上一個小地方的首長。後來他的過往曝光，萬強逃到巴黎藏起來——帶著心愛的養女珂賽特。珂賽特愛上馬里烏斯，萬強禁止他們交往，馬里烏斯投入巴黎六月起義（共和黨人反對國王路易‧菲利浦）。萬強反省之後，救起馬里烏斯，並且同意他們兩人結婚。

冒險情節加上許多社會批判和歷史細節，如今依然是法國最受歡迎的小說——更別說音樂劇的成功了。

《物種起源》 （達爾文）	美國內戰爆發	俾斯麥發表「血與鐵」的演說
1859	1861	1862
	《遠大前程》 狄更斯	《悲慘世界》 雨果

朱爾·凡爾納 Jules Verne

地心之旅

Voyage au centre de la terre

情節

奧托·里登布洛克教授是個怪人，年近六十的教授都是這樣。他在德國漢堡教授礦物學和地質學，卻無法讀出希臘－拉丁文的專有名詞，因此總是很惱火。

第一人稱的敘述者阿克瑟是里登布洛克十九歲的侄子，是個膽小的人，有點不樂意地和奧托叔叔踏上可怕的冒險之旅：通往地心。以加密檔案留下路線指示的阿爾納·薩克努森宣稱，只要爬進冰島的一個火山口就可以到達地心。

阿克瑟解開密碼——叔侄兩人前進冰島，很快找了個嚮導，一個冷淡的冰島人漢斯，他們勇敢地爬進火山口，帶著成堆的行李，因為他們預計這個行動應該會持續一陣子。

經過隧道、豎井和峽谷，他們不斷向下，一直朝著地心前進，幾乎被渴死（但是在最後一刻找到水源，命名為漢斯河），利用已成化石的木頭搭成木筏，穿越地底海洋（命名為里登布洛克海），觀看史前巨魚纏鬥，甚至看到某種化石人類，看守著長毛象群。

旅行的終點突如其來：這三個人尚未抵達地心，就連著木筏被斯特龍波利火山吐出來。他們毫髮無損地從義大利回到德國——從此以後變得富有而出名。

入門提示

朱爾·凡爾納的作品一方面盡是緊張的冒險故事，另一方面他的寫作風格在狂熱和老式的從容之間搖擺。

但是有許多替代媒體：電影、漫畫、有聲書——甚至還有桌遊！並不堅持原汁原味的人可以聽聽七〇年代的歐洲廣播劇：表現誇張，非常緊湊，簡潔。

小道消息

為什麼主角剛好是個德國人？很簡單：在法國有個傳統，就是把特別古怪的學者寫成德國人。朱爾·凡爾納從自己的旅行當中認識德國漢堡這個地方，而且剛好位在前往冰島的路上。

減火器獲得專利　　溜冰鞋獲得專利

世界第一條地下鐵開始營運
（倫敦）

1863
《熱氣球上的五星期》
凡爾納

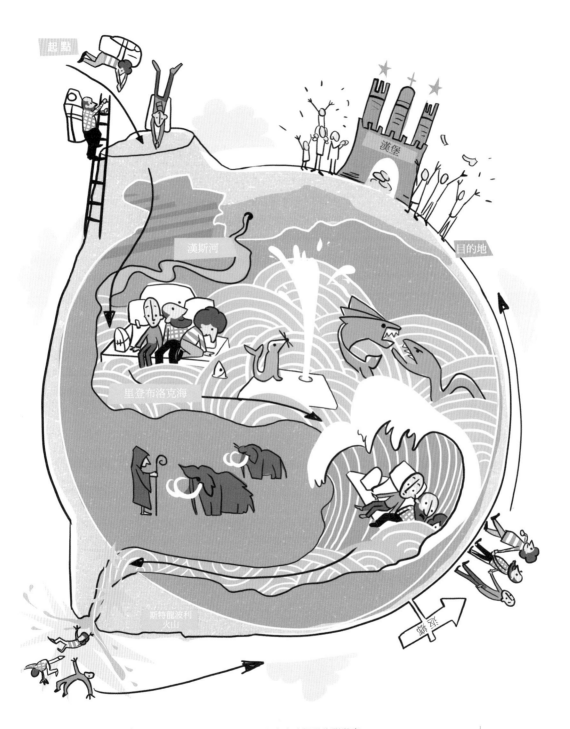

起點

漢堡

漢斯河

目的地

里登布洛克海

斯特龍波利
火山

德國－丹麥戰爭

第一次在火車廂裡發生謀殺案
（英國）

加爾各達被颶風摧毀

1864
《地心之旅》
凡爾納

凡爾納
空想家

★ 1828 年生於法國
✝ 1905 年死於法國

「個人所能想像的一切，都會被其他人實現」

「每個錯誤都是通往真相的一步」

朱爾·凡爾納十一歲的時候溜上船，想當個小水手認識世界，在最後一刻被父親拎回岸上，朱爾承諾：「從現在起我只在夢中旅行」，從此以後乖乖上學，研讀法律好繼承父親的事務所。

然而卻沒有成果，朱爾發覺寫作才是他該做的。他發表了幾篇文章，在劇院工作，但作家生涯不是那麼成功，工作實在太少了。於是他先當股票經紀人賺錢，但並未放棄寫作——1863 年朱爾·凡爾納寫了第一本小說《熱氣球上的五星期》，是本科幻遊記，他也因此發覺了自己的寫作類別，更該說他發明了一種小說類別，至少他是第一個寫作這類故事的人。

因為第一本小說賣得很好，這時他就幾乎每年寫一本新的小說——都是類似的風格。其中最著名的是：《海底兩萬里》（和尼莫船長搭乘他的潛艇鸚鵡螺號經歷三次船難，都是水下冒險故事）、《環繞月球》（三個太空人飛向月球）、《環遊世界八十天》（菲拉斯·佛格打賭自己可以在八十天內環遊世界，而他辦到了）、《沙皇的信使》（史綽果夫示警沙皇的兄弟，有人要叛變，因此必須匿名前往西伯利亞）。

並非所有作品都是科幻小說，但是朱爾·凡爾納在某些作品裡的確是領先某些發展。後來人們將一顆小型星、月球上的一個隕石坑和一艘太空船以他的名字來命名，也就不足為奇了。此外，還有帆船環球賽叫做「朱爾·凡爾納盃」，第一艘核子潛艇則是依照尼莫的船命名為鸚鵡螺號。

朱爾·凡爾納因為這些小說而致富，同時也聲名遠揚。然而他從未被視為文學家，這讓他有點惱火，但是也只有一點點而已。在一張出名的照片上，我們可以看到朱爾·凡爾納六十出頭的樣子：白髮，絡腮鬍，兩眼發光，看起來像個曾經享受生命的人，就像尼莫船長。

第一次日內瓦公約

威廉·布緒 Wilhelm Busch

馬克思和莫里茲—— 七個惡作劇的男孩故事

Max und Moritz – eine Bubengeschichte in sieben Streichen

情節

馬克思和莫里茲是村裡的搗蛋鬼，老是變出新的荒唐把戲。

他們先是惹毛寡婦波特的雞：雞咬了綁在繩索上的麵包塊，就這麼被纏住，吊死在蘋果樹上。寡婦為這些雞痛哭失聲，然後決定——還有別的嗎？——把雞烤了。

第二個惡作劇，馬克思和莫里茲從煙囪把烤好的雞鉤出來，然後吃掉。

> 馬克思和莫里茲可不閒著
> 暗中鋸啊鋸
> 詭計塞滿鋸齒鋸縫
> 把橋鋸開一條縫

第三個惡作劇招惹裁縫波克，馬克思和莫里茲把裁縫家門前的小木橋鋸開，然後引誘裁縫出門，小木橋斷裂，裁縫就掉進水裡了。

第四個惡作劇捉弄村裡的教師廉波，在他的煙斗裡裝進黑色粉末。廉波正享受地點燃煙斗，煙斗就爆炸了，於是炸碎了一些東西。廉波的頭髮被炸開，臉也黑了——不過他活了下來。

第五個惡作劇比較無害：馬克思和莫里茲把小瓢蟲藏在佛里茲叔叔的床上，晚上這些小瓢蟲爬到叔叔的臉上，佛里茲跳了起來，把瓢蟲都打死了。

接下來的發展對兩個男孩可不怎麼好：他們正打算作弄麵包師布雷澤，自己卻掉進麵團裡——哎呀——被麵包師做成了麵包，推進烤爐。但是他們沒事，自己啃開麵包逃了出來。

第七個惡作劇，馬克思和莫里茲這回真的玩完了。他們切開農夫梅克的穀物麻袋，農夫把他們逮個正著，帶到磨坊去。磨坊主人把他們丟進磨斗，他們被磨成小塊，最後被兩隻鴨子吃掉了。

驚人的是……

沒有人想出版《馬克思和莫里茲》，太野蠻也太殘忍，誰會想看這種書？最後布緒還是找到一家出版社——並且靠這兩個小屁孩大賺了一筆。這本圖畫故事書起初的銷售雖然不是那麼好，後來卻變成一個成功的故事，布緒還在世的時候就已經翻譯成十種語言——其中還包括日文！

小道消息

威廉·布緒可以說是漫畫的發明人，《馬克思和莫里茲》的確就像卡通《湯姆貓與傑利鼠》一樣，惡意導致混亂和破壞，主角自己卻能毫髮無損地脫離絕望的境地（就算進了烤箱，還是一樣頭好壯壯）。

現代的連環漫畫在三十二年後出現在美國，《悔恨的孩子》，而且據稱是受到威廉·布緒的啟發，兩本漫畫的相似處的確難以忽視（兩個小孩惡作劇）。

德國第一條「馬」路　　孟德爾發表遺傳法則　　狄更斯由嚴重的火車意外存活下來

《從地球到月球》　　　《馬克思和莫里茲》
凡爾納　　　　　　　　布緒

路易斯‧卡洛爾 Lewis Carroll

愛麗絲漫遊奇境
Alice's Adventures in Wonderland

情節

愛麗絲在夢中看到一隻會說話的白兔，從背心口袋拿出一隻錶。愛麗絲心想，這可不尋常，於是她跟著白兔到他的窩裡。接著不斷往下往下往下掉，最後掉到一個有許多門的大廳裡。有把金色的鑰匙剛好適合最小的那一扇門。一小瓶魔藥就在旁邊，愛麗絲喝下它後人就縮小了，小到剛好能穿過這扇門，接著來到夢幻園地。園裡的一切都很奇特，愛麗絲先是變得巨大，之後又變得很小，然後變成正常大小。她遇到咧嘴笑的貓、三月兔和活生生的紙牌。愛麗絲總是試著好好運用她在學校裡學到的東西，理性地分析究竟發生了什麼事。然而夢幻園地自有其邏輯，也就是沒有邏輯，一切的原則都相互矛盾。故事的最後是一場荒謬的法庭審訊——然後愛麗絲就醒了。

小道消息

哈！毒品！總是有人宣稱，愛麗絲吃了一連串的迷幻藥，於是幻想出她的夢幻園地，用魔藥和蘑菇控制自己的大小，而匆忙的兔子一定是嗑了可卡因，居然還有一隻抽水煙的大毛蟲！太可疑了！
當然這些冒險性的理論從未被證實。

驚人的是……

《愛麗絲漫遊奇境》是第一本真正的兒童讀物——也就是只為了描述一個故事而寫的故事書，而不是把品德教育訊息包裹成故事的書。

入門提示

第一眼看起來或許有些古早味的可愛，再看一眼卻覺得有些殘忍，而且十分荒謬。接受吧。很常聽到「這些文字遊戲只有讀英文原文才明顯」這樣的話，沒錯。想要輕鬆一點的人可以在許多影片、廣播劇和舞台劇之間選擇。

同中有異

六年之後出現續集：《愛麗絲鏡中棋緣》，複雜但比較不連貫——英文版是英語學家的夢想。卡洛爾畢竟忘了把整本書都以鏡像文字來書寫。

★1832 年生於英國
†1898 年死於英國

———
卡洛爾從小就對文學
及對數感興趣

———
卡洛爾的作品被稱為「荒
唐文學」——完全顛三倒
四的,創造出新的現實,
其中自有(十分合乎邏輯
的)規則。數學天才寫小
說就會發生這樣的情況。

提 到路易斯・卡洛爾,大部分的人首先想到的第一個句子通常是:「他和小女孩有關,不是嗎?」即使這些人從來沒有讀過他的作品。真可悲,因為路易斯・卡洛爾其實是個具有難以置信天賦的作家,影響其他很多作家:艾略特、維吉妮亞・吳爾芙、詹姆斯・喬伊斯、史蒂芬・金——這些作家都是路易斯・卡洛爾的粉絲。

卡洛爾從牛津畢業以後擔任數學教師的工作,當時他還叫做查爾斯・路德維奇・道奇森;響亮的筆名路易斯・卡洛爾是他後來取的。當時二十三歲的他不怎麼在乎沒天賦的學生,他感興趣的是攝影。中分的頭髮,兩側稍微捲曲,穿上燕尾服繫上蝴蝶領結——為自己擺好姿勢。

此外,他最喜歡拍攝姿態天真的小女孩,也喜歡拍攝裸體的。呼!難怪很快就讓人想到戀童癖。從另一方面來看,寄出一張印著赤裸小女孩的明信片,在當時其實非常普遍——看起來漂亮、天真、浪漫(就像八〇年代的大衛・漢彌頓的柔焦照片)。卡洛爾對小女孩著迷可能只是種迷思(因此也被稱為卡洛爾迷思),而且從來不曾被證實。

無論如何,有一個十歲的小女孩對卡洛爾而言是重要人物:愛麗絲・里德,系所院長的女兒。1862 年卡洛爾陪同愛麗絲及她的姊姊一起遊泰晤士河——就像普遍的情況,對兩姊妹說了個故事,是個有關掉進兔子洞的愛麗絲的故事……其餘就像已知的。只因真正的愛麗絲堅持,卡洛爾才寫下這個故事。

兩年後,愛麗絲・里德拿到一本手寫、手繪的書,上面寫著獻詞:「給親愛的孩子一份聖誕禮物以紀念某個夏日。」一年後,《愛麗絲漫遊奇境》以書的形式出版。

費歐多·杜斯妥也夫斯基 Fjodor Dostojewski

罪與罰

Prestuplenie i nakazanie

情節

主角是法律系學生羅迪安·羅曼諾維奇·拉斯寇尼可夫，一定要記住他的姓，經常被當成猜謎節目的題目。不管怎麼說，拉斯寇尼可夫殺了當鋪年老的女主人，只是想知道有沒有完美謀殺這回事。愚蠢的是他還連帶殺了她姊姊，讓她無法洩密，因此只能說是完美雙重謀殺。完美，因為沒有細節能連結到拉斯寇尼可夫：他沒有動機，沒有偷竊任何東西，和受害者沒有任何關連。

可以說這個計畫成功了，要不是人還有良知的話。進行之前一切都很清楚：有價值的人毀滅無價值的人渣，即使如此，這依然是犯罪，拉斯寇尼可夫後來明白了，他讓自己成為罪人，從此再無寧日。

最後有個調查檢察官發現拉斯寇尼可夫是犯人，但是卻無法證明。反反覆覆和許多道德心理掙扎之後，拉斯寇尼可夫投案。

小道消息

在德國，這本書起初是以《罪與罰》出版，有時書名是《拉斯寇尼可夫》，目前通常被稱為《犯罪與懲罰》。俄語標題無法正確翻譯成德文，但是偏向法律而非道德意含，因此雖然比較沒那麼響亮，《犯罪與懲罰》被視為比較恰當的標題翻譯。

入門提示

基本上俄國作家的作品很容易閱讀：強烈的文字，緊張的情節，沒有現代的廢話，但是──《罪與罰》是本厚重的著作，許多俄語人名，在「罰」的那一部分不是那麼緊湊。閱讀杜斯妥也夫斯基的完美入門書是《賭徒》，簡短、緊張，充滿激情，而且可更熟悉杜斯妥也夫斯基⋯⋯

作者

⋯⋯本身就是個臭名遠播的賭徒，一生就像俄國小說：二十歲出頭出版了小說《窮人》──非常成功。杜斯妥也夫斯基賺很多，花費也很多，在革命圈裡交遊，因此被放逐到西伯利亞。

不幸的愛，好賭，欠債。或許要問，這樣的人怎麼還有餘裕，寫出這麼多聞名世界的小說⋯⋯

諾貝爾發明炸藥	德國雷克朗口袋書出版社發行 第一本書（《浮士德》）		
	1866 《罪與罰》 杜斯妥也夫斯基	1867-69 《戰爭與和平》 托爾斯泰	1868 《小婦人》 露意莎·梅·奧爾柯特

馬克・吐溫 Mark Twain

湯姆歷險記

The Adventures of Tom Sawyer

情節

美國密蘇里州，十九世紀中期：湯姆是個孤兒，和他的同父異母弟弟席德一起住在波麗姑媽家。湯姆滿腦子都是點子，全身上下都靜不下來。他做了一堆蠢事，也受到很多懲罰。有天晚上，湯姆和他的朋友哈克貝利・芬（母歿，父親是個酒鬼）看到邪惡的印第安人裘打死了村醫，把現場布置得像是流浪漢慕夫・波特做的一樣。

波特被送進了監獄，湯姆及哈克雖然覺得遺憾，但是因為害怕印第安人裘而不敢透露半句。他們的新點子：離家出走，藏身在密西西比河的一個小島上，玩海盜遊戲。村子裡的人以為兩個孩子淹死了，籌備著喪禮。就在喪禮中間，湯姆和哈克突然冒了出來——大聲地說哈囉！

審判慕夫・波特的時候，湯姆終究說出印第安人裘才是兇手，但裘卻逃走了。後面還有許多冒險和惡作劇——然後是緊張的高潮：湯姆和他最喜歡的貝琪・柴契爾誤入某個洞穴，而印第安人裘也躲在那裡，幸好他沒認出湯姆。貝琪和湯姆餓得半死，最後終於走出洞穴返家。為了不讓其他人誤入洞穴，入口被封了起來，而湯姆在很久之後才曉得，那時印第安人裘已經在洞穴裡餓死了。湯姆和哈克找到裘的寶藏因而致富，哈克也被和藹的寡婦收養。

然而愛好自由的哈克只忍耐了一段時間，之後他又離開，經歷新的冒險，不過這是另一本書裡的故事。

小道消息

馬克・吐溫以當時的日常用語寫作，充滿俚語和咒罵，出版的時候就引起公憤，卻不能阻止這本書獲得成功。

一百多年之後卻有另一種看法：那個「黑」字——尤其是續集《頑童歷險記》，馬克・吐溫用了 219 次「黑鬼」，美國左派政治家甚至因此想禁止這本書發行。最後問世的是「淨化」版，不用黑鬼而用「黑奴」。好吧。

入門提示

……完美的讀本，《湯姆歷險記》緊張又充滿趣味！不像後續的《頑童歷險記》那麼粗魯又有爭議。注意了：這當然正是所有人都強調《頑童歷險記》優於《湯姆歷險記》的原因（勝在充滿力量而且批判社會）。或許如此，但是《湯姆歷險記》是能帶來樂趣的世界文學。

無論如何，美國南方的俚語卻讓譯者有些難辦。

新天鵝堡開始興建	德意志帝國建立 （俾斯麥成為首相）		發明打字機	第一部電話 （貝爾）
1869	1871	1873	1874	1876
《情感教育》 福樓拜		《環遊世界八十天》 凡爾納		《湯姆歷險記》 吐溫

——
★ 1835 年生於美國佛羅里
達州
† 1910 年死於美國康乃迪
克州

——
「人會做很多事好讓
自己受到喜愛，但是
會做任何事好讓別人
忌妒自己」

——
馬克·吐溫位在美國康乃
迪克州哈特佛的怪異故居
目前是博物館，可以看到
他的床之類的，或是在商
店裡買一個印上名言的馬
克杯。

哈雷彗星回歸後不久，馬克·吐溫誕生了（1835 年 11 月 30 日），在他的生命終點，據傳他曾說：下一年彗星又將回歸，我希望能和它一起離去。1910 年 4 月 20 日，哈雷彗星再度回歸，一天之後馬克·吐溫逝世。見鬼了。

馬克·吐溫原名薩謬爾·朗鴻·克雷門斯，十一歲喪父。克雷門斯離開學校，當排字工人，很快地就為報紙撰寫遊記。但是他其實想當密西西比河蒸汽船的舵手，後來也的確成為舵手——直到美國獨立戰爭爆發，密西西比河上的船隻不再航行，克雷門斯失業，從軍，然後去淘金（兩種工作都只做了短時間），變成記者，最後成為作家。

該是取個新名字的時候了。馬克·吐溫是引航員用語，意謂水深兩英噚（3.75 公尺）。密西西比河是條混濁的河流，必須隨時測量河水深度，「一噚，再四分之一，二分之一，差四分之一兩噚」，船工吟唱似地咕噥著，然後大聲喊出 M-a-r-k twain！（兩噚），宣布水深足以完全行船。這是克雷門斯選擇筆名的浪漫版本。比較不浪漫的版本是，他從一個密西西比河船長那裡偷來的，馬克·吐溫原來是這位船長的筆名。

吐溫原先主要撰寫他的許多旅行故事，其中也有他到德國的遊記，他對《可怕的德國語言》所作的報導非常有趣，好比他寫道：有些德文字那麼長，使它呈現立體遠景感；不過除此之外他還蠻喜歡德國的。

三十歲中期，馬克·吐溫最後和妻女搬到康乃迪克州，繼續寫啊寫：《湯姆歷險記》、《乞丐王子》、《密西西比河上的生活》、《頑童歷險記》。他是成功、受敬重、聞名的，然而他私下有許多苦處，他的妻子和四個孩子都比他早逝，也正因此他即將七十五歲時想和彗星一起離開這個世界。他對美國文學做出極大的貢獻。

| 小大角戰役 | 《煎餅磨坊的舞會》（雷諾瓦） | 《尼伯龍根之歌》（華格納） |

1876

| 《沙皇的信使》凡爾納 | 《皮爾·金特》易卜生 |

列夫‧托爾斯泰 Lew Tolstoi

安娜‧卡列妮娜

Anna Karenina

情節

很複雜：許多名字和豪華人物關係網，有八個主要角色（請參考下一頁附圖），這樣也還好，但是每個人都還有不同的第二、第三個名字和暱稱，讓情況更加複雜。

先來看看人物關係網，從中也可以一窺多層級的故事情節：里文愛琪蒂，但是琪蒂愛沃隆斯基，沃隆斯基原本是個意志堅定的單身漢，卻愛上（已婚）的安娜，而安娜也愛上了他。

接下來的故事往極端發展，安娜懷孕了，琪蒂深受打擊，里文於是也不好過。而且——噢，良心不安：安娜告訴丈夫自己的欺騙行為，她的丈夫並未排斥她（流言太多），但是安娜因此受苦，甚至考慮自我了結。在痛苦地生下這個（非婚生）孩子之後，安娜激動地向丈夫表達自己的愛意。沃隆斯基深受折磨，甚至想要自殺。

但是安娜的丈夫突然同意離婚，安娜想帶著孩子和沃隆斯基離開城裡，卻必須將孩子留下。他們旅行了一年，之後安娜想要再見她的兒子一面，但是她的前夫不同意。危機出現。安娜和沃隆斯基一起住在鄉間，但是也非事事如意，沃隆斯基變成工作狂，安娜發瘋——最後跌下軌道被火車撞死。

對了，琪蒂和里文就好多了，他們最後還是結婚了，經歷幾次危機之後找到幸福。但是里文最後是否背棄家庭轉向上帝，就很難說了。

名言

有些已經被用爛了，但是第一個句子真的要會引用才是：

> 所有幸福的家庭都一樣，不幸的家庭卻各有其不幸。

這就是文學史上最著名的小說首句。聽起來很棒——但是究竟對不對？也許應該反過來才對？

小道消息

直到二十一世紀初，沒有人認識「列夫」‧托爾斯泰，大家都只知道「里歐」‧托爾斯泰。一百多年以來，俄文的列夫就這麼被英語化了——變成里歐。然後俄語文學出現新的譯本，也對貼切性有新的想法，現在大概沒人敢說是里歐‧托爾斯泰了。（對了：另外重音在托爾斯「泰」和卡「列」妮娜——講究的人可以把作家的俄文名字唸成「里耶夫」。）

入門提示

俄語小說比較容易讀，因為內容豐富，但卻分散在幾百頁內。而缺少一張人物表會很快就迷失其中（其實就算有也一樣）。

也許先從《克羅采奏鳴曲》開始：篇幅短，情節簡單，主題有趣（誰能結婚？），而且相當露骨（以當時的情況來說）。

托爾斯泰
超級巨星

★ 1828 年生於俄國
† 1910 年死於俄國

「印書並未增進人類幸福」

婚禮之後不久，托爾斯泰讓妻子讀自己的日記，這不是個好主意，蘇菲亞驚訝於丈夫的生命轉變：這麼多女人！他是怎麼描述這些女人的！震驚。

列夫・托爾斯泰是地主、士兵、業餘教育家、素食主義者、宗教狂熱份子、無政府主義者，還是個超級巨星，還在世的時候就是。簡而言之：克里米亞戰爭之後，托爾斯泰在他的地業亞斯納亞波里亞納為屬下的孩子蓋了兒童學校，自己教學，此外還撰寫教科書（受到多方重視）。他旅行到德國、英國、法國及義大利，結識教育家和作家，吃喝玩樂，誘拐婦女。

三十四歲的時候，托爾斯泰和十八歲的蘇菲亞結婚，和她一起搬到亞斯納亞波里亞納，寫下《戰爭與和平》。五年的時間，一千五百頁長，無數次修改。他的妻子在夜間謄寫手稿，直到托爾斯泰滿意為止，一共有五個版本。沒有電力，手抄，在田地工作好幾天之後，還帶著十三個孩子，真令人難以置信。那書呢？不消說，世界文學，幾百個人物，拿破崙戰爭時期的俄國歷史，命運，愛，熱情。托爾斯泰成為文學界的明星，寫下《安娜・卡列妮娜》。同樣的過程：蘇菲亞抄寫，列夫捨棄，重新寫起，蘇菲亞再重抄一次（她是否比較喜歡圓滿結局的那個版本？），書出版了，大家都很興奮。

只有托爾斯泰不高興。生命的意義何在？不知怎的迷失了。為了重新找出生命的意義，托爾斯泰做了奇特的事：成為素食主義者，不抽煙，禁酒主義者。他自創了一個宗教，混合其他的宗教；撰寫社會批判論文，為農夫權力抗爭，成為簡單生活的捍衛者。在這狂熱尋找生命意義的巔峰，他把所有的著作版權移轉給俄國人民，他的妻子氣得跳腳。

托爾斯泰八十二歲時做了一個決定：他再也無法忍受亞斯納亞波里亞納，想要搭乘火車離開，陪著他的是他的醫生和最小的女兒。當蘇菲亞知悉的時候，她想讓自己溺斃在水池裡，被救起後追上她的丈夫。托爾斯泰在逃走途中生病了，必須在阿斯塔波沃下車，好幾個醫生特地前來，還有支持者、記者、神職人員，以及蘇菲亞。托爾斯泰不想見妻子，陷入昏迷後死去。

俄－土戰爭結束　　威廉大帝一世遭暗殺

文學網絡
給初學者的方向指引

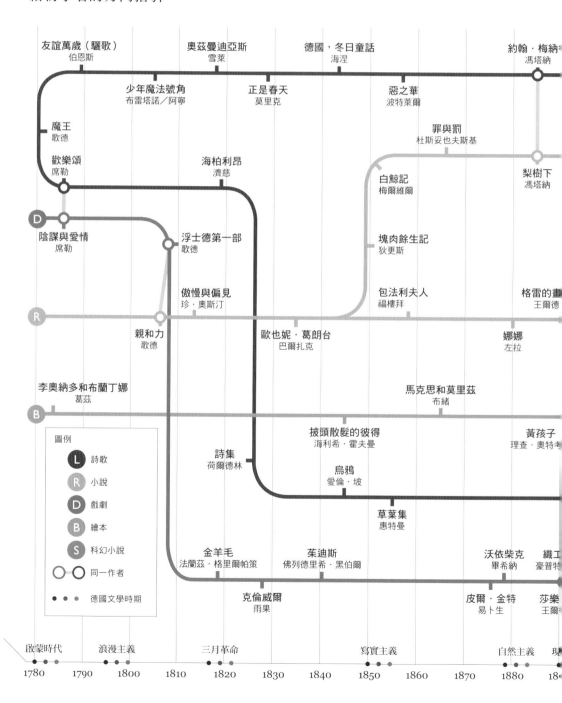

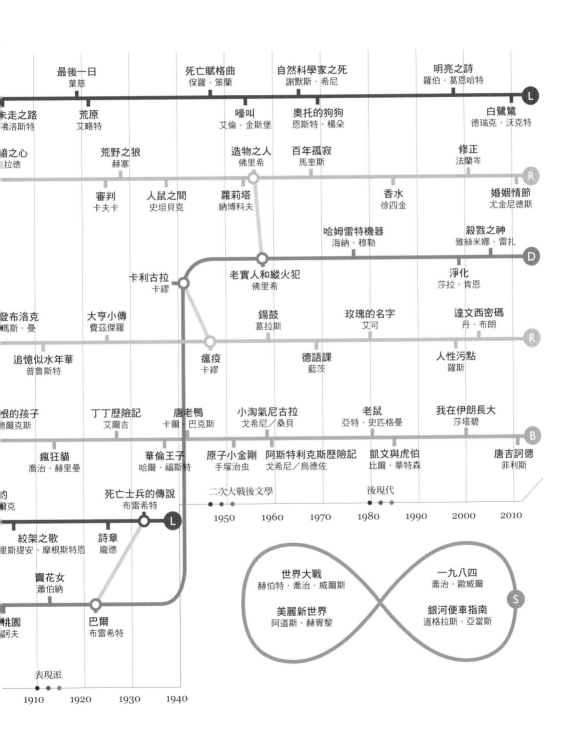

最後一日
葉慈

死亡賦格曲
保羅·策蘭

自然科學家之死
謝默斯·希尼

明亮之詩
羅伯·葛恩哈特

L

未走之路
弗洛斯特

荒原
艾略特

嚎叫
艾倫·金斯堡

奧托的狗狗
恩斯特·楊朵

白鷺鷥
德瑞克·沃克特

暗之心
拉德

荒野之狼
赫塞

造物之人
佛里希

百年孤寂
馬奎斯

修正
法蘭岑

R

審判
卡夫卡

人鼠之間
史坦貝克

蘿莉塔
納博科夫

香水
徐四金

婚姻情節
尤金尼德斯

哈姆雷特機器
海納·穆勒

殺戮之神
雅絲米娜·雷扎

D

卡利古拉
卡繆

老實人和縱火犯
佛里希

淨化
莎拉·肯恩

登布洛克
瑪斯·曼

大亨小傳
費茲傑羅

錫鼓
葛拉斯

玫瑰的名字
艾可

達文西密碼
丹·布朗

R

追憶似水年華
普魯斯特

瘟疫
卡繆

德語課
藍茨

人性污點
羅斯

眼的孩子
爾克斯

丁丁歷險記
艾爾吉

唐老鴨
卡爾·巴克斯

小淘氣尼古拉
戈希尼／桑貝

老鼠
亞特·史匹格曼

我在伊朗長大
莎塔碧

B

瘋狂貓
喬治·赫里曼

華倫王子
哈爾·福斯特

原子小金剛
手塚治虫

阿斯特利克斯歷險記
戈希尼／烏德佐

凱文與虎伯
比爾·華特森

唐吉訶德
菲利斯

約
爾克

死亡士兵的傳說
布雷希特

二次大戰後文學

後現代

1950　1960　1970　1980　1990　2000　2010

絞架之歌
里斯提安·摩根斯特恩

詩章
龐德

L

賣花女
蕭伯納

桃園
訶夫

巴爾
布雷希特

世界大戰
赫伯特·喬治·威爾斯

美麗新世界
阿道斯·赫胥黎

一九八四
喬治·歐威爾

銀河便車指南
道格拉斯·亞當斯

S

表現派

1910　1920　1930　1940

特別精選
快速瀏覽文學作品

葛歐格・畢希納
Georg Büchner

沃依柴克
Woyzeck

主要人物是單純的士兵法蘭茲・沃依柴克：沒什麼錢，工作繁重，和他的情人瑪麗生了一個孩子——為了養活他們兩人，他參加可疑的醫藥實驗。之後來了個少校，和瑪麗談情說愛！沃依柴克的腦子混亂，內在的聲音命令他殺死瑪麗——於是他買了刀子，刺死不忠的情人。畢希納刻意地讓主角說當時的口語，讀的時候有點煩。但是為了真實性，也為了再次強調，本書敘述的是階級社會中單純的人的問題。

葛歐格・畢希納只活了二十三年，直到今日還讓德國文學家哀嘆不已：這麼有才華的作家該會寫出多少重要作品！

亨利・詹姆斯 Henry James

一位女士的畫像
The Portrait of a Lady

膚淺的美國對照文化歐洲：美國人伊莎貝爾・雅契（漂亮、年輕、聰明）到英國投靠親戚。因為想保持自由、獨立，她拒絕了兩次求婚，並繼承了財富，旅行穿越歐洲。因為沒有其他計畫，她在義大利和美國人歐斯蒙結婚（迷人但是自我中心、勢利、狡猾）。

歐斯蒙為的當然是她的錢，可惜伊莎貝爾太晚注意到這點，此時已經無法擺脫這個不幸的婚姻，她終究無法捨棄自己的道德觀，和當初她因為愛好自由而拒絕他求婚的那個男性一起離開。

典型的遺憾故事——但是總要換換口味，來到美麗和富裕的環境。

羅伯特・路易斯・史蒂文生
Robert Louis Stevenson

金銀島
Treasure Island

一份藏寶圖，一艘滿是勇敢水手的船，單腳的廚子，機靈的學徒＝冒險故事的一級配備。後來發現，這艘船上一半的船員是海盜，由廚子高個兒約翰・席爾柏帶頭，計畫一找到寶藏就叛變。

在金銀島上發生一些事，海盜和正直的水手互鬥，其中包括第一人稱的敘述者和學徒吉姆・霍金斯。

最後廚子拿到寶藏，但是好人也拿到一部分——霍金斯也有。

作者羅柏・路易斯・史蒂文生罹患嚴重的肺病，半生都躺在床上，這並未阻止他搭船橫越南方海洋，並且在他四十歲那年落腳在薩摩亞，四年之後在那裡去世。

1879		1880		1881
《沃依柴克》 畢希納	《娜娜》 左拉	《O侯爵夫人》 海利希・克萊斯特	《海蒂的學徒和旅行年代》 約翰娜・施皮里	《一位女士的畫像》 詹姆斯

艾米爾 · 左拉 Émile Zola

萌芽

Germinal

法國，1860 年前後：年輕的艾堤翁 · 朗堤耶來自大都市，在礦場找到一份新工作，然而工作環境令他震驚。礦工在非人的條件下工作到筋疲力竭——薪水卻不足以餬口，贏家是資本主義的礦產所有人。

朗堤耶認為不應忍氣吞聲，應該起身反抗！於是真的發生罷工，但是後來卻帶來更大的不幸，因為礦工這時連收入都沒有了——而罷工也沒有帶來任何成果，因為鄰近的礦工沒有參加罷工。

最後軍隊鎮壓憤怒的罷工工人，他們必須重新上工——薪水更少。體制獲勝，末尾更發生大規模的礦災——一連串的不幸。

對無產階級苦難的描述非常強烈，當時人們就已經對無望的結局相當不滿。《萌芽》的故事和葛爾哈特 · 豪普特曼的劇本《織工》類似，兩者都是自然主義的重要作品。

艾米 · 羅登 Emmy von Rhoden

桀驁不馴

Trotzkopf

桀驁不馴的是伊娥瑟 · 馬凱特，在第一部當中她十五歲——是個年輕女孩，第一頁就這麼說明了，此外還是個野孩子。毫無疑問：伊娥瑟必須進寄宿學校，才能讓她最後變成淑女。

幾次衝撞之後，伊娥瑟終究接受自己的命運，並且結交了朋友，來自英國的女孩涅莉和伊娥瑟剛好完全相反：友善、規矩、謙遜。伊娥瑟和涅莉經歷了各種寄宿學校冒險行動，伊娥瑟總是挑釁而衝動，也總是被涅莉引領回歸美德之道。最後她們兩人都和絕佳的男性訂婚，第一部結束。

第二部原則上是關於好妻子的行為舉止，決不可以從事自己的職業。第三部裡，桀驁不馴的伊娥瑟和丈夫里歐有兩個女兒，第四部（由另一個女作家撰寫）裡，伊娥瑟變成和藹而有智慧的老祖母。

和其他許多書不同，《桀驁不馴》四部曲沒有逃過時代的巨輪，太媚俗、太小家子氣，對今日年輕讀者而言太老掉牙。但是不因此卻步的讀者，從這些「少女故事」（本書的副標題）可得知十九世紀末的許多生活細節和女性圖像。

泰歐多爾・施篤姆 Theodor Storm

白馬騎士

Der Schimmelreiter

情節

浩克・海恩是個小書呆子：他對其他孩子不感興趣，覺得潮汐、建築堤防和土地測量有趣得多，他的夢想是修建新型的堤壩。難怪他沒有朋友。

浩克後來成為堤壩主管的隨從，這個工作及不上他的才智。但是他的機會來了：老堤壩主管過世了，浩克和他的女兒艾娥珂結婚，變成新的堤壩主管。現在終於可以開始實現他一生的夢想，建築一座超級堤壩——村民非常不喜歡這個主意，他們不了解平緩的堤壩何以優於陡峭的。

此外，他們一直都覺得浩克怪怪的，而他新買的白馬——這不是被馴服的鬼馬嗎？十九世紀小村莊就是這麼說著閒言閒語。

浩克雖然建造了他的堤壩，卻忽略了舊堤防（注意：總之從這本書可學到有關堤壩建築的許多事情，但是不能在此贅述）。某次嚴重的暴風雨氾濫使舊堤防潰決，浩克的家庭被洪水沖走，絕望的堤壩主管騎著白馬也隨著投身洪水之中。

泰歐多爾・施篤姆以兩個框架情節和三個敘述者為故事架構，作者1先由某個報導說起，報導作者2談到怎麼在堤防上遇到幽靈騎士，後來又在客棧裡遇到老校長，也就是第三個敘述者，他於是完整說出浩克・海恩的故事。

小道消息

在北弗里斯蘭的確有個浩克海恩堤（Hauke-Haien-Koog，Koog 指的是築堤排水以後出現的土地），平緩堤岸理論當然也是正確的。因此有人認為堤防主海恩是個歷史人物，其實不是——雖然施篤姆在寫作的時候，腦中的確有個歷史典範。

作者

越往北方，越受歡迎。泰歐多爾・施篤姆是北弗里斯蘭的民族作家；《白馬騎士》是北德小學生必讀的文學作品。施篤姆研讀法律，而且擔任法官直到退休。他的詩、童話和事件小說都是閒暇時寫下的——大部分故事背景發生在北德的什列斯威，也就是他生活的地方。

尤其是胡蘇姆市，把施篤姆當地方子弟紀念——雖然施篤姆曾稱之為海邊的灰色城市，在《城市》這首詩裡還述及灰色的沙灘、灰色的海洋及霧。聽起來不是非常吸引人，然而施篤姆依舊強調，他的心掛念胡蘇姆。他當時居住的屋子（漆成灰色）如今設置成施篤姆博物館，天候不佳，不能流連沙灘的時候，遊客都喜歡到此一遊。

入門提示

《白馬騎士》的用語相當老式，但是故事緊湊又不長——因此是熟悉施篤姆作品的良好入門。除此之外，事件小說《茵夢湖》或是童話繪本《小海威曼》——適合全家閱讀。

第一部留聲機
（艾米爾・柏林納）

《向日葵》
（梵谷）

德皇威廉大帝
逝世

艾菲爾鐵塔
完工

1887

1888
《白馬騎士》
施篤姆

1889
《茱莉小姐》
史特林堡

奧斯卡．王爾德 Oscar Wilde

格雷的畫像
The Picture of Dorian Gray

情節

畫家巴索爾．霍華為年輕俊美的道林．格雷畫了人像，格雷對這幅畫大為激賞，但也陷入一種生命意義危機裡：他會越來越老，也會變醜，他的畫像卻永保青春而美麗。為什麼不能顛倒過來？

然而這個願望很快得以成真。受到亨利勳爵的不良影響（機智但是冷嘲熱諷，讓人不舒服），道林無視損失縱情歡樂：

> 亨利每天就說些不可思議的事過日子，晚上就做些難以置信的事，這正是我想過的生活。

道林和女演員希珀訂婚，希珀很快就發現自己沒有天賦。某次表演不佳之後，道林拋棄了她，這時畫像開始變化，道林發現人像畫嘴角出現一絲殘忍的線條，因而感到震驚。他決定回到希珀的身邊——太遲了，希珀已經自殺身亡。道林受到驚嚇，但是沒多久就又繼續享受他的生活，很快地閒言四起，粗暴、毒品、女人、自我中心、自私。

道林不在乎這些，畫像中的他越來越醜惡、老朽，道林藏起畫像。幾年後，畫家巴索爾前來殷殷相勸，道林卻怪罪巴索爾造成這一切，怒不可遏之下刺殺了畫家。道林從此更加墮落，鴉片、妄想、恐慌。他想重新開始，摧毀畫像，然而當他用刀劃破肖像，卻殺了自己。

他的僕人起初根本無法辨認屍首：枯朽、皺巴巴、而且望之生厭，肖像卻神奇地呈現細緻青春的主人及其美貌。

小道消息

《格雷的畫像》是少數世界級的文學作品，而且幾乎每個人都知道。扭曲的情節，加上作者充滿醜聞的生命歷程——年輕人的「人生必讀」選單寧可納入《格雷的畫像》而非《沃依柴克》也就不足為奇了。可以醉心於本書的偉大，引用其中某個有名的句子。

如果想要引起騷動，可以說這本書其實結構很弱，以及太多警句。還有不要忘記這句：「他的劇本（也可以說評論）重要多了！」

名言

> 樹敵應謹慎為上。
> A man cannot be too careful in the choice of his enemies.

傲慢的亨利勳爵對道林．格雷這麼說——因為他對任何話題都有一句（或是兩句）適當的諺語。

王爾德
花花公子

★ 1854 年生於愛爾蘭
† 1900 年死於法國

「我能抗拒一切——
除了誘惑」

奧斯卡．王爾德認為藝術
根本是最重要的，藝術絕
對不是無用之物！——唯
美主義的兩個核心主張。

關於誘惑的這句話並非王爾德自述，而是他筆下角色的台詞，然而這句話用來形容他的生活非常貼切（所以也常被濫用）。

愛爾蘭人王爾德是他那個時代的花花公子：盛裝登場，優雅的衣著，機智、風趣、奢華。第一次嘗試就非常成功，先是他唯一的一本小說《格雷的畫像》，然後是他的社會喜劇，英文原著充滿文字趣味，不斷爆發的情境喜劇。

再說起原文版本："The importance of being Earnest"（《不可兒戲》），他最著名的舞台劇本，光是標題就難以貼切翻譯，earnest 意為正直，劇中主角也叫 Earnest，這樣的一語雙關翻譯成德文難以呈現，幾次嘗試之後，劇本標題在德國的名字翻譯成"Bunbury"（根據配角名字）——加上副標題「認真之必要」。

此外，王爾德更是一位諺語天才。只用幾個字就能點出哲學思想，獨留讀者詫異深思，這門藝術他已經達到爐火純青之境。倫敦社會因這位聰慧而詼諧的作家而騷動，他相對開放地過著同性戀生活，也讓他蒙上一層罪惡的光環。但是到了 1895 年一切都改變了。

奧斯卡．王爾德因為淫亂而被起訴，並且被判監禁兩年。事件的背後黑手是他朋友波西的父親，他並不樂見兩人的關係。王爾德在監獄裡必須接受沉重的強制勞動——之後再也無法振作起來，不管是財務、健康和社會關係都已敗壞。王爾德被釋放之後前往巴黎，阿爾薩斯旅館的主人顯然對他很有心，雖然王爾德完全破產，他還是住在最好的房間，得到最好的餐點。王爾德曾說：「我的死亡和我的生活一樣，都超出我的能力所及。」——到死都是個諺語製造機。他的最後遺言據說是：「換掉這難看的壁紙，不然我走人。」

開始建築西伯利亞鐵路　　莫泊桑正式被判定瘋狂　　林白第一次試飛

《約斯塔．貝爾林》
塞爾瑪．拉格洛夫

亞瑟‧柯南‧道爾爵士 Sir Arthur Conan Doyle

福爾摩斯冒險史

The Adventures of Sherlock Holmes

情節

早在 1887 年，道爾就寫了第一部《福爾摩斯》小說《血字的研究》：夏洛克‧福爾摩斯和華生博士相識，一起搬進貝克街 221b，不久之後出現第一個案件。小說並未受到矚目，直到 1891 年，有關這對偵探的第一個短篇故事刊登在雜誌上，《福爾摩斯》才有所突破。

1892 年接著將之前印行的十二個短篇故事集結成一本出版，其中包括《紅髮會》（兇手想搶銀行）、《花斑帶探案》（編織的蛇當作謀殺工具）以及《藍寶石探案》（寶石竊賊把寶石藏在鵝的嗉囊裡）。

在所有的故事當中，偵探推理比抓到犯人更重要。一開始總是出現謎團（不一定是犯罪），福爾摩斯無論如何都想解開；有時他會自己發掘謎團，有時則是受到委託。以他銳利的理性，以及和華生進行的分析對話，探究事情的根源，因此變成古往今來最著名的偵探。

小道消息

1. 故事的敘述者華生對福爾摩斯的長相有相當精確的描述：身高超過一米八，瘦削，有穿透力的眼光，狹長的鷹勾鼻，晚上總是穿著他的紅色睡袍。帶耳罩的格子帽雖然在後來的故事才提及，卻變成他的註冊商標。

2. 福爾摩斯總是抽著煙斗；覺得無聊的時候也會用一些古柯鹼或鴉片。喔喔！哎呀，當時這兩種東西並未被當作邪惡的毒品，而是可以自由取得的。道爾決不會想要創造一個毒癮偵探，古柯鹼和鴉片開始蒙上惡名之際，道爾也讓福爾摩斯很快就戒除毒癮。

3. 許多人深信福爾摩斯的確存在，故事看起來如此真實，那是因為道爾總是把時事放進故事裡。此外，這些案件都發生於真實存在的地點——甚至連貝克街都是真的（無論如何當時還沒有 221b 號）。

作者

亞瑟‧柯南‧道爾在他能以寫作維生之前是個醫師（華生醫師就是他的投影）。《福爾摩斯》讓這位英國作家舉世聞名，然而他覺得自己的歷史小說寫得更好（如今其實已被遺忘）。為了為其他作品騰出時間，他讓福爾摩斯在《最後一案》死於調查期間——讓他最大的書迷，他的母親，大為震驚。

道爾有別的事情要做：他參加第二次波爾戰爭，英國戰勝。道爾為此寫了一本書，因此獲得爵士榮譽頭銜（而不是因為他傑出的偵探故事）。

從前從前……
著名／美麗的首句

「要把第一個句子寫得讓讀者非要看第二句不可──然後一直接下去」

美國作家威廉・福克納曾這麼說。每個人都可以自行檢視,看看以下這些例子是不是辦到這點。

所有幸福的家庭都一樣,不幸的家庭卻各有其不幸。
《安娜・卡列妮娜》,列夫・托爾斯泰(最有名的第一句)

叫我伊斯馬耶。
《白鯨記》,赫爾曼・梅爾維爾(也應該讀一下原文,並不難:Call me Ismael)

伊瑟比爾撒上鹽。
《比目魚》,鈞特・葛拉斯(曾被選為德語文學最美的首句)

某天早晨,葛瑞格・山薩從不安的夢中醒來,發覺自己在床上變成一隻蟲。
《變形記》,法蘭茲・卡夫卡(曾被選為德語文學第二美的首句)

如果你們真的想聽,那麼你們也許應該先知道我在哪裡出生,我如何度過可悲的童年,我的父母親在生下我之前做了什麼等等,還有塊肉餘生記那一套,你們如果想知道,我其實根本不在乎這些。
《麥田捕手》,沙林傑

我在非洲恩貢山腳下有個農場。
《遠離非洲》,坦妮亞・白列森

那是一個明亮而寒冷的四月天,鐘敲十三下。
《一九八四》,喬治・歐威爾

郝思嘉根本說不上漂亮。
《飄》，瑪格麗特·米契爾

長久以來我都早睡。
《追憶似水年華》，馬歇爾·普魯斯特

告訴我，繆思，四方遊歷男子漢的作為……
《奧德賽》，荷馬（想要讓人記住你，可以引用原文：
Andra moi ennepe, Mousa, polytropon, hos mala polla
planchthe.）

在這個小小的小城邊緣有個荒廢的花園。
《長襪皮皮》，阿思緹·林格倫

沿河而上，經過夏娃及亞當，從海岸轉折到
灣弓處，帶我們隨著舒適的維科思環重回霍
思城堡的狹隘。
《芬尼根的守靈夜》，詹姆斯·喬伊斯（至少立刻知
道面對的是什麼樣的讀物）

夜晚，在月光下，有片葉子上有顆小小的
蛋。
《好餓的毛毛蟲》，艾瑞克·卡爾

湯姆！
《湯姆歷險記》，馬克·吐溫

我不是史狄勒！
《史狄勒》，馬克斯·佛里希

從前有個老人，獨自在小船裡往灣流釣魚，
直至今日他已經連續八十四天出海卻沒有捕
到半條魚。
《老人與海》，厄尼斯特·海明威

地底的某個洞穴裡住著一個哈比人。
《哈比人》，托爾金

有個單純的年輕人在仲夏從故鄉漢堡旅行到
格勞賓登州的達佛廣場。
《魔山》，湯瑪斯·曼

每年都重來一次。
《龍紋身的女孩》，史狄克·拉爾雄*

＊譯注：台灣常見的書名及作者名翻譯主要來自英文，
但是為尊重作者，還是盡力以瑞典原文發音翻譯他的名
字。這本書的標題也不是全世界都一樣，最初在瑞典以
《憎恨女人的男人》（Män som hatar kvinnor）為名出版，
德文版譯名為《蒙蔽》（Verblendung），英文版則是台
灣讀者熟悉的《龍紋身的女孩》。

卡爾‧麥 Karl May

文納圖第一部

Winnetou I

情節

第一人稱敘述者（即老碎手＝卡爾‧麥）擔任測量員而參與美國鐵路建設，從聖路易斯開始，鐵路會穿越阿帕契人的土地，然而阿帕契人不想要火馬出現在他們的領土上。於是阿帕契酋長「好太陽」和他的兒子文納圖以及克雷基－佩特拉迎向前去，好阻止他們繼續測量。拉特勒（類似鐵路建築警察）向文納圖開槍，卻擊中克雷基－佩特拉，這有如宣戰。「好太陽」集合他的人馬，接著是許多戰鬥、俘擄、釋放，詭計和狡詐，最後許多白人以及其他被囚的阿帕契人死亡。老碎手本來想成為印第安人的朋友，尤其是文納圖，然而文納圖起初並不信任他，但是老碎手最後終於證明自己是好人。

他們兩人很快成為結義兄弟，文納圖教他的新夥伴所有白人原本不會的事，而他的姊妹「美好的日子」則愛上老碎手。「好太陽」同意兩人的婚事，雖然這意味著「美好的日子」必須歸化成基督徒。但是所有的人被強盜襲擊，「好太陽」和「美好的日子」都被殺害。悲傷與震驚——文納圖騎上馬前去復仇（壞人無論如何在第三冊結尾才死去）。

小道消息

文納圖首次出現在卡爾‧麥於 1875 年發表的敘事小說裡，但是其中的文納圖是個比較年長而且抽煙的印第安人，割下敵人的頭皮，咬著煙頭——而且死在另一本敘事小說裡。改寫之後，文納圖才變成善良、年輕、俊美、有正義感、高貴、勇敢、真摯的英雄。

作者

卡爾‧麥開始寫作之前曾多次入獄。最初寫了幾本敘事小說，然後很快就完成他有關卡拉‧班‧南希、老碎手和文納圖的遊記小說。在那個時代他雖然從未去過美洲，也沒去過東方，但是他有豐富的想像力，而且是如此豐富，使他很快就相信，他自己就是老碎手，而且告訴每一個人。他特別訂製了著名的武器（銀步槍、殺熊機、亨利卡賓槍），然後穿戴著整套的碎手裝備去拍照。後來卡爾‧麥因為自我傳奇化而備受責難。

他的書被翻譯成四十種語言，售出兩億本，然而他在美國、英國等地幾乎默默無名。

名言

> 他身上最美的地方卻是他的眼睛，這雙黝黑、絲緞般的眼睛，因為各種因素，可能含藏著所有的愛、良善、感激、同情、憂愁，但也包含輕視的世界。

這只是卡爾‧麥讚美筆下的英雄其中一段非常華麗的文字。

德國改用中歐時間　　拉鍊獲得專利　　發明爆米花機

泰歐鐸・馮塔納 Theodor Fontane

艾菲・布里絲特

Effi Briest

情節

三十八歲的因斯戴頓侯爵看上了十七歲的艾菲・布里絲特，向她求婚，她的雙親允可（好對象！），他們結婚之後搬到後波馬地區。片刻之間來到大房子，美麗的風景，但是無聊到讓人昏昏欲睡。艾菲感到寂寞，覺得這老房子很可怕。後來她生了個女兒，但還是繼續無聊地生活下去。

於是坎帕斯上校登場了，名字很酷，也是個很酷的男人。艾菲的丈夫四處旅行洽公的時候，艾菲和坎帕斯一起準備戲劇演出，劇本叫做《一步之差》，這個標題正點出了艾菲後來的生命故事。

該來的總是會發生：艾菲和上校陷入婚外情，雖然刺激，但其實是過分刺激。艾菲和丈夫遷居到柏林，斬斷和坎帕斯的情緣，她高興自己得救了。

愚蠢的是，因斯戴頓在六年後發現坎帕斯當年寫的情書，沒有其他解決方式，他必須和妻子的舊情人決鬥，並且離開艾菲。這就是當時的規則——即使所有的當事人都因此陷入不幸：坎帕斯（被射殺）、因斯戴頓（既不想決鬥也不想終止婚姻）、女兒安妮（再也不許和母親見面）、艾菲的雙親（女兒不名譽）以及艾菲本人（太痛苦而去世）。

名言

> 這真是一言難盡。

每次布里絲特爸爸不想辯解或說明某事，他總是這麼說。這也是小說的最後一句話：布里絲特以此對罪的問題下了註解。

這是句平日可用的名言，無論如何應該記下來。

入門提示

馮塔納的著作很容易閱讀，但是注意了！即使情節沒有太多動作場面，很多細節都沒有寫出來，必須仔細推敲（熱吻已經算是非常露骨的了），並且詮釋其中的象徵意義。

想要接近他的作品可以先讀讀他偉大的情詩（《約翰・梅納德》、《哈佛蘭瑞貝克的瑞貝克先生》），然後接著讀《梨樹下》——這是一個犯罪故事（緊湊，但請不要期待儀式謀殺之類的）。

首度賽車 （巴黎）	屈里弗斯事件 （法國）	倫敦塔橋 開放通車

1894

《叢林奇談》 魯德亞德・吉卜林	《艾菲・布里絲特》 馮塔納

李曼·法蘭克·包姆 Lyman Frank Baum

綠野仙蹤 / 奧茲的奇妙巫師
The Wonderful Wizard of Oz

情節

主要人物：小女孩桃樂絲，她的狗托托，稻草人、獅子和鐵皮人，他們一起踏上前往尋找奧茲巫師的旅程。

之前發生的故事：一陣非常強的暴風將桃樂絲和托托連著房子一起吹走，他們被吹到曼奇津國，東方的邪惡女巫統治這個地方，然而卻被農舍當頭摧毀。這時北方的善良女巫給了桃樂絲一雙銀色的奧茲魔法鞋，幫助她回家。途中桃樂絲撿了稻草人（他想求巫師賜給他智力），還有懦弱的獅子（他想要勇氣）和鐵皮人（想要一顆心）。

後來發生的事：向巫師拜託的事都沒問題，他想幫助所有的人，但是——有個麻煩——他們必須先殺死西方的邪惡巫婆。他們沒有俐落完成，桃樂絲和獅子反而被俘虜了，稻草人和鐵皮人則被摧毀。

最後桃樂絲成功殺了巫婆，把夥伴們都修好，然後回去找巫師，但是那個人根本不是巫師，而是假裝的。因此他也不可能幫助這一小隊旅人，不過卻說服鐵皮人和稻草人，讓他們相信自己早已擁有所期盼的。

歸途：還是一點用都沒有，所有的人都必須去找南方的善良女巫（毫無疑問）。路途不是那麼平順，然而獅子在途中還是獲得一個王國。最後他們只知道魔法鞋（桃樂絲一直都穿著）會指出回家的道路，於是桃樂絲最後又回到家裡——鐵皮人統治西方女巫原來的領地，稻草人接管那「畢竟不是巫師的巫師」的子民。

小道消息

在德國（如果有人知道）比較出名的是茱蒂·嘉蘭的音樂劇電影（奇特的是劇中的魔法鞋是大紅色）。相反的，在美國每個孩子都知道《綠野仙蹤》，桃樂絲和朋友們可說是美國人的「漢斯與葛蕾特」＊。

作者

評論家起初批評相當嚴厲，認為這本書寫得不好。這本書的風格的確相當樸素。

包姆原本是商人，二十歲的時候忽然覺得自己應該養家禽，他寫的第一本書是有關漢堡雞（他最喜歡的雞種）的交配和飼養。

此外，包姆也演出舞台劇，並寫作劇本，做點小生意，是記者和巡迴販售商，寫了一本有關櫥窗裝飾的書，一直都喜歡對自己的孩子說床前故事。因為這些故事，有一天就寫成了這本《綠野仙蹤》——雖然評論家毫不容情，卻立刻造成暢銷，暢銷到讓包姆寫了十六篇續集。另外還有許多兒童讀物——實際上在德國卻無人知曉。

＊譯注：《糖果屋》的二位主角，為格林兄弟所收錄的德國童話。

王爾德被判入獄兩年	發現X光	《波西米亞人》（普西尼）	第一部收音機（馬可尼）
1895《不可兒戲》王爾德		**1896**	**1897**《德古拉》布拉姆·史托克

湯瑪斯・曼 Thomas Mann

布登布洛克：一個家族的沒落

Buddenbrooks: Verfall einer Familie

情節

正如標題顯示的（即每個德國人所知的），這是有關德國呂北克一個家族的故事。四個世代超過二十個人物登場。

約翰・布登布洛克經營家族企業「布登布洛克穀物公司」，他的兒子尚也在公司工作。他們的競爭者是哈根斯聰，剛搬來的新富，每個人都覺得他有些可疑。約翰去世時，尚接手經營，他的兒子湯瑪斯也很快就當上學徒。

尚強迫他的女兒東妮嫁給一個漢堡商人，雖然東妮心有所屬。然而這門好親事很快就顯示出沒什麼好處；新郎破產，為了公司好，東妮和他離婚。之後東妮嫁給另一個人，但是後來也離開他，因為他是個騙子。

布登布洛克家族就這麼起起落落，而公司所有人尚在這時突然死去。年方二十九歲的湯瑪斯接手經營，他並不特別擅長經營——雇用他的弟弟克里斯提安也沒有什麼幫助，他是個輕浮的人，最後只得離開公司。

湯瑪斯迎娶葛爾姐，他們生了個兒子漢諾，是個敏感的夢想家，湯瑪斯卻希望漢諾能接手經營公司。湯瑪斯四十多歲的時候就已經完全燃燒殆盡，哈根斯聰在呂北克越來越有勢力，而布登布洛克卻走下坡。

湯瑪斯過五十歲生日前就去世，遺囑聲明出售公司——他應該已經看清漢諾永遠無法成為繼承者，而漢諾的確在十六歲時就死於斑疹傷寒。

入門提示

這本書的情節當然比上述的多上千倍，所有家族成員的生命都追溯幾十年——有些說的是北德方言，有些說法語、波蘭語、普魯士德語，還有其他不同的方言。即使如此，本書還是湯瑪斯・曼最「簡單」的一本小說。然而，推薦給入門者的當然是他的事件小說《魂斷威尼斯》或是《東尼歐・克魯格》。

小道消息

在整部小說中都未提及城市的名字呂北克，然而很明顯的，布登布洛克家族就住在這個漢薩城市*裡。這本小說問世之後，起初招來的是無比憤怒——許多居民覺得從小說角色看到自己的影子，書商甚至列了張表，詳列哪個呂北克人符合哪個小說角色。

此外，這本小說賣得根本不怎麼好——太貴了！上下兩冊售價 12 德國馬克——相當於今日的 70 歐元。直到兩年後，銷售才增加，以單一冊上市，售價 5 馬克（30 歐元）。

---

*譯注：中古世紀以來，北德各城結成的同盟，呂北克為其中之一。

	南非爆發布爾戰爭		第一次頒發諾貝爾文學獎 （蘇利・普魯東）	
1898	1899		1901	
《世界大戰》 赫伯特・喬治・威爾斯	《黑暗之心》 約瑟夫・康拉德		《綠野仙蹤》 包姆	《布登布洛克》 湯瑪斯・曼

T‧曼
魔術師

──
★1875 年生於德國
†1955 年死於瑞士

──
「我所在之處就是德國」*

──
所有對曼家族感興趣的人一定要看：海利希‧布瑞洛爾的紀實戲劇《曼之家族──百年小說》，轟動的演員陣容，了不起的原始照片，以及依莉莎白‧曼‧柏潔斯引人入勝的追尋過程。

湯瑪斯‧曼出版第一部長篇小說《布登布洛克》的時候才二十五歲，這本書如今是德國文學的「世紀之作」──然而當時評論家多語帶保留，甚至非常貶低這本書。幾年之後，湯瑪斯‧曼的處女作才獲得讀者和認可。

1905 年，湯瑪斯‧曼和卡蒂亞‧普林斯海姆結婚，兩人生了六個孩子，後來都多少有些名氣：艾麗卡（作家、演員，熱衷參與政治）、克勞斯（作家，請見頁 108）、果羅（歷史學家）、夢妮卡（作家）、依莉莎白（生態學家和海洋法學家）以及米夏埃爾（音樂家）。自從湯瑪斯‧曼有次在狂歡節裝扮成魔術師，從此以後孩子們就稱他們的父親為魔術師。

「噓，爸爸在工作。」變成曼家裡的標準句子，湯瑪斯‧曼從九點到十二點坐在書桌前寫作，然後用餐，下午繼續寫。他長時間斟酌文句，一天很少寫超過一頁。1924 年他發表小說《魔山》──終於達到了巔峰，大成功！看來湯瑪斯‧曼獲頒諾貝爾文學獎指日可待。然而直到五年之後，斯德哥爾摩那方才發出召喚，不過卻是失望：諾貝爾文學獎頒給《布登布洛克》，一本已經出版三十年的小說！

不久之後，德國納粹興起，湯瑪斯‧曼心懷厭憎地看著這一切，但是長時間以來都沒有真正了解希特勒的勝利對他代表著什麼意義。1933 年他和妻子因演說旅行到國外，接著在阿羅薩度假。艾麗卡警示父母不要再回到德國。他們於是前往法國南部，1938 年到達美國。直到 1952 年他們才回到歐洲──然而不是回到德國，而是到瑞士蘇黎世。此後曼和德國的關係一直不順利，但是他定期旅行回到故鄉，1955 年，就在他死前不久，他獲頒呂北克榮譽市民。

*這是湯瑪斯‧曼給記者的著名回答──針對記者詢問是否覺得流亡是種負擔。此外，他還說：「我內在懷藏著文化，並不認為自己是個墮落的人。」

	古巴獨立	布爾戰爭結束	
		1902	
《丹東之死》 畢希納	《彼得兔》 碧翠絲‧波特	《底層》 馬克辛‧高爾基	

傑克‧倫敦 Jack London

野性的呼喚

The Call of the Wild

情節

敘述的是一隻狗的生命和受難故事：巴克是半聖伯納、半牧羊犬，舒適而滿意地和主人住在加州。然而有天牠被園丁偷走，被賣到阿拉斯加充當雪橇犬。

在冰凍的寒冷天候下，牠可親的社會行為很快成為過去，強者法則才是一切。巴克在群體裡的對手是首領史皮茲，最後打敗牠，讓自己成為領袖犬。

巴克之後又被賣掉——這回被賣給三個淘金客，他們對雪橇犬完全沒概念，起初把巴克餵得太飽，後來又讓牠餓得半死。性命垂危之際，巴克被約翰‧松頓拯救，再度健壯起來。他們兩個快樂又幸福地住在一起，生活在大自然裡一段時間。巴克幾回長途漫遊在荒野裡，並且和一隻狼結成友伴。

當牠漫遊穿過森林再度回家的時候，發現牠親愛的主人已經死亡——被印第安人所殺。巴克血腥復仇，之後跟隨荒野的呼喚：牠加入狼群，每年只有一次回到文明世界，以哀悼約翰‧松頓。

作者

傑克‧倫敦是個瘋狂的人：十三歲離開學校，因為他必須賺錢。非法的牡蠣工、船員、海豹獵人。然後延後取得高中學歷，進入柏克萊大學（！）就讀，因為要到阿拉斯加淘金，於是輟學。沒有成功，也沒有錢。

然後傑克‧倫敦變成作家，靠著冒險故事賺取生活費，四處旅行後寫下故事。之後他變成農夫養豬。年僅四十就死於位在加州的農場上，自殺？酗酒的下場？腎疾？一直都未獲得澄清。

入門提示

《野性的呼喚》有不同的戲劇呈現——最著名的是卻爾登‧希斯頓和雷蒙‧哈姆史托主演的電影，很美的影片，但並未完全忠於原著，因此也不算好的替代品。

如果讀者喜歡動物故事的話（請見下文），這本書卻是很好的冒險小說，否則寧可選擇電視紀錄片《金塊的呼喚》或《海狼》。此外，《海狼》也由雷蒙‧哈姆史托擔綱主演（「海狼」哈姆史托捏碎生馬鈴薯是傳奇的一幕）——同樣的，電影≠小說。

同中有異

當然還有類似作品，傑克‧倫敦的《白牙》（狗被無恥人類用作鬥犬，被好心家庭拯救），或安娜‧史威爾的《黑神駒》（馬被好心的家庭賣給無恥的人，受盡折磨，最後被好心年輕人拯救），迪塔‧霍樂緒的《黑神駒本托》（馬在德國一戶好人家成長，被賣給巴西某個壞人，逃脫，變成野馬群的領袖）。

首屆環法自由車賽	拍攝首部西部片《火車大劫案》	首次引擎動力飛行（萊特兄弟）

1903

《野性的呼喚》傑克‧倫敦	《東尼歐‧克魯格》湯瑪斯‧曼

輕鬆讀物類型
文學初入門讀者用書

容易閱讀的作品好比肯・弗雷特、阿嘉莎・克莉絲蒂或是約翰・厄文，然而這些作家的作品都屬於娛樂文學。想要進入所謂嚴謹文學的讀者應該特別注意頁數少的作品，因此適當的入門讀物是事件小說、記述小說或是篇幅比較短的長篇小說，例如：

格雷安・葛林
《第三個人》
緊張

馬丁・瓦瑟
《驚馬奔逃》
詼諧*

湯瑪斯・曼
《魂斷威尼斯》
偉大

史蒂芬・褚威格
《棋局》
特異

J. D. 沙林傑
《法蘭妮與卓依》
怪異

但是注意了！短篇作品通常帶有文學試驗的冒險，例如阿蘭・霍格里耶所著的《妒》雖然短，但是也沒有任何情節；阿爾貝・卡繆的《異鄉人》帶來的挑戰遠多於閱讀樂趣。

＊注意！說瓦瑟的小說有趣，這在文學圈可是會引起軒然大波的，圈子裡的人多認為這本書是「德國散文的傑作」（德國著名文學評論家馬歇爾－朗尼基如是說）。

背景文獻類型
傳記及其他

通常要了解一個作家可透過介紹他的書，最好的情況下，自傳書籍甚至會展開
完整的時代全景。以下只是部分精選，提供給喜歡繞些路或是想多知道一些的
讀者：

厄尼斯特‧海明威
《流動的饗宴》
迷失的一代聚會

雪維兒‧畢奇
《莎士比亞書店》
從另一個角度觀察

阿爾瑪‧馬勒－威爾佛
《我的一生》
不止於文學，但也提到文學

西格麗德‧達姆
《克里斯蒂安妮和歌德》
完全不同的詩人諸侯

喬依斯‧梅納德
《回眸》
和 J.D. 沙林傑在一起的十個月

亞瑟‧米勒
《時光樞紐》
瑪麗蓮、麥卡錫以及其他人

艾倫‧狄波頓
**《普魯斯特如何改變你的
人生》**
一切都和普魯斯特相關──充滿幽
默

艾麗卡‧曼
《我的父親，魔術師》
一窺著名家庭內幕

特別精選
快速瀏覽文學作品

安東・契訶夫
Anton Tschechow

櫻桃園
Wischnjowy sad

「櫻桃園」是俄國某地的名勝，所有人是柳波芙・朗傑夫斯卡亞，住在巴黎，揮霍無度——正如她的哥哥卡傑夫。

當他們面臨破產，朗傑夫斯卡亞回到俄國，試圖挽回尚能拯救的。有個商人提議剷平櫻桃園，蓋一些度假屋。絕不！他們考慮其他的可能性，但夢想破滅，朗傑夫斯卡亞的女兒安亞愛上大學生皮約特——最後商人拍賣地產，畢竟還是實現他的度假屋點子。

注意：作者運用許多象徵符碼！櫻桃園＝俄國貴族階級（美好然而無用），安亞／皮約特＝希望（新世代，變得主動，在城市裡尋找幸福）。本書是俄國最著名的舞台劇本——而且例外的並不沉重，幾乎是輕盈而滑稽的。

詹姆斯・馬修・巴利
James Matthew Barrie

彼得・潘：不想長大的男孩
Peter Pan, or The boy who wouldn't grow up

彼得・潘住在永無島，是迷失男孩的首領，這群孩子時不時就要和虎克船長戰鬥一番。有天晚上，彼得・潘和他的仙女小叮鈴飛到溫蒂和弟弟們的房間裡，他帶著溫蒂他們來到永無島，於是溫蒂成了迷失男孩們的母親，大家一起經歷了無數次冒險（印第安人、海盜、鱷魚、毒藥）。

後來溫蒂和弟弟們想回到父母身邊，彼得有點不情願地帶他們回家。溫蒂的雙親收養了迷失男孩們，彼得・潘卻不願留下，因為他害怕自己終究會長大。

這個故事早已聞名全球，但是特別受到英國人的喜愛：倫敦甚至樹立了一座彼得・潘紀念碑。

海利希・曼 Heinrich Mann

垃圾教授：暴君末日
Professor Unrat oder das Ende eines Tyrannen

主要人物是教師拉特，嚴格管束他的學生，所有的學生都叫他暴君教授。

有一次他又想教訓學生的時候，卻誤入風化場合「藍天使」，在那裡找到他追蹤的學生，也找到懲罰他們的理由：他們正觀賞某個舞女羅莎・弗蕾利希的放蕩表演。然而，年老、憤怒的拉特卻愛上年輕、美麗的女歌手。他買花送她，邀請她一起用餐，資助她買寓所——讓自己變成他人的笑柄。後來他被學校解聘，和羅莎結婚，變成浪費的無政府主義者：妓院老闆、皮條客、賭場主人。最後羅莎和拉特都進了監獄。

雙重道德標準，中產階級的強迫性，受壓抑的本能——一切都出現在這本書裡。

約翰・高爾斯華綏 John Galsworthy

福爾賽世家

The Forsyte Saga

三部小說敘述英國一戶富裕人家的故事，故事發生在 1886 到 1920 年間——對三部曲的故事而言是相對短的一段時間，但是包含所有的情節：破碎的婚姻、外遇、激情、困境、互相仇視的家庭成員、互諒。

簡短版有點喜劇的味道：索姆斯・福爾賽和愛琳結婚，分居，離婚；愛琳和菲利普談情說愛，菲利普卻死於意外事故。之後愛琳嫁給喬矣隆，前夫的堂兄弟，而索姆斯和法國人安內特結婚，兩人生了個女兒芙蘿兒。愛琳和喬矣隆則生了個兒子喬恩。

這當中，主角身邊的幾個家庭成員活著、愛著、死去，然後芙蘿兒和喬恩相愛，雙方的父母都想制止他們（因為敵對關係！）。最後芙蘿兒嫁給貴族——對整個福爾賽家族而言代表社會地位上升。

原則上就像英國版的《達拉斯》，但是具有文學價值——約翰・高爾斯華綏甚至因為他高雅的敘述藝術而獲頒諾貝爾文學獎。

塞爾瑪・拉格洛夫 Selma Lagerlöf

騎鵝歷險記

Nils Holgerssons underbara resa genom Sverige

原本是受委託而寫下的作品：瑞典小學教育部門需要一本讀物，讓孩子們學到有關祖國的一些事情。塞爾瑪・拉格洛夫非常歡迎這個委託案，因為她能以寫作維生之前也是個教師。

而她也馬上有個好點子，可以讓孩子們認識自己的國家：她讓年輕人尼爾斯變成侏儒，和野鴨們結成好友，還騎著一隻家鵝飛越整個瑞典。孩子們於是跟著尼爾斯一起認識人們、風景以及家鄉的神話——也知道國家的問題所在。

因為醜惡和怠惰而被施以魔法的尼爾斯，藉著他的冒險而被啟發成和善的年輕人。最後他當然回到家，而且身體又恢復原形。

所有的人都因為這本書而為之一振，不僅是小學生們讀這本書，而是整個國家——最後是全世界的人。這是少數幾個兒童童話故事變成世界文學的例子之一。

唯一不高興的是瑞典學校單位：不合乎他們的想像——對小學課本而言，太具有娛樂性了！

喬治・蕭伯納 George Bernard Shaw

賣花女 / 皮格馬利翁

Pygmalion

情節

最初只是發音學教授希金斯和語言學家皮克靈打賭，話題繞著賣花女依萊莎・杜麗朵：親切、漂亮，卻說著一口低俗的市井方言。希金斯想讓依萊莎變成淑女，想要教她說出倫敦上流社會的口音。

好，就這麼賭定了。幾星期的訓練之後，希金斯真的辦到了：灰姑娘變成高雅的仕女，說話帶著完美上層階級口音。然而她有時根本不了解自己在說什麼，而且她還愛上希金斯，但是希金斯只把她當作研究客體。依萊莎看清事實之後，她憤怒地離開他的家，去找希金斯的母親，她從一開始就警告兒子不要做這個實驗。最後依萊莎和一文不名的佛雷迪結婚，兩人一起開了家花店。

這情節聽起來是否有點熟悉，但是既不能和蕭伯納也不能和《皮格馬利翁》連在一起？這是因為五○年代，它被改編成著名的音樂劇：《窈窕淑女》。

入門提示

閱讀劇本通常蠻費力的，本書卻很容易讀。即使如此——如果可能——還是應該看舞台表演，讀者會發現，《皮格馬利翁》的內涵遠超過媚俗的《窈窕淑女》音樂劇。

小道消息

1. 這部戲劇的背景（以及奇特的標題）來自希臘神話故事：皮格馬利翁是個藝術家，他愛上自己塑造的女性雕像。當皮格馬利翁有一天又和雕像卿卿我我，雕像居然活了過來。可以從奧維德的《變形記》讀到這個故事。

2. 蕭伯納是為了一個著名的英國演員而寫作這個劇本——其實也有些是為了惹惱她。派特女士在舞台上也有些刻意矯飾地說話，好虛構自己的出身。

作者

喬治・蕭伯納是個煽動份子，自以為是，社會主義者，年輕的時候就相當古怪——是個和社會格格不入的人。他長時間離群索居，直到他三十歲的時候發現女性的存在，從此有無數情史，部分甚至同時和數人交往（為此還做簿記！）。他四十歲出頭結婚，他的妻子卻堅持柏拉圖式的婚姻，因此蕭伯納繼續談情說愛。

他非常長壽（1856-1950），而且賺了很多錢（但是從不炫耀——唯一奢侈品：一部勞斯萊斯）。除了他之外，直到目前沒有任何一位諾貝爾獎得主還能得到一座奧斯卡金像獎——蕭伯納為了自己的小說改編成電影而寫了劇本。不過他並不因為得獎而興奮；頒獎的時候他根本沒有親自前往領獎，因為他認為那些人對他的作品毫無概念。

「我期望成為莎士比亞，卻成了蕭。」這也許是他最著名的一句話——依舊經常被印在滑鼠墊、鑰匙圈等等。他一定不喜歡。

葡萄牙王室 被推翻	「藍騎士」成立 （康丁斯基／馬克）	《玫瑰騎士》 （理查・史特勞斯）	亞孟森 首先抵達南極
1910		1911	
《馬爾泰手記》 萊納・瑪利亞・里爾克		《老鼠》 豪普特曼	

輸送帶技術升級
（福特）

鐵達尼號沉沒　　　　　　　　　　　　　　　　　填字謎發明

1912　　　　　　　　　　　　　　　　　　　　　　1913

《人猿泰山》　　　《小蜜蜂瑪雅》　　《魂斷威尼斯》　　《賣花女》
愛德加・萊斯・巴勒斯　華德瑪爾・邦塞斯　　湯瑪斯・曼　　　蕭伯納

馬歇爾・普魯斯特 Marcel Proust

追憶似水年華

À la recherche du temps perdu

情節

這部作品由七冊組成，但這並非本書難以三言兩語道盡的唯一原因，毋寧說是好幾頁沒有所謂的情節，只有思緒的遊走，漫長的思緒遊走。而且人物無盡的多，大概有五百多個。

故事開頭是第一人稱的敘述者（從來不是十分健康，非常懶散，而且很神經質＝馬歇爾・普魯斯特）回憶他的幸福童年，尤其是他還和親戚住在鄉下的那個夏天，他在那裡認識史望（該處就乾脆編出一段外傳，史望與歐黛特的愛情故事），他戀愛（起初愛上吉爾柏特，然後亞柏丁娜），認識貴族階級的世界。偶爾和政治有些關連，但是不常，有時也提及同性戀愛。

敘述者最後和亞柏丁娜一起生活，但是對她不好，亞柏丁娜離開他，死於意外事故。然後，第一次世界大戰，敘述者無須從軍——太病弱了。在最後一冊結尾他注意到，時間如何強烈地改變了一切，剩下的只有回憶。這時他有個很棒的主意：他坐到桌前，寫一部相關的小說——以找回失去的時光。

然而這段貧乏的情節只是七冊巨著的骨架。普魯斯特認為情節總是被高估，他重視的不只情節：時間、空間和回憶，愛的本身，藝術以及世紀之交的社會。

小道消息

英國喜劇組合蒙蒂・派頓以短劇將普魯斯特作品的複雜性表現出來，值得一看。劇情設計一個「全英概述普魯斯特比賽」，參加者必須將這部作品的內容濃縮在十五秒之內說出，唯一正經的參賽者在十五秒內不過說出第一冊第一頁的內容而已。＊

入門提示

請您把第一冊讀到著名的瑪德蓮那一幕（大約六十頁）：第一人稱敘述者正在喝茶吃餅乾，因為口味／氣味而被拉進往昔之中——整個回憶於斯正式展開。

到這個部分都喜歡的讀者，可以立刻把其餘六冊買下來，接下來幾個月（或是幾年）都有最佳讀物。被一路折磨到瑪德蓮一幕的讀者（例如因為句子長達二十行），可以就此打住，接下來的三千頁也是這副德行。

或許可以讀艾倫・狄波頓來替代：他的著作《普魯斯特如何改變你的人生》讓您一窺普魯斯特古怪的生命和作品，娛樂性十足——而且以這個句子作結尾：「就算最好的書也值得被丟到角落裡。」

或者也可以看看史蒂芬・侯威分成多部的普魯斯特漫畫，非常適切地再製原作的品質和隱諱。

＊譯注：請參考 https://www.youtube.com/watch?v=uwAOc4g3K-g。

中央車站落成啟用
（紐約）

第一次世界大戰爆發

1913
《灼熱的祕密》
褚威格

1913-27
《追憶似水年華》
普魯斯特

1914

普魯斯特

神經質

★ 1871 年生於法國
† 1922 年死於法國

———

普魯斯特根本就是在床上度過最後十四年的生命

———

華特·班雅明曾說：普魯斯特是他的疾病的完全編導；他想說的是：正因為普魯斯特是他這樣子，才能寫出這部不朽作品。

這個病得徹底的人怎麼還能寫這麼多東西？而且還寫了部長篇小說（不管每個讀者怎麼看），被視為二十世紀最重要的作品之一？

馬歇爾·普魯斯特一直都病著，不同的身體疾病（氣喘、消化毛病、持續感冒以及其他疾病），還有心理疾病（憂鬱症、害怕旅行／老鼠／病毒——他戴著保護手套！十足的戀母情結，對任何可能的事物感到歇斯底里）。

此外，他喜愛男性勝過女性，但是在這方面也沒有進展：他的（不幸）至愛是他（已婚）的司機。

馬歇爾·普魯斯特最怕冷，他沒穿上皮大衣就絕不離開房子，他也把大衣當成被子，作為額外的被子，因為害怕二氧化碳中毒，他不常給暖爐生火。在他的住所裡（他三十七歲的時候才搬進去住，在他雙親過世後），他寧可穿好幾件毛衣，用熱水袋。如果他受邀赴宴，他也會穿上皮大衣——如果他真的被說動離開他的寓所的話。普魯斯特最喜歡待在他的床上：他一直睡到晚上，然後醒來寫作——也在床上。

1913 年他開始寫作《追憶似水年華》的第一冊——沒有預料到這是巨作的第一冊。然而後來他想起那麼多事情，無論如何他都想把這些寫進去，於是他修改、刪除又補充，補充，補充，即使是在校樣上。在原始手稿上找不到一個字沒有至少被刪除一次的。

雖然當時第一冊就已經超過許多讀者的忍耐界限，普魯斯特依舊受到褒獎以及認可，然後繼續寫。最後一冊在他死後才出版，他五十一歲時死於肺炎——因為他雖然感冒卻離開寓所。三件大衣和兩床被子還是不夠啊。

苦艾酒被禁 （法國）		索姆河戰役 （超過百萬人死亡）
1915		**1916**
《人性枷鎖》 毛姆	《變形記》 卡夫卡	《一個青年藝術家的畫像》 喬伊斯

詹姆斯‧喬伊斯 James Joyce

尤里西斯

Ulysses

情節

1904 年 6 月 16 日，雷歐帕‧布魯和史蒂芬‧戴達勒斯散步走過都柏林，在途中遇到對方或是其他人。然後呢？呃⋯⋯不太容易說明，這本書其實涉及了所有主題，愛情、死亡、性愛、政治、社會──全部寫在這一千頁裡，交織著從早上八點到半夜兩點之間的各種描述。

聽起來已經夠複雜的了，但這還只是開頭而已。喬伊斯有好些點子，足以把他的著作變成英語文學系學生的詮釋拼圖：

1. 這本書以荷馬的《奧德賽》為藍本，十八個章節各對應一段《奧德賽》的情節。但是喬伊斯後來把相應的標題移除，於是必須重新加以架構、理解。

好比〈冥府〉這一章，布魯參加一個葬禮，一邊思考著死亡這回事；或者在〈瑟西〉這一章當中，布魯及戴達勒斯在一個妓院裡，布魯產生幻覺，以為自己懷孕了。

2. 每一章各有獨立的敘述風格，有些容易閱讀（例如短文、報導、小說），有些根本難以消化──好比令人視為畏途的內心獨白。喬伊斯將主角的全部意識毫不保留地轉換成這樣的獨白，包括所有偏離的想法以及聯想，一頁又一頁地寫了一萬字，沒有句點、逗點，也沒有直接的意義。當時正值戰爭時期，也就難怪本書被懷疑其中暗藏間諜組織所寫的加密訊息了。

3. 大部分章節被歸於某個身體器官（例如腎臟、耳朵、食道），某個顏色、某一學門（醫學、神學、音樂），或是其他的範疇。喬伊斯還好心地留下一份相關對照表──然而，或許這也只是開玩笑的？

喬伊斯談《尤里西斯》

> 我把那麼多謎題和祕密藏在書裡，好讓後世的教授們可以爭論數百年，爭執我寫的究竟是什麼意思。

喬伊斯這樣地談這本書──並表示，如此一來就能確保自己永垂不死。他的確辦到了。

《尤里西斯》二、三事

《尤里西斯》於 1918 年在一份美國雜誌上刊行，隨後因意淫而被禁（和意識流相關：並非所有的想法都適合透露給青少年）。

1922 年，年輕的出版家雪維兒‧畢奇大膽地在巴黎發行本書，據說之所以成功乃是因為法國印刷商不懂英文。在畢奇著名的「莎士比亞書店」裡，這本書被套上假的封面出售──因為顧客擔心被逮到購買禁書。

當時其他作家同仁無不對本書屏息以待──或者為本書感到興奮（艾略特、蕭伯納、龐德、穆西爾），或是覺得厭惡（吳爾芙、勞倫斯）。德國諷刺作家圖侯斯基將本書比喻為濃縮湯塊：

> 沒辦法直接吃，但是可以用它做出許多道湯品。

俄國革命＋內戰	美國參戰		沙皇一家被謀殺	第一次世界大戰結束		左派羅莎‧盧森堡及李柏克內希特被謀殺
1917				1918		1919
《德魯加事件》黎卡達‧胡赫						《傍徨少年時》赫塞

喬伊斯

自覺者

★ 1882 年生於愛爾蘭
† 1941 年死於瑞士

——

「我期待我的讀者把
一生都奉獻在讀我的
書上面」

——

1954 年開始，詹姆斯·
喬伊斯的全球粉絲都在 6
月 16 日這天慶祝「布魯
日」——尤其在都柏林，
可以親身體驗小說中的片
段：點一份古岡左拉乳酪
麵包和一杯勃根地紅酒，
或是買一塊布魯最喜歡的
肥皂。

沒有其他作家像喬伊斯這般自信，而他長時間既不成功也
沒有錢，卻是個借錢高手，他幫舞台寫點東西，喝酒，
慶祝——認識諾拉。1904 年 6 月 16 日，他們兩人第一次約
會——喬伊斯後來在《尤里西斯》裡讓這個日子變成永恆。他
想要終生都和諾拉在一起，雖然她從不看他的書。

他們兩人來到特里斯特，喬伊斯在該處擔任英語教師十年，最
後發表他的記述小說《都柏林人》。兩年後他的第一部長篇小
說《一個青年藝術家的畫像》出版，史蒂芬·戴達勒斯這個角
色第一次出現——這是作者的他我（戴達勒斯是希臘神話裡的
藝術家，為邪惡的公牛建造了迷宮）。

喬伊斯也擁有第一批讚嘆者——尤其是美國人艾茲拉·龐德，
最後他不必再向朋友借錢，他從支持者那裡獲得捐款，甚至連
英國首相都寄錢給他！

1920 年諾拉和喬伊斯來到巴黎，遇到雪維兒·畢奇，如果她
沒有大膽出版這本書，真不知道《尤里西斯》會變成什麼樣子。
而喬伊斯這時已經變成真正的天王：他不遵守合約，以無盡的
修改讓她抓狂。

然後喬伊斯開始寫作《芬尼根的守靈夜》，在他死前不久才完
全發表。《尤里西斯》和這本書相比之下就像小散步一樣，《芬
尼根的守靈夜》絕對是過去一百年來最難懂的文學作品——原
因之一是喬伊斯創造新的文字，運用了一百種語言，而沒有真
正地說個故事。他並不期待會有很多讀者——就連他的作家同
事都被這本書給難倒了。

喬伊斯寫這本書的時候到底在想什麼？他自己給了答案：為了
讓評論家接下來三百年都有事可做。這有可能成功。

愛因斯坦獲得　　　　　　　　　　霍華·卡特發現
諾貝爾物理學獎　　　　　　　　　圖坦卡門墓穴

1920　　　　　　　　1921　　　　　　　　1922

《純真年代》　《怪醫杜立德》　　　　　　　　《尤里西斯》　《荒原》
伊迪絲·華頓　休·洛夫廷　　　　　　　　　喬伊斯　　　艾略特

多長？
不同語文的字詞與篇幅

Wie froh bin ich, dass ich weg bin! Bester Freund, was ist das Herz des Menschen! Dich zu verlassen, den ich so liebe, von dem ich unzertrennlich war, und froh zu sein! Ich weiß, du verzeihst mir's. Waren nicht meine übrigen Verbindungen recht ausgesucht vom Schicksal, um ein Herz wie das meine zu ängstigen? Die arme Leonore! ¶ How happy I am that I am gone! My dear friend, what a thing is the heart of man! To leave you, from whom I have been inseparable, whom I love so dearly, been specially appointed by fate to tor-

Ah ! mon ami, qu'est-ce que le cœur de dont j'étais inséparable ; te quitter et être content ! Mais je sais que tu me le pardonnes. Mes autres liaisons ne semblaient-elles pas tout exprès choisies du sort pour tourmenter un cœur comme le mien ? La pauvre Léonore !

DIE LEIDEN DES JUNGEN WERTHERS
THE SORROWS OF YOUNG WERTHER
LES SOUFFRANCES DU JEUNE WERTHER

以下是《少年維特的煩惱》、《小王子》、《湯姆歷險記》三本作品的某個片段相互比較：德文需要最大空間。文章越長，差別就越大。可以看出英文原文平均比歐語翻譯文字短三分之一。

»Hier mein Geheimnis. Es ist ganz einfach: man sieht nur mit dem Herzen gut. Das Wesentliche ist für die Augen unsichtbar der kleine Prinz, um es sich zu

DER KLEINE PRINZ
THE LITTLE PRINCE
LE PETIT PRINCE

It is only with the heart that one essential is invisible to the eye," the little prince repeated, so that he would be sure to remember. ¶ – Voici mon secret. Il est très simple: on ne voit bien qu'avec le cœur. L'essentiel est invisible pour les yeux.– L'essentiel est invisible pour les yeux, répéta le petit prince, afin de se souvenir.

長篇小說

- 約 **657,000** 字
  《無特色男子》
  羅伯特·穆西爾

- 約 **575,000** 字
  《無盡嘲諷》*
  大衛·佛斯特·華萊士

- 約 **1,500,000** 字
  《追憶似水年華》
  馬歇爾·普魯斯特

最常出現的字：
冠詞

- der
- the
- le

圖例
- 德文 | ● 英文 | ● 法文

馬克·吐溫曾評論德語文：
德國作家出現在一個句子裡，
接著就好久不見他，直到他
再度出現在海洋的另一邊，
嘴裡叼著個動詞。

Tom erschien auf dem Bürgersteig mit einem Eimer voller Weißkalk und einem langstieligen Pinsel. Er besah sich den Zaun – und der

TOM SAWYERS ABENTEUER
THE ADVENTURES OF TOM SAWYER
LES AVENTURES DE TOM SAWYER

~~auf seine Seele. Ein Zaun: 30 Yard~~ schien ihm hohl und sein Leben

peared on the sidewalk with a bucket of whitewash and a long-handled brush. He surveyed the fence, and all gladness left him and a deep melancholy settled down upon his spirit. Thirty yards of board fence nine feet high. Life to him seemed hollow, and existence but a burden. ¶ Tom sortit de la maison armé d'un baquet de lait de chaux et d'un long pinceau. Il examina la palissade autour du jardin. Toute joie l'abandonna et son âme s'emplit de mélancolie. Trente mètres de planches à badigeonner sur plus d'un mètre et demi de haut ; la vie n'était plus qu'un lourd fardeau.

最常出現的動詞

* 將
* 是
* 是

最常出現的形容詞

* 新的
* 好的
* 所有的

最常出現的名詞

* 百分比
* 人
* 人

長句子

* **1,077** 個字
  《維吉爾之死》
  赫爾曼·布洛赫

* **12,931** 個字
  《尤里西斯》
  詹姆斯·喬伊斯

* **823** 個字
  《悲慘世界》
  維克多·雨果

語言之星：德文、法文和英文最常用的字母：
E、e

長度數據

* 德文小說的一個句子平均有 13 個字

* 趨勢是變短：作品越老，句子就越長（平均而言）

* 德文字彙共有 50 多萬字，英文稍多一點，法文相反的只有 30 萬字 —— 因為法國人經常用現有的字組合成新的文字

最長的字

* Donaudampfschifffahrtsgesellschaftskapitän　**42** 個字母 **
  （還可以再加長）

* Antidisestablishmentarianism..............**28** 個字母
  ＝反國家教會地位提升為英國教會

* anticonstitutionnellement.......................**25** 個字母
  ＝不符合憲法

*長句子是《無盡嘲諷》這本小說的原則，還有無比多外來字。德國譯者花了六年才翻譯完成——因此獲得獎項。
**德語——經常被取笑——有個特色，就是能將名詞接上名詞，能因此不斷創造出新的、越來越長的文字。

法蘭茲 · 卡夫卡 Franz Kafka

審判

Der Prozess

情節

某天早上,約瑟夫·K被逮捕了,沒有任何理由,至少沒人告訴他任何理由。怪異的守衛在女鄰居臥室審訊他。他不必進監獄,可以繼續自由活動,一邊等待他的審判。惡作劇?弄錯人了?顯然都不是。他被邀請參與調查,在出租房屋的某個房間裡,可疑的法官,奇特的觀眾。一星期之後在某個屋頂開庭,更多被告,和女性關係混亂糾纏不清,K昏倒失去知覺。

一切變得越來越荒謬(更多怪異的人物,其他絕望的情節地點,K和讀者冒出更多的問號),直到判決下來為止。約瑟夫·K被捕一年之後,他被兩個官僚在採石場刺殺。

還必須要知道的事

1.《審判》是未完成的小說殘篇,卡夫卡不斷重新編排篇章,最後整部作品未完成便放著。因此每個版本的篇章順序也不盡相同。

2.坦白說:沒人知道卡夫卡究竟想用這些文字說些什麼。在威權之前昏倒,獨裁者寓言,其中有許多詮釋空間。許多聰明的人高興地拿這些文字不斷詮釋,但是《審判》也或許只是個好笑的故事,這是有可能的。

作者

獨裁的父親,不幸的愛情,肺結核,四十歲就去世──悲慘的命運。法蘭茲·卡夫卡原本是保險公司職員,晚上寫作,寫得很快、很多,但是他對大部分的文章都不滿意,未完成就丟下,開始寫新的文章。

卡夫卡是個極端的人:他指示他的作家朋友馬克思·布洛德,在他死後毀掉所有手稿。布洛德卻不能滿足他的願望,他深信卡夫卡的天賦,而且也習慣於違背卡夫卡的意思:布洛德事實上一直都是強迫卡夫卡發表文字的那個人。*如果卡夫卡在世時發表多一些文字,或許他會更快出名。《審判》在寫下之後十年才初版,卡夫卡死後一年。

小道消息

有個形容詞甚至出現在德文辭典: kafkaesk ──解釋為「符合卡夫卡敘述方式的」,常被用來形容混亂而陰鬱的情況,任何事物都不是看起來的樣子,無法信賴任何人。卡夫卡本身或許不會喜歡這個字眼──而且和他的作品也只有表面契合。如所說的:誰又知道卡夫卡想對我們說的是什麼⋯⋯

＊譯注:關於作家遺願未受尊重的省思,可以參考:米蘭·昆德拉《被背叛的遺囑》。

法蘭西斯·史考特·費茲傑羅 Francis Scott Fitzgerald

大亨小傳

The Great Gatsby

情節

尼克（平凡人）搬到長島，他的堂姊黛西和丈夫湯姆住在那兒。尼克的隔鄰是眾人議論的蓋茲比先生（而且還非常富有），穿著粉紅色的西裝，不斷舉辦大型宴會。有一天，尼克也被蓋茲比先生邀請，結果偉大的蓋茲比對他有個不尋常的請求：他想見尼克的堂姊黛西，因為她曾是──驚喜！──他的至愛，當時他還是個窮光蛋，而且不久就要從軍參戰。

所以現在他想再見黛西。尼克在家裡安排了一次聚會，然後蓋茲比和黛西很快就發展出一段情。黛西只是稍微有些良心不安，畢竟她知道她的丈夫湯姆也有個情人，只是她不曉得丈夫的情人是誰，但是尼克知道：是茉爾托·威爾森，汽車商的妻子。

一切都走向戲劇高潮：尼克、湯姆、黛西和蓋茲比一起出遊到紐約（很多酒精，鬱積的情緒，爭執），返家的路上黛西駕著蓋茲比的車，不小心撞死湯姆的情人。湯姆以為是蓋茲比駕駛，生氣地想復仇，他告訴汽車商威爾森自己的猜疑，威爾森射殺蓋茲比，然後舉槍自盡。

對了：或許黛西反正不會離開丈夫，因為到最後沒人知道蓋茲比哪來那麼多錢──湯姆從過往挖出幾個不光彩的故事，讓黛西更動搖。

小道消息

這本小說當時並不特別成功：費茲傑羅直到售出舞台劇及電影版權才賺錢。他的記述小說帶來比較多的收入。

海明威非常欽佩費茲傑羅，傾心於《大亨小傳》（即使被包上醜陋、刺眼的保護封面）。讀完本書之後，海明威警告費茲傑羅──文學家對文學家：你寫了一部優秀的小說，之後就不能寫些媚俗的東西。

可在海明威的著作《流動的饗宴》讀到這段話，還可以讀到許多關於費茲傑羅和上個世紀二〇年代的有趣事蹟。

入門提示

《大亨小傳》容易閱讀，對所有想要進入二〇年代生活氣氛的人而言是完美的讀物。衰微及財富，香檳、舞會，以及一直延續的無聊，因為沒什麼非做不可的事。

這一切都以淬鍊的形式出現在費茲傑羅其他偉大的記述小說上──例如《大如麗池的鑽石》，波爾西對他的學校同學說：我父親根本是世界上最富有的人，好比說他擁有一顆大如麗池飯店的鑽石。

來自瘋狂時代的美妙故事。

———
★ 1896 年生於美國明尼蘇達州
† 1940 年死於美國加州

———
「給我一個英雄，我就能給你一齣悲劇」

———
費茲傑羅在安提布海角所租的別墅，不久後被改建成大亨飯店，這個飯店今日依舊聳立：目前有海景的房間每晚要價大概 400 歐元。

他的寫作生涯如英雄般展開，卻以悲劇結尾。第一部小說《此岸天堂》問世之後八天，法蘭西斯·史考特·費茲傑羅和他的摯愛賽爾達結婚，他當時二十四歲，賽爾達年輕四歲，兩人是二〇年代的夢幻佳偶：年輕、美麗，來自良好世家，而且充滿能量──隨時追求冒險。他是面貌秀美的花花公子，她是典型的二〇年代美女，美髮如波浪，身著時尚衣。有一張很棒的照片，他們兩人和女兒在聖誕樹前跳著查爾斯頓舞。

費茲傑羅一家在巴黎和蔚藍海岸住了一段時間，和其他流亡的美國人歡樂地舉行醉人的宴會。他們是安提布海角首批海灘遊客之一，他們在那裡租了別墅以度過 1925 年的夏季，花了不少錢，因此史考特必須不斷賺錢──為雜誌社寫短篇故事，品質不是一直都很好，但是頗受歡迎。費茲傑羅在安提布海角寫下第二部長篇小說《夜未央》，一如往常，許多他真實生活中的人物出現在書裡。他也喜歡借用妻子的日記，就連她和一個法國飛行員的緋聞，以及她嘗試自殺也都被收入小說中。

這是一種超速的生活，有太多酒精，太多宴會，一切都太多。賽爾達罹患精神疾病，夢幻夫妻變成惡夢，史考特這顆明星開始墜落。和賽爾達一直不合的海明威指責她應該為此負責，稱她是費茲傑羅的障礙。另一方面，賽爾達也因為她自我中心的丈夫而受苦，費茲傑羅並不體諒她的寫作野心。她提供費茲傑羅許多點子，自己也寫一些短篇故事（大部分以費茲傑羅的名字發表，因為價格比較高）以及一本長篇小說《為我留一首華爾滋》。她是有才華的，但是並不被允許發展。

1930 年，賽爾達神經崩潰；她必須不斷接受心理治療。雖然她和史考特不再一起生活，卻依舊維持婚姻關係，甚至互通情書。在這期間費茲傑羅每下愈況：更多酒精，憂鬱症，四十五歲心臟病發。賽爾達八年後死於醫院火災。

《波坦金戰艦》（愛森斯坦）	《淘金記》（卓別林）	第一家希爾頓大飯店開張（達拉斯）

1925
《戴洛維夫人》
吳爾芙

維吉妮亞·吳爾芙 Virginia Woolf

戴洛維夫人

Mrs. Dalloway

情節

外圍情節發生在倫敦某個六月天，戴洛維夫人和她的丈夫等著賓客前來晚餐──戴洛維夫人另外還必須處理一些事情。她帶著採買的東西回到家的時候，遇到了少年時代的朋友，然後她為晚上的聚會準備妥當。

平行發生的情節則是關於一個受到精神創傷的戰爭退伍軍人，賽普堤慕斯·華倫·史密斯，正準備自殺。

其他的：無數的意識流。兩個主角在整本書中迷失在各自的思想世界裡，不斷被真實世界的事情所引發。華倫當然回想著可怕的戰爭，戴洛維夫人則想著自己的生活，尤其是她年輕的時候，以及她可能錯失的機會。活到五十一歲，等著少年時代的朋友前來，還必須為重要的聚會準備，在這個情況下所會想到的事情。

最後戴洛維夫人在晚宴中得知華倫自殺，稍微吃驚──說了句：啊，悲慘的命運還是有的。

小道消息

雖然維吉妮亞·吳爾芙貶低《尤里西斯》，她自己的作品其實有許多類似之處（情節發生在一天之內，許多內心獨白）。

同中有異

倫敦大笨鐘的鐘聲是個要素，為故事點出時間條件。維吉妮亞·吳爾芙原本想將小說命名為《鐘點》，最後還是決定不要。

2001 年，美國作家麥可·康寧漢卻寫了部小說《時時刻刻》──向吳爾芙致敬之作，將吳爾芙生平和她書中主角戴洛維夫人連結在一起，再加入另一個 1949 年住在洛杉磯讀著吳爾芙小說的女性。康寧漢以本書獲得普立茲獎。

入門提示

也許可以從康寧漢的小說入手，雖然也不容易讀，至少比吳爾芙的小說容易理解。

入門的入門是奧斯卡首映電影《時時刻刻》，梅莉·史翠普、妮可·基嫚和茱莉安·摩爾主演，又不太一樣，但是會激起大家對女作家維吉妮亞·吳爾芙的根本興趣。

此外

……愛德華·阿爾比的舞台劇《誰怕維吉妮亞·吳爾芙？》和這個英國作家根本一點關係都沒有。舞台劇標題是影射迪士尼的歌曲《害怕大惡狼》──是劇作家慧點的笑點。

冒險類型
來自另個世界的故事

三百年前,丹尼爾‧迪福以《魯賓遜漂流記》創造了一種新的文類,直到今日還十分受歡迎:冒險小說。這個文學類別的經典作品還是值得一讀的,但是《白鯨記》、《基度山恩仇記》、《金銀島》以及《文納圖》對讀者 2.0 而言,可能是老氣多於冒險刺激。想帶著書本踏上旅程的人,可以試試下列選擇:

艾力克斯‧嘉蘭
《海灘》
背包客的惡夢

丹尼爾‧凱曼
《丈量世界》
知識中產階級的諷刺故事

法蘭克‧薛慶
《群》
生態恐怖小說加上科幻

約翰‧博伊恩
《叛變:賞金的故事》
重新詮釋賞金故事*

朱爾‧凡爾納
《環遊世界八十天》
以及其他許多小說,當然是老式,卻是怡人而怪異的那一種

*其實是本青少年讀物,不過也沒關係。非常適合搭配閱讀的是東尼‧霍維茲所著的《藍色緯度:勇探庫克船長二百年前航跡》。美國記者霍維茲(也是普立茲獎得主)隨著詹姆斯‧庫克的足跡旅行(還搭乘一艘根據「奮進號」Endeavour 原始結構所造的船,依照十八世紀的帆船航行條件),而且運筆幽默十足。其實是一本非文學書,不過也沒關係。

詩歌類型
新手讀的詩

詩是這樣的。我們在學校裡讀詩，也許在偉大愛情的開端與結束時再讀一回
——除此之外呢？入睡之前再讀些詩？很少吧。好的詩就像一首美好的歌，各
種情緒也有適當的詩，不僅是為了國語課或是相思病，例如：

愛德嘉・愛倫・坡
《烏鴉》
毛骨悚然用

貝爾托特・布雷希特
《閱讀的工人的疑問》
深思用

尤阿辛・靈格納茲
《公園裡》
大笑用

羅伯特・佛洛斯特
《未走之路》
鼓舞用

威廉・莎士比亞
《十四行詩十八號》 *
跪倒用

愛德華・李爾
《打油詩》
驚訝用

艾都阿爾德・莫里克
《正是春天》
高興用

＊光是詩的開頭：Shall I compare thee to a summer's day? Thou art more lovely and more temperate...（比
較一下：「能否將君比夏日？君之甜美與婉約猶勝之……」）就可以知道，這首詩必須以原文來
品味，是否懂得所有的字其實不重要。

厄尼斯特・海明威 Ernest Hemingway

太陽依舊升起

The Sun Also Rises

情節

男人、冒險、酒精和女人——海明威所有的小說幾乎都是以這四種元素組成。這本小說的冒險發生在潘普隆納，所謂 Corrida，也就是西班牙鬥牛。

參與的男人是傑克（第一人稱敘述者）、羅柏特、比爾（這三個都是來自美國的作家）和麥克（滑頭型的）。女人名叫布蕾特（護士，羅柏特的前情人，一直為傑克所愛，想和麥克結婚）以及法蘭絲（據說和羅柏特訂婚，但是羅柏特如今不要她）。

這個熱鬧的小團體一起聚在潘普隆納，喝酒，觀賞鬥牛。衝突當然很快就發生：羅柏特又和布蕾特勾搭上（讓麥克生氣，傷害了傑克和法蘭絲，讓布蕾特無聊），布蕾特和年輕的鬥牛士眉來眼去（讓麥克和羅柏特火大，傷害了傑克）。最後其實每個人都很不快樂。

小道消息

第一次世界大戰之後，美國作家很熱衷住在巴黎寫作：費茲傑羅、艾略特、龐德、多斯・帕索斯、海明威——他們在咖啡廳裡討論、喝酒、寫作、談戀愛、生活。

在巴黎擁有一個沙龍的美國作家葛楚德・史坦，她稱海明威這群人為「迷失的一代」*——因為戰爭而幻滅，嗜好酒精和情事。不過他們都是天才作家。

入門提示

海明威因為他清明、質樸的文字而聞名（請見下頁），但這並不意味著他的書能輕易讀過去。

完美的入門書是他對二〇年代的恢弘記憶：《流動的饗宴》，當然還有記述小說《老人與海》（請見頁 134）。

＊海明威在《流動的饗宴》這本書中也提到葛楚德・史坦這樣的說法從何而來：來自一個汽車廠老闆。技工無法修理史坦的福特汽車，老闆於是說他的夥計是 génération perdue。葛楚德・史坦於是就把這個說法直接套用到海明威這群作家身上——而且還說：「你們對任何事物都沒有敬意，把自己喝到死。」

首部電視機

1926

海明威
冒險家

——
★ 1899 年生於美國伊利諾
州
† 1961 年死於美國愛達荷
州

——
海明威是戰地記者，
非洲荒野獵人，當然
也是好色之徒

——
海明威患有憂鬱症，六十
一歲時射殺自己而身亡，
他的父親、兄弟、姊妹、
孫女也都是自殺身亡，一
個悲劇而著名的家族。

厄尼斯特‧海明威或許是美國最出名的作家，寫下偉大的小說和短篇故事——過著刺激的生活。

還在學校的時候，厄尼斯特就喜歡寫，而且寫得很好。他想成為記者，於 1918 年參加戰役。充當紅十字會的司機，這個頗有魅力的十八歲年輕人來到義大利前線，受傷，被送到野戰醫院，愛上照顧他的護士（或多或少可以從《戰地春夢》讀到這段情史）。

回到美國之後，海明威又擔任報導記者，和哈德麗結婚，一起去巴黎，度過整個二〇年代——和其他藝術家聚會、喝酒，沒錢但生活滿滿。1927 年以小說《太陽依舊升起》而有突破性發展，和哈德麗離婚，隨即和寶琳娜結婚。之後他回到美國，多次旅行，在非洲和西班牙內戰記者卡倫‧布利克森的丈夫一起狩獵。他將所有的經歷都寫在小說和短篇故事裡（只舉少數為例：《吉力馬扎羅山之雪》的故事發生在非洲；《戰地鐘聲》描述西班牙內戰）。

海明威是個名人，潮流作家，他的生活就像小說一樣地豐富：女性故事和酒席，在世界各地充當戰地記者，是拳擊手也是獵人，兩次在非洲墜機，四次婚姻，三個孩子，《老人與海》獲得普立茲獎及諾貝爾文學獎。

海明威創造了一種全新的寫作風格：精簡、明澈而沒有贅飾——重要的訊息從字裡行間就讀得出來。留下的是他的寫作方式，他稱之為「冰山理論」：

> 我總試著依照「冰山原則」來寫作，八分之七在水面下，只有八分之一是可見的。所排除的一切只會讓冰山更加堅實，關鍵在於保持不可見的部分。如果作家省略了一些東西，因為他有所不知，那麼故事就會出現一個洞。

艾倫‧亞歷山大‧米恩 Alan Alexander Milne

小熊維尼

Winnie-the-Pooh

情節

因為真正的熊粉（數量比大家想像的多）絕不會用譯名，所以將原名放在括弧裡標明，讓大家不小心加入熊粉內部對話時，能知道大家在說些什麼（同樣地比大家想像的來得多）。小熊維尼（Winnie-the-Pooh）是隻橘黃色的熊，智力不高，生活在百畝英畝的森林裡，和小豬（Piglet）、跳跳虎（Tigger）、瑞比（Rabbit）、憂鬱的驢子依唷（Eeyore）、袋鼠媽媽（Kanga）、袋鼠寶寶小荳（Roo）、貓頭鷹（Owl）以及年輕的克里斯多福‧羅賓一起。

小熊在四冊的故事當中經歷了不同的平靜冒險，緊張程度適合讀物目標族群（大約六歲兒童）：小熊拜訪瑞比，吃了許多塗了蜂蜜和煉乳的麵包，結果卡在兔子洞裡。或是驢子依唷掉了尾巴，比從前更鬱悶，直到小熊偶然在貓頭鷹那裡發現他的尾巴，貓頭鷹拿尾巴當門鈴拉繩。

那麼為什麼會有那麼多成年粉絲呢？因為文字趣味！小熊維尼很好笑！原著更是有趣百倍（熊粉們如是說）。

小道消息

這些角色真的存在！克里斯多福‧羅賓是米恩的兒子，一歲生日的時候獲得一隻泰迪熊當禮物，叫它維尼（根據倫敦動物園的一隻母熊來命名）。填充玩具驢依唷是同年的聖誕節禮物，填充玩具豬則是鄰居送的禮物。跳跳虎、袋鼠媽媽和小荳是在米恩爸爸已經開始寫故事的時候加進來的——為了增加書裡的角色。

可惜袋鼠寶寶被弄丟了，還好可以在紐約市立圖書館看到其他填充玩具，沒有洗過，沒有整理過——它們看起來就是備受寵愛的填充玩具該有的樣子。

作者

英國人艾倫‧亞歷山大‧米恩主要為舞台劇和電影劇本寫作，但是《小熊維尼》讓他全球聞名。米恩為他的兒子克里斯多福‧羅賓寫了這些故事——他和兒子之間的對話（小熊隨時都在旁邊）在全書中就像框架故事一樣。

此外

說到小熊維尼，可不要想到迪士尼！原始繪圖者是英國的厄尼斯特‧薛波德，他真的將四歲的克里斯多福‧羅賓（可愛！）化為永恆，但是不想用真的泰迪熊，他就是不太喜歡，取而代之的是從自己兒子的小熊獲得靈感。

發明噴霧罐

1926
《小熊維尼》
米恩

赫曼‧赫塞 Hermann Hesse

荒野之狼

Der Steppenwolf

情節

主要人物是哈利‧哈勒，荒野之狼。他覺得
自己一半是人（相當正常的公民，有點聰
明，對文化感興趣），一半是狼（＝局外人，
感受得到各種獸性誘惑）。

哈勒快五十歲了，就像大家已經注意到的，
正陷入生命危機。書中並未多提原因何在，
但是顯然他失去名聲、很多錢以及他的妻子
——足夠造成全面危機了。哈利考慮自殺，
卻認識美麗的妓女赫爾敏娜，她讓哈利知道
生命何以值得擁有。首先她為哈利安排了一
個情人，這個開端就變好的了。

然後他們進入「神奇劇院」，這裡變得有些
迷離，真實、夢境、毒品帶來的幻境。哈勒
遇到穿著男裝的赫爾敏娜，在她身上看到自
己年少時的朋友赫爾曼，此外他還遇到莫札
特，聽著收音機裡的韓德爾。

到了某個時候，他試著刺殺赫爾敏娜／赫爾
曼，不過至少並不是真的發生。但是整個看
來，這一場狂歡讓哈利獲得新的生命意義，
能樂觀地展望未來。

讓人聯想到但丁的《神曲》以及歌德的《浮
士德》？是故意安排的！

小道消息

在二十世紀六〇年代，赫塞在德國並不熱
門，太裝腔作勢，太激情。但是美國人突然
對赫曼‧赫塞十分讚嘆——尤其是對《荒野

之狼》。有個搖滾樂團就是以本書標題作為
團名（並以《生而狂野》這首歌獲得廣大迴
響），並且登上世界暢銷排行榜——《荒野
之狼》於是在德國又起死回生。

入門提示

對初入門者建議閱讀《車輪下》，是個學校
故事，對德國中學生而言因此也常是必修讀
物——所以並不特別受歡迎。

浪漫主義者應該從《納西斯與勾特蒙》開始
（此外本書也和對比有關，非常花俏，很情
緒化），其他的讀者或許真的該從《荒野之
狼》開始。除了幾個比較難讀的片段之外，
每個讀者都能為自己找到些什麼——就是會
讓人變興奮的，而且這本書也不長。

如果以上都不合口味：所有赫曼‧赫塞寫的
詩，部分也相當情緒化，但是寫得很美。

作者

就像他的作品透露出來的，赫塞喜歡偶爾上
路追尋奧祕。他和一個自然預言家住到他的
巖穴裡，旅行穿越亞洲以尋找精神啟發。

經歷了不同的個人危機之後，他必須接受心
理治療。然而直到他和第三任妻子定居在瑞
士鐵辛的紅屋（Casa Rossa）之後，才找到
他的內在平靜，他也在紅屋裡寫下他的最後
一部小說《彈珠遊戲》。

貝爾托特‧布雷希特 Bertolt Brecht

三文錢歌劇

Die Dreigroschenoper

情節

倫敦,十八世紀:商人皮強擁有乞丐之友公司:只要支付「收入」的一半,乞丐們就能獲得皮強的援助。

但是皮強自己並不好過,他總是生乞丐們的氣,然後還得知自己的女兒波麗偷偷嫁給幫派頭子,別名麥克基-刀子的麥基斯(觀眾當然也觀賞到醉人的婚禮,在一個改裝的馬廄裡舉行,擺滿搶來的禮物)。皮強覺得不能這樣下去,於是向警察告發麥基斯。

波麗警告愛人,麥基斯逃走,繞道進入一家妓院,隨即被他的舊情人史佩倫肯‧珍妮背叛。黑道老大入獄,但是警察局長的女兒也是他從前的情人,他再度脫逃,但是又再次被背叛(驚喜!──另一個舊情人)。

他被丟進死囚牢房裡,本應被斬首,但在行刑前,麥基斯被特赦,變成貴族,獲得一座城堡以及終生俸祿。

黑道贏了,觀眾興奮地大聲鼓譟。

小道消息

《三文錢歌劇》根本不是真正的歌劇,比較像是音樂劇,其中共有二十二首歌,最著名的《麥克基-刀子民謠》(鯊魚和牙齒等等)是第一首──最後乾脆再唱一次當安可曲,雖然首演觀眾比較喜歡第七首(《大砲之歌》)。《三文錢歌劇》是布雷希特最成功的劇作。

此外,標題來自里翁‧福依希特萬格,布雷希特原來稱之為《皮條客歌劇》。

同中有異

作品的原型是英國劇作家約翰‧蓋伊所作的《乞丐歌劇》(1728),情節非常相似,但呈現卻大不同。

入門提示

是閱讀布雷希特的完美入門,當然不是讀劇本,而是觀賞舞台劇。雖然多少算是政治劇(唉呀,畢竟是布雷希特寫的!),不過是特別引人入勝的音樂劇──要感謝作曲家庫特‧威爾。

作者

布雷希特是二十世紀最重要的劇作家(以及詩人)之一,《勇氣媽媽及孩子》、《伽利略生平》、《巴爾》、《四川好人》──這些都是全球各劇場一再上演的劇目,也是學生的讀本。

而且他還和爾文‧皮斯卡托發明了「敘事劇」,是一種新的表演形態,旨在促使觀眾一起思考──運用各種干擾(旋轉舞台、投影、評論情節的演員)。

華特‧迪士尼	發明	發現盤尼西林
發明米老鼠	土司麵包	(弗萊明)

1928

《泰瑞絲》	《三文錢歌劇》	《查泰萊夫人的情人》
阿圖爾‧史尼茲勒	布雷希特	D.H. 勞倫斯

埃里希・凱斯特納 Erich Kästner

艾米爾與偵探們

Emil und die Detektive

情節

艾米爾和母親住在一個小城裡，母親必須當理髮師辛苦工作，艾米爾試著讓她的生活盡可能輕鬆：在學校安分讀書，幫忙做家事，不爭辯——完美的兒子，完全正經，有些上進心，也非沒有幽默的人。

假期的時候，艾米爾要到柏林親戚家，嚇人的是他在火車上被偷了 140 馬克，那是他原本要帶給祖母補貼用的。然而艾米爾知道誰是小偷：同一個車廂的乘客，可疑的葛倫德艾斯先生，當他在動物園站下車，艾米爾開始跟蹤他。

幸運的，艾米爾很快就遇上古斯塔夫和他的街道小團體，立刻提供偵探的服務。以軍事般精準的行動，他們首先全天監視葛倫德艾斯，接著通知艾米爾的祖母，他的孫子必須先完成一項任務。因為社區的金錢援助，孩子們甚至可以搭計程車以及打電話。故事中間還出現艾米爾的表姊波妮・胡羨，帶給所有人麵包，說著調皮的話語。

最後在葛倫德艾斯正要兌換艾米爾的紙鈔之際，被一群年輕人包圍，交給銀行處置。警察逮捕小偷，將艾米爾帶到親戚那兒，他們正期盼地等著他來到。後來發現葛倫德艾斯是被通緝的銀行強盜。艾米爾獲得不可思議的 1,000 馬克獎金，能送給他母親一部電動乾燥機。

小道消息

1. 作者讓自己出現在小說裡：在最後以記者角色登場，為報社訪問艾米爾，凱斯特納先生說：「聽著，艾米爾，你要不要和我到編輯部去？我們先在哪個地方吃點蛋糕加鮮奶油。」有點古怪，但是也很可愛。

2. 這個故事革新童書類作品：故事並不是發生在幻想或受到保護的世界，而是在大城市裡——就在街道上，就發生在當下。此外，還幾乎沒有成年人的角色；孩子們自己下決定，結果比警察還成功，讓當時的人相當不高興。

入門提示

非常詳盡的前言對於今天的孩子而言或許有些可笑，但是故事還是相當具有冒險性——對成年讀者也是！孩子們老式的表達有些可笑，有些則會讓人嚇一跳。

此外

沒有瓦特・特里爾的插畫，這本書也許只有一半美好，這個德國畫家因此世界聞名。大約八十年後，有個獲獎的插畫家依莎貝爾・克萊茲試著以特里爾的風格創作了一本繪本小說——大成功！

世界經濟危機	沙特結識波娃	海爾・塞拉西登基為衣索比亞皇帝		
		1929		
《怪獸利維坦》朱利安・葛林	《戰地春夢》海明威	《艾米爾與偵探們》凱斯特納	《去年九月》伊莉莎白・鮑溫	《旅館眾生相》維琪・包姆

凱斯特納
模範生

———
★ 1899 年生於德國
† 1974 年死於德國

———
「只有長大卻保有赤子之心的才是個人」

———
埃里希‧凱斯特納不僅是模範生，他調皮的鬼臉讓女性成排癱軟。他終生沒有結婚，四十歲的時候曾和露意絲洛特‧恩德里眉來眼去，她也曾經被稱為「凱斯特納太太」。然而埃里希‧凱斯特納還是情事不斷，但是一直都算謹慎。

毋庸置疑：艾米爾就像埃里希，模範學生（但是不討人厭），媽媽的寶貝兒子（但並不軟弱）。凱斯特納的母親也是個美髮師，辛苦工作好讓兒子有個比較好的生活——而他在能插手的地方就幫忙。

埃里希‧凱斯特納想當老師，但是戰後他知道，自己的學習之心勝過教書，這卻令父親非常煩惱：上大學是筆花費！然而母親了解他，和埃里希在萊比錫找了個便宜的房間。他幾乎每天寫作；雖然凱斯特納很快就兼職幫報社寫文章，他的母親依然總是寄些小包裹，蛋糕、香煙和錢。

1925 年，模範生以最好的成績完成學業，可以完全投入寫作：報導、短評，主要的卻是詩作。不是冠冕堂皇的東西，是任何人都用得上的實用詩句，然而非常尖銳且批判社會。「你認識那個大砲如花盛開的國家嗎？」這位和平主義者諷刺地質問，猛烈抨擊德國人的服從和軍國主義。他的第一本童書《艾米爾與偵探們》獲得全球性的成功，之後有《小不點和安東》、《飛翔的教室》，最後是他最重要的「成人小說」《法比安》。

1933 年，納粹焚燒他的書。凱斯特納譴責此舉「做作地忝不知恥」，卻也只能不知所措地眼睜睜看著。他被逮捕，審問，監視——但是後來就不再被打擾。他留在柏林，不想離開親愛的母親。之後他匿名為納粹所擁有的環球影業寫作劇本——後來他經常因此受到責難。

戰後凱斯特納重拾十二年前必須中止的寫作生涯，他寫報導、詩和童書（《動物會議》、《雙重小洛特》）——也獲得了成功。他抗議整建軍備以及越南戰爭，然而德國人的不理性讓他動搖，此外不寫偉大的文學作品也讓他難受。他抽很多煙，喝很多酒，生病了，但是讀者喜愛他。「人的偉大不在於他能發揮多大的影響力」，埃里希‧凱斯特納曾經這麼說，但是也許連他自己都不相信這句話吧。

筆名*
作家和他們的假名

Novalis
Georg Philipp Friedrich Freiherr
von Hardenberg
諾瓦利斯

Anne Golon
Simone Changeux
安‧格隆

Jack London
John Griffith Chaney
傑克‧倫敦

Currer Bell
Charlotte Brontë
科勒‧貝爾
夏洛蒂‧博朗特

George Eliot
Mary Ann Evans
喬治‧艾略特

Stendhal
Marie Henri Beyle
斯湯達爾

Truman Capote
Truman Streckfus Persons
楚門‧卡波提

Brynjolf Bjarme
Henrik Ibsen
布林約爾夫‧布亞梅
亨利克‧易卜生

Ellis Bell
Emily Brontë
埃里斯‧貝爾
愛蜜麗‧博朗特

Richard Bachman
Stephen King
理察‧巴克曼
史蒂芬‧金

Acton Bell
Anne Brontë
艾克頓‧貝爾
安妮‧博朗特

Dorothea van Male u. a.
Hugo Claus
多羅西亞‧凡‧馬勒等
雨果‧克勞斯

**W.C. Fields,
Mahatma Kane Jeeves **
William Claude Dukenfield
W. C. 菲爾茲

Molière
Jean-Baptiste Poquelin
莫里哀

Joachim Ringelnatz
Hans Bötticher
尤阿辛‧靈格納茲

Utta Danella
Utta Schneider
尤妲‧丹恩拉

圖例　**Jean Améry** ——— 粗體：假名
　　　Hans Mayer ——— 細體：真名

John le Carré
David John Moore Cornwell
約翰・勒卡雷

Jean Améry
Hans Mayer
尚・艾莫利

Tania Blixen
Karen Blixen
坦妮亞・白列森

Janosch
Horst Eckert
亞諾士

Anthony Burgess
John Burgess Wlison
安東尼・伯吉斯

George Orwell
Eric Arthur Blair
喬治・歐威爾

Lewis Carroll
harles Lutwidge Dodgson
路易斯・卡洛爾

Gorch Fock
Johann Wilhelm Kinau
戈爾希・福克

Voltaire
François Marie Arouet
伏爾泰

Heinz G. Konsalik
Heinz Günther
海因茲・孔薩利克

Fernando Pessoa
Antonio Nogueira de Seabra
費爾南多・佩索亞

Pablo Neruda
ftalí Ricardo Reyes Basoalto
巴勃羅・聶魯達

Erich Maria Remarque
Erich Paul Remark
埃里希・瑪利亞・雷馬克

Mark Twain
Samuel Langhorne Clemens
馬克・吐溫

Hans Fallada
Rudolf Ditzen
漢斯・法拉達

**Peter Panther, Theobald Tiger,
Ignaz Wrobel u. a.**
Kurt Tucholsky
庫爾特・圖侯斯基

A Lady
Jane Austen
珍・奧斯汀

Patricia Highsmith
Patricia Plangman
派翠西亞・海史密斯

＊筆名“Nom de Plume”是法文表達假名的用語，以前在德國也常用這個詞，來自 plume 這個字，意為羽毛（筆）。

＊＊有趣的是：“Mahatma Kane Jeeves”也可理解為「我的帽子，我的手杖，吉福思」──翻譯過來的意思大約是：「有人遞給我帽子和手杖」（Jeeves 是永遠的僕人名字）。

特別精選
快速瀏覽文學作品

阿佛瑞德 · 德布林 Alfred Döblin

柏林亞歷山大廣場
Berlin Alexanderplatz

法藍茲 · 比伯寇夫謀殺了情人，入獄四年，如今對他剩餘的人生訂下最佳規劃，可惜根本就不成功。

他交友不慎：萊侯德是個粗暴的罪犯，總是有辦法讓比伯寇夫為他工作。

法藍茲想再次嘗試保持尊嚴和良善生活的時候，被萊侯德推下車。他失去手臂──然而依舊無法脫離那個環境，他變成皮條客和贓物捐客。

萊侯德想染指比伯寇夫的女朋友米澈，衝突就升高了。米澈不從，於是被萊侯德謀殺。

法藍茲雖然和這一切無關，卻因為害怕警察於是躲了起來，被發現後遭逮捕。最後被判刑的卻是萊侯德，法藍茲這時終於體認到不能這樣繼續下去，於是重新做人。

除了情節之外，書中充滿意識流表達，內心獨白和種種困難，使本書成為超越時代的小說（重要！要點！），然而不一定有助於增進閱讀樂趣。

埃里希 · 瑪利亞 · 雷馬克
Erich Maria Remarque

西線無戰事
Im Westen nichts Neues

非常重要的反戰作品！世界名著！

保羅 · 波矣莫和他的同學自願上前線，光是軍中訓練就已經粗暴到足以讓他們覺醒，而在西邊前線他們更直接體驗到戰爭的殘酷，以及成千上萬士兵的無謂犧牲。

最後保羅也戰死，就在終戰前不久，在一個如此安靜而平和的日子，軍隊報告都只有一個句子──西線無戰事。

但即使是存活下來的人也失去一切，迷失的一代，就連海明威都這麼描寫，被戰爭奪去童年、青少年，以及所有當時已內化的一切價值。

雷馬克不想控訴，他只想描述，從平凡士兵的視角來看這場殘酷的戰爭──以簡潔的報導風格來敘述。

第一把電動刮鬍刀	首次頒發奧斯卡金像獎	發明露營車

1929

《柏林亞歷山大廣場》德布林	《西線無戰事》雷馬克	《丁丁歷險記》艾爾吉

里翁・福依希特萬格 Lion Feuchtwanger

成就
Erfolg

《等候室三部曲》的第一部，一切從二〇年代初的慕尼黑開始。因為偽證，彆扭的博物館館長克呂格被送進監獄。他的女朋友優漢娜試過一切方法好讓他出獄，卻徒勞無功。克呂格死去，他的朋友們於是想公開他的命運。

第一部的結尾就已經牽涉到德國民族社會黨（納粹），然而在這本書還是隱諱地稱之為「真實德國」。福依希特萬格是首先看出納粹會帶來禍害的人之一。

作者寫三部曲的第二部時已經流亡海外——可以直指納粹了：《歐珀曼兄妹》敘述一個猶太家庭在 1932 到 1933 年之間的故事。福依希特萬格自己在這個時候還深信這個鬼政權很快就會結束。

第三部是《流亡》，1940 年出版，描述移民戰爭爆發前在巴黎的生活和困難。

雖然福依希特萬格直到 1940 年之前都住在法國，後來還是必須經過西班牙和葡萄牙逃到美國，不斷和其他留在德國的知識份子爭論——這也是《流亡》一書的主題之一。

羅伯特・穆西爾 Robert Musil

無特色男子
Der Mann ohne Eigenschaften

不是一本行動派小說，想的多過做的。情節嘛……嗯。

是這樣的：時間是 1913 年，烏里希正想度個生命假期，但是不怎麼順利，因此他乾脆做些別的：他加入一個工作小組，他們正為奧匈帝國皇帝法蘭茲・約瑟夫登基七十年慶祝會做準備。但是這個小組的工作也不是那麼順利，所有的人都太自我中心——無法取得共識，而烏里希也找不到生命的意義。悲哀、特異，但是寫得很美。

奧地利作家羅伯特・穆西爾也是個格言大師——為此甚至發明了美麗的方程式：格言＝最小的可能整體。《無特色男子》可說是格言工廠：

> 自私是人類生活最可靠的特性。

還有：

> 忌妒的先決條件是想把愛情變成財產。

誰還管情節——光是這樣的句子，這部作品就值得一讀。

開始建造
帝國大廈

1930

庫爾特・圖侯斯基 Kurt Tucholsky

格利普斯侯姆城堡，夏日故事

Schloss Gripsholm, eine Sommergeschichte

「來本短篇的愛情故事如何？請您考慮一下！這本書不會賣很貴，初版首刷幫您印一萬本。」恩斯特・洛沃特寫了這麼封信。

然而不算真的寫了。圖侯斯基把他和出版人之間虛構的書信當作小說的主線，出版人想在一系列政治書籍之後出些美好的東西。但是愛情故事？省省吧，圖侯斯基說：還是寫篇夏日故事吧。

雙方（假裝）意見一致，圖侯斯基於是寫了彼得（第一人稱敘述者）和他的女朋友綠迪雅一起到瑞典度假的故事，他們租下了格利普斯侯姆城堡。他們在城堡裡先是彼得的朋友來訪，然後是綠迪雅的女性朋友來訪（喔喔，有個晚上是三人行，在當時是相當大膽的安排），但是在這些輕鬆的情節之外，也發生了一些嚴肅的事：彼得和綠迪雅幫助一個女孩脫離獨裁的孤兒院長的控制。

圖侯斯基二十二歲的時候就發表了第一部敘事小說：《萊茵山》，讀者尤其鍾愛他明快的風格和挑逗的弦外之音。

卡爾・楚克邁爾 Carl Zuckmayer

寇本尼克上尉

Der Hauptmann von Köpenick

威廉・沃格已經絕望：他的刑期結束，但如今找不到工作，他沒有登記求職，而沒有工作就沒有身分證件。他在一家舊貨鋪發現一件制服，於是擬出計畫以取得證件。穿著上尉制服，他征召了幾個剛下哨的士兵，行軍到寇本尼克議會。

然而那裡卻沒有登記單位——計畫行不通。沃格向警察自首，必須再度入獄——但是獲得承諾，出獄之後可以拿到證件。

類似的事件是真實發生的：1906 年，真的威廉・沃格走進寇本尼克市議會，但不像楚克邁爾描寫的那麼紳士，而是搶奪公庫。

楚克邁爾的劇本在德國威瑪共和國時期非常成功；納粹後來卻不是那麼滿意反軍隊的潛台詞。

阿道斯・赫胥黎 Aldous Huxley

美麗新世界
Brave New World

一部反烏托邦小說，烏托邦的反面，烏托邦指的是美好的虛構社會，反面即不好的虛構社會。這部小說故事發生在西元 2540 年，人類被分成幾個等級：A 級是各方面條件最好的人類，Y 級是最下等的人，都是在孵化及飼養站長大的。

主角是列尼娜（B 級）和柏納（A 級），是孵育暨標準中心的職員。他們造訪一個保留區，那裡的人類還像「古早」那樣生活——包括自然繁殖，真噁心。他們在那裡認識「野生」約翰，約翰的母親是中心主任失蹤的前女友。列尼娜和柏納帶著兩人一起到「文明」去，約翰在那裡變成明星——他的「發掘者」柏納也是。

一切當然以災難收場：約翰愛上列尼娜，她卻因為自己的出身根本無法處理情感問題。約翰嘗試叛亂卻失敗了，即將被驅逐，柏納也要一起被驅逐，卻有不同的驅逐地點。最後約翰被捲入性愛狂歡派對，深受震驚因而自縊身亡。

此外，之前這本書在德國被稱為《勇敢新世界》，直到大家注意原始標題影射莎士比亞的名言（摘自《暴風雨》），而且 brave 在莎士比亞時代根本不是勇敢之意，而是美麗！

阿嘉莎・克莉絲蒂 Agatha Christie

東方快車謀殺案
Murder on the Orient Express

比利時的偵探赫丘勒・白羅搭乘火車，夜間有個男人被刺殺十二刀死亡。方便的是列車剛好被困在雪地裡——沒有人能離開火車。然而警察也無法上車——不過有白羅一個人就夠了。他質問乘客，奇怪的是每個乘客都有不在場證明。

最後白羅發現：這是共同作案，被謀殺的人曾綁架並殺害一個嬰兒（阿嘉莎由林白幼兒綁架案獲得寫作靈感）。

所有的臥鋪乘客都認識綁架案被害人一家，案發之後發誓要報仇。每個人都刺了綁架犯一刀。白羅藉著巧妙的手法讓這些乘客不被逮捕。

白羅的第八個案子是克莉絲蒂最受歡迎的小說之一（雖然雷蒙・錢德勒覺得本書一點格調都沒有）。這位英國作家總共寫了六十六部小說和許多短篇故事。

	希特勒 奪取政權	德國境內 焚書運動		羅姆政變	唐老鴨 首度躍上螢幕	（德籍猶太）移民報紙 《建構》在紐約創刊

1933   **1934**

《叛艦喋血記》
哈爾／諾德霍夫

《東方快車謀殺案》
克莉絲蒂

《夜未央》
費茲傑羅

暢銷書
有史以來銷售最多的書*

1954
J.R.R. 托爾金
《魔戒》
1 億 5,000 萬本

1937
J.R.R. 托爾金
《哈比人》
1 億本

＊ J.K. 羅琳的確比托爾金售出更多本書，總共超過四億本，然而出版社未提供各冊小說的販售數字——因此《哈利波特》未出現在列表裡。而《魔戒》並非三部曲，它是單一部小說，卻違背托爾金的意願被分為三冊出版（參考頁 111）。

拿破崙・希爾
《思考致富》
7,000 萬本

丹・布朗
《達文西密碼》
8,000 萬本

1887
亨利・萊特・哈葛德
《她》
8,300 萬本

1939
阿嘉莎・克莉絲蒂
《一個都不留》
1 億本

1859

查爾斯·狄更斯

《雙城記》
2 億本

曹雪芹

《紅樓夢》
1 億本

1950

C.S. 路易斯

《納尼亞傳奇》
8,500 萬本

安東尼·聖艾修伯里

《小王子》
2 億本

＊宗教和政治書籍不在比較之列，將《聖經》和《哈比人》相比，第一並不公平，第二並不老實，因為《聖經》的發行量
只能估計（大約 20 到 30 億本），《毛語錄》也是同樣的情況（發行量：超過 10 億），還有《共產黨宣言》（大約 5 億本）
以及《可蘭經》（約 2 億本）。

埃里亞斯·卡內提 Elias Canetti

迷惘

Die Blendung

情節

主要人物是彼得·基恩，認為自己的使命是收集書本，而且上萬本。除了書，他對其他東西都不感興趣。他的妻子泰瑞莎是他的管家——他娶她只是因為她會把寶貝上的灰塵好好地撢乾淨。

可惜他打錯主意了：泰瑞莎根本不在乎他的書，只想要他的錢，終究把基恩趕出家門。接著故事越來越荒謬：基恩在城裡亂逛，認識一個完全喝醉的皮條客，後來粗魯地騙走基恩的錢，還有各式各樣的點子，想以離奇的方式讓行動有所進展——例如他甚至說泰瑞莎已經死亡。

當時泰瑞莎其實正和一個殘暴的低階神職人員偷情。當基恩再遇上泰瑞莎的時候，基恩的神智就更混亂了（因為他以為泰瑞莎已經死亡），結果演變成一段打鬥；基恩承認他殺了泰瑞莎，但警察根本不把他的話當一回事，因為泰瑞莎明明還活著。基恩搬去和泰瑞莎及虐待狂同住，以為自己發生幻覺（以為泰瑞莎已經死亡等等）。

最後基恩的兄弟葛歐格（很實用的是個心理醫生）從巴黎前來，把基恩帶回他的圖書室。然而要治好癲狂不是那麼簡單的事：最後基恩自焚，他的書也一起燒掉了。

小道消息

這個基恩真是瘋狂——而且帶有作者的性格特徵。卡內提甚至還有個兄弟，真的就叫葛歐格，住在巴黎——是個心理醫生。

入門提示

專家們對《迷惘》早就傷透腦筋。漢斯·馬格努斯·安岑斯柏格說這本書難以忍受，是文學怪獸。

因為——或許大家已經料到——其中當然有許多內心獨白，這是當時非常流行的。

想要開始閱讀卡內提，從他三冊的自傳開始比較好，尤其是第二部分《耳中的火炬》，描述他 1921 到 1931 年的生涯。

作者

埃里亞斯·卡內提總是有著偉大的文學計畫（因此也沒有真正的職業），1981 年真的獲得諾貝爾文學獎；《迷惘》是他唯一的一部長篇小說，他還寫了三部劇作和其他的作品：評論、旅遊報導、日記、自傳和著名的社會心理學研究《群眾與權力》（非常複雜而且不無爭議）。

卡內提他個人至少是古怪的，甚至可說是自我中心、虛榮、易怒的，可從他的自傳窺知一二。

克勞斯‧曼 Klaus Mann

梅菲斯托，他的生涯

Mephisto. Roman einer Karriere

情節

所謂的密碼小說就是描述真實人士的小說，但是祕而不宣，以避免招來怒氣，然而《梅菲斯托》在這方面並不算成功，真實人士身分相當容易辨認，接下來以括號加以說明。情節從二十世紀二〇年代中期發展到 1936 年——在這段時間，亨德利克‧霍夫根（即古斯塔夫‧葛倫德根斯）從鄉村小演員變成超級巨星，原因只在於他把靈魂賣給納粹。一開始就很明顯：霍夫根想力爭上游，他努力工作，壓榨他在漢堡藝術劇院（即漢堡小劇場）的演員同事。他有一個情人，黑皮膚的茱麗葉，但是卻和芭芭拉‧布魯克納（即艾麗卡‧曼）結婚，她是內閣大臣布魯克納（即湯瑪斯‧曼）的女兒，但卻未妨礙他繼續私會茱麗葉。

霍夫根前往柏林，越來越有名，依舊和茱麗葉偷偷會面，雖然他已經和芭芭拉離婚。然後他扮演畢生最重要的角色——歌德《浮士德》的梅菲斯托（雙重意義！出賣靈魂）。1933 年霍夫根的處境艱難：他的名字被列入納粹黑名單，受到就業禁令的威脅。雖然霍夫根覺得納粹是蠢蛋，但是卻由一位女同事向洛特‧林登塔（即艾咪‧戈林，空軍總司令之妻）說情而受惠。接著他被最高層贊助，能繼續他的事業，變得越來越肆無忌憚。

他雖然幫助一個老朋友，卻背叛了茱麗葉，使得她被迫離開德國。霍夫根無法承受有個黑情人的傳言，為了保險起見，他和尼可列塔（即帕美拉‧魏德金 *）結婚，他們相識已久。

他並不快樂。他主演《哈姆雷特》，但是演得很糟，卻依然受到眾人祝賀，他於是注意到，觀眾並非為他的天賦喝采，而是為了他的權力。

小道消息

這部長篇小說當然立刻被納粹禁止，由流亡的出版社發行。1945 年之後也沒有德國出版社敢發行——所有的人都害怕審判。1956 年《梅菲斯托》由東柏林建構出版社印行——西德於 1966 年禁止本書出版：葛倫德根斯的養子在憲法法庭成功提出告訴。

1981 年，這部小說也在西德出版——雖然有判決，但是並沒有關於葛倫德根斯繼承人的新告訴——他們可能也不會成功。

此外

克勞斯‧曼一直反駁，他的小說不是密碼小說，他不想述說特定人士的故事；這些人物只是類型。

入門提示

這部小說容易閱讀，絕對是親近克勞斯‧曼的小說的最佳入門。還想更輕鬆的人可以看看電影，由克勞斯‧馬利亞‧布蘭道爾扮演亨德利克‧霍夫根。

＊譯注：劇作家法蘭克‧魏德金之女，克勞斯‧曼兄妹自小的老友。

西班牙內戰爆發	倫敦水晶宮燒毀	愛德華八世為了辛普森夫人放棄王位

1936

《牙買加客棧》	《梅菲斯托》	《黑暗邊界區》
達芙妮‧莫里耶	克勞斯‧曼	艾瑞克‧安伯勒

克勞斯・曼

被低估者

———
★ 1906 年生於德國
† 1949 年死於法國

———
「直到終結才得平靜」

———
一定要讀克勞斯・曼的自傳《轉捩點》，二十世紀前半的著名家族和成員之間的許多生活細節。

克勞斯・曼是湯瑪斯・曼的長子，光是這點就不容易，父親強勢、嚴格、冷漠。對敏感的克勞斯而言很難找出自己的道路。他總是被拿來和父親相比較，他想向父親證明自己是好的——但卻有種永遠都不夠的感覺。

克勞斯・曼抗拒著，他過著自己的生活，他一切正確的父親只有輕視：酒精、毒品、迷醉的狂歡，和姊姊艾麗卡的關係曖昧不清——最後承認同性戀，當時還未除罪！

這是起伏的時代裡一段不安的生命。克勞斯・曼起初為舞台寫作，他的作品《安亞和依絲特》於 1925 年在漢堡小劇場首演，主演：他自己，他的未婚妻帕美拉・魏德金，他的姊姊艾麗卡和當時的丈夫古斯塔夫・葛倫德根斯；主題：兩個女性的同性情愛——醜聞。

不久之後接著另一個醜聞：他的長篇小說《虔誠之舞》出版，主題：同性戀，眾人大感震驚，但是都想看看湯瑪斯・曼的兒子寫些什麼。

1933 年，希特勒成為帝國首相，同年克勞斯・曼離開德國，起初到法國，隨即成為最重要的流亡作家之一。1938 年，他的長篇小說《火山》出版，宏偉描述流亡移民的希望、日常的奮鬥以及破碎的夢想。一年之後，克勞斯移民美國，以令人驚奇的方式在外語及異文化環境中立足。他的第二本自傳《轉捩點》以英文書寫，到處演說，1941 年甚至加入美軍。

即使如此，他依舊得不到平靜，毒品、憂鬱症、一再大失所望——尤其是戰後在德國沒有成就。真悲哀，他在 1949 年 5 月自殺並不令人意外。

歐文斯在柏林奧運 獲得四面金牌	《彼得與狼》 （普羅高菲夫）	《摩登時代》 （卓別林）

1936
《飄》
米契爾

瑪格麗特·米契爾 Margaret Mitchell

飄

Gone with the Wind

情節

內容基本上是關於美得不可思議卻又頑固的郝思嘉愛上無聊到不可思議的衛希禮，雖然她其實可以擁有不可思議迷人又有趣的白瑞德。而衛希禮早已看出他的女鄰居完全優游在另一個層次，因此他在一個花園宴會上宣布自己和無聊到不可思議的梅蘭妮訂婚，郝思嘉出於固執，於是接受梅蘭妮無聊到不可思議的哥哥查爾斯的求婚。

然後美國內戰爆發＝無盡的苦（查爾斯死去，衛希禮受到精神創傷，一切都崩壞了）、緊張和激情（郝思嘉和白瑞德畢竟沒戲）。郝思嘉出於經濟因素和另一個人結婚，他也死去，郝思嘉對衛希禮仍舊情難忘，但最後終於還是和白瑞德結婚。即使如此並沒有歡樂大結局，剛好相反：郝思嘉還是喜歡衛希禮，一直和白瑞德爭吵，兩個女兒死於騎馬意外，白瑞德無法振作。郝思嘉最後終於認清自己愛的是白瑞德，白瑞德卻已經受夠了（說實話，我親愛的，我他媽的才不在乎＊）然後就離開她。

名言

Tomorrow is another day.

「明天又是嶄新的一天。」郝思嘉不想做決定的時候總是這麼說──這也是小說的最後一個句子（對哭哭啼啼的讀者而言代表著希望，也許郝思嘉明天有什麼法子能贏回白瑞德）。瑪格麗特·米契爾甚至考慮把這個句子當作書名。

小道消息

光是在美國，這本書出版後的三個月內就賣出一百萬本。1937 年瑪格麗特·米契爾獲得普立茲獎，1939 年那部著名的電影《亂世佳人》首映。

同中有異

如果喜歡不幸的愛結合歷史，那麼也試試看：鮑里斯·帕斯捷爾納克的《齊瓦哥醫生》（不幸的愛加上革命──比較有深度），或是安娜瑪麗·賽林柯的《黛絲蕾情史》（不幸的愛加上拿破崙──比較媚俗）。

＊電影製作人大衛·賽茲尼克無論如何都一定要在電影裡用上這個著名的句子："Frankly, my dear, I don't give a damn"──甘願為髒話支付 5,000 美元的罰金。

J.R.R. 托爾金 John Ronald Reuel Tolkien

哈比人

The Hobbit, or There and Back Again

情節

哈比人是矮小的幻想生物，住在中土王國。有一天，偉大的巫師甘道夫與十三個小矮人拜訪主角比爾博·波特林，希望比爾博幫助他們從惡龍史矛格那裡奪回寶藏──然後可以從中獲得十四分之一。比爾博接受冒險邀約，雖然他相當害怕。

首先，他們必須越過整個中土，但隨即被半獸人抓住。逃走的時候，比爾博迷路了，卻在洞穴通道發現一隻戒指，能讓人隱身。這枚戒指原本屬於髒髒黏黏的生物咕嚕，咕嚕對失去戒指相當憤怒，不過比爾博還是拯救了自己和戒指，使旅程能繼續。

可惜甘道夫很快和他們道別（後會有期），之後不久矮人－哈比人旅行隊伍又再度被捉住，這次是被森林精靈抓到，但是藉著魔戒和一些詭計，比爾博救出所有的人，最後終於到達目的地：孤山，是矮人從前居住的地方，現在卻被惡龍史矛格所佔據。比爾博察看地形，卻被惡龍發現，惡龍捉不住他，轉而摧毀附近的城市愛斯加羅特，後來還是被弓箭手射殺，這歸功於比爾博知道惡龍唯一會受傷的部位。

接下來是搶奪寶物的激烈競爭：被毀的城市居民要求補償，矮人堅持所有權。在大混戰爆發之前，甘道夫路過，警示大家，半獸人的軍隊即將來襲。原本爭執的各方人馬快速聯合起來，戰勝半獸人。

小哈比人比爾博於是滿載而歸，讓自己過得舒舒服服的，然後把這一切都寫下來。

入門提示

不確定自己是否真要閱讀《魔戒》巨著的讀者，可從《哈比人》這本容易閱讀的書獲得故事梗概。

小道消息

托爾金把這些故事當作孩子們的入睡故事，有一天他在大學的工作讓他無聊到開始寫下哈比人的冒險故事，並加以點綴擴充。中土王國越來越像一回事的時候，他把《哈比人》又重新修改了一下，好讓故事聽起來比較「成熟」一點（也為了在內容上配合其他幾本）。

名言

> 在地底洞穴裡住著一個哈比人。
> In a hole in the ground there lived a hobbit.

這是小說的第一個句子，漂亮、簡短、簡潔的句子，讓人印象深刻──讓人可以偶爾引用。畢竟這是一部成功得難以置信的幻想系列著作。

福斯金龜車	《布蘭詩歌》（卡爾·歐爾夫）	喬治六世登基為英皇	《格爾尼卡》（畢卡索）	興登堡飛船起火

1937

《人鼠之間》約翰·史坦貝克	《哈比人》托爾金	《不信神的少年》歐東·霍爾瓦特

托爾金
語言學家

★ 1892 年生於南非
† 1973 年死於英國

———

托爾金小時候就會因
為生字而激動

———

《魔戒》被分成了三冊出
版，卻不是三部曲。托爾
金堅持這是單一部長篇小
說，被分成三部的原因只
在於單一冊會使大多數人
望而卻步。二次大戰後紙
張價格高漲，讀者於是可
以慢慢把書買回家。

無論如何，約翰·隆納德·魯埃爾·托爾金是那些特殊的
孩子之一，別的孩子在玩足球的時候，他們學習奇特的
東西。

他年紀很小的時候就對語言感興趣；他的母親能教他一些法
語、拉丁文和德語。他在學校裡對古英語相當著迷，之後是哥
特語——一種流傳得並不特別好的語言，因此托爾金自己想了
幾個字加進去。從學校畢業之後，托爾金開始在牛津研讀古典
語言，學威爾斯語和芬蘭語，發明一種全新的語言：昆雅語（中
土裡的妖精說這種語言）。

托爾金和他的青梅竹馬艾迪絲結婚，必須參戰，在索姆經歷可
怕的殺戮，因為生病被送回家，開始寫下腦中四竄的奇幻故
事。他的看法顯然是：想遠一點，計畫有關中土帝國形成的偉
大神話作品，他一直都沒有全部完成。

戰後托爾金編修《新英語字典》，後來當上牛津大學的英語教
授，他在這裡開始寫下哈比人的故事，而且真的找到出版社，
出版社想立刻出續集，托爾金非常樂意滿足這個願望，但是需
要時間——而且最後根本不是童書。1954 年《魔戒》出版，
革新的幻想文學。從托爾金之後就稱之為幻想小說，從未曾有
任何作者創造了前後如此一致的幻想世界。不是立刻，但是在
六〇年代，《魔戒》成為世界暢銷書，那個著名的句子是所有
粉絲直到今日都朗朗上口的：

> 至尊戒，馭眾戒；至尊戒，尋眾戒，魔戒至尊引眾戒，禁
> 錮眾戒黑暗中，魔多妖境暗影伏。

托爾金把後來的生命都投入他的神話巨著《精靈寶鑽》，在他
死後由他的兒子克里斯多佛出版。這部作品出版之後一切就很
清楚了：托爾金不是為了讓幾個童話生物聚在一起才寫作——
對他而言事關一切的一切。

特別精選
快速瀏覽文學作品

阿奇博爾德・克朗寧 Archibald Cronin
堡壘
The Citadel

安德魯・曼森完成醫學教育之後在一個威爾斯礦區當助理醫師，這個地方充斥貧窮與疾病；曼森日以繼夜地工作，事業有成，後來在倫敦開了間診所，用安慰劑治療富有的憂鬱症患者，賺了非常多錢。曼森這時雖然能給家人優渥的生活，但是他的妻子克莉絲汀對丈夫的發展卻感到失望——從年輕時的理想主義者變成不擇手段的時尚醫師。該來的總是會來：命運的打擊，徹悟，洗心革面。

這部醫師小說絕大部分都帶有自傳色彩：蘇格蘭作家克朗寧（貧窮但是有天賦）以最好的成績完成學業，在威爾斯當醫師度過最初幾年，之後在倫敦開設診所，給上流社會多餘的注射——三十多歲得了胃潰瘍，於是強制休息，思考。克朗寧想，這時剛好可以來寫本書。他的處女作《製帽師和他的城堡》當時全球轟動——今日（合理的）根本就被遺忘。克朗寧的大作《堡壘》以及礦工小說《眾星俯瞰》差不多就是通俗小說——因此特別容易閱讀！

坦妮亞・白列森 Tania Blixen
非洲農場 / 遠離非洲
Den afrikanske Farm

直到梅莉・史翠普主演的那部全球聞名的電影問世之後，這本小說的書名才被譯為《遠離非洲》。丹麥作家丹妮亞・凱倫・白列森（在德國的筆名是坦妮亞・白列森）在書中敘述她在肯亞當農夫的經歷。有自傳色彩，但也是個偉大的愛情故事，筆觸帶有極大的激情與詩意——注意了：完全不同於電影！不過小說的第一個句子和電影裡的一樣：我在非洲有個農場……

1903 年，凱倫・白列森和丈夫布羅爾移民到肯亞，布羅爾用她家族的錢買了一個咖啡農場——在一個其實完全不適合種植咖啡的地區。她嘗試不可能的任務，而丈夫卻四處狩獵並且和妓女鬼混。而且沒錯，凱倫・白列森的確愛上靈巧的丹尼斯・芬奇・哈頓，但是根本沒寫進小說裡，而她也不是為了哈頓才和丈夫離婚——這只是電影版本。

凱倫・白列森保有肯亞的農場十七年，然後失望地返回丹麥，只專心寫作。

日中戰爭（南京大屠殺）	金門大橋竣工	
	1937	
《堡壘》克朗寧	《非洲農場》白列森	《雖有猶無》海明威

達芙妮・莫里耶
Daphne du Maurier

蝴蝶夢 / 瑞蓓卡
Rebecca

第一人稱的敘述者（年輕、無知）是馬克辛・溫特（年長、充滿神祕）的第二任妻子，馬克辛帶著她住到曼德利莊園。融入這裡的生活並不容易，因為到處都是神奇瑞蓓卡的幽魂，瑞蓓卡是馬克辛的第一任妻子，神祕地死於一次船難，馬克辛指認了她的屍體。

女管家丹佛斯太太尤其無法接受新任的溫特太太，讓她的日子不好過。這時潛水人員無意間發現了一具屍體：瑞蓓卡（這次是真的）。

馬克辛對妻子坦白一切：是他殺了瑞蓓卡，因為瑞蓓卡欺騙他，也不曾愛過他。法院調查後發現，瑞蓓卡有致命疾病，顯然是自殺。馬克辛和太太重返曼德利莊園，可惜莊園已經毀於祝融。希區考克的電影拍得很有創意，但是原著更引人入勝。

亞歷山大・蘇瑟蘭・尼爾
Alexander Sutherland Neill

最終存活者
The Last Man Alive

作者尼爾於 1921 年在英國設立了一座反權威的學校：夏山，他為學生想出一個故事，每一章結束都讓學生發表評論，並且可以因為他們的判斷而改變故事情節（這也是小說的框架故事）。

故事是這樣：有個百萬富翁駕著飛船拜訪夏山學校，並且帶著尼爾和幾個孩子來一次空中航行。突然之間他們行駛穿過一朵怪異的綠雲，當他們著陸的時候，所有的人類都已經變成石頭。他們踏上旅程行遍世界，想要看看世界現在是什麼樣子。

他們在旅程中經歷了相當多（有些非常暴力）的冒險，絕對無法彼此容忍以創造新秩序，最後只有老師存活下來。

相當激烈的結局，大部分是學生自己決定的。

桑頓・懷爾德
Thornton Wilder

小城風光
Our Town

十九、二十世紀之交，虛構的一個美國小城：一切都很美好、和諧、寧靜。作者在三幕之間敘述了該處的生活在 1901 至 1913 年之間改變了多少。主角是愛蜜莉和喬治，起初是孩童時代，然後兩人結婚，最後一幕述說了愛蜜莉逝去，然而她可以返回活人的國度一天，於是驚嘆於一切其實是那麼平庸。整本著作是布雷希特式的敘述劇：幾乎沒有舞台裝飾，沒有布幕，觀眾可以看到變換場景的樣子。有個舞台監督，偶爾跟著一起演，有時則做出評論，一下子和觀眾對談，觀眾應該學到的是：生命雖然其實沒那麼重要，但是依然必須珍愛！

雷蒙‧錢德勒 Raymond Chandler

大眠
The Big Sleep

菲利普‧馬羅的誕生！著名的私家偵探第一次出現就在這部小說之中（就算有人可能以為他是亨佛萊‧鮑嘉發明的）。

馬羅的第一份委託案來自好萊塢的一個老人：他因為他二十歲女兒的賭債而被勒索，接著是一連串十分複雜的調查，不同的死者和富裕的罪犯。但是馬羅當然一步一步地挖掘出真相——不被強大的黑幫或是裸體的女人所迷惑。

雷蒙‧錢德勒創造了一個偵探，被模仿了千百次，他獨來獨往，迷人又無法接近，聰明又剛正不阿，具有一種讓人佩服的乾澀幽默。畢竟還是要提到亨佛萊‧鮑嘉，他在傳奇電影《大眠》當中扮演馬羅。當時影片在德國的標題有點誤導：《死者睡得最沉》。

法蘭茲‧威爾佛 Franz Werfel

被侵佔的天堂
Der veruntreute Himmel

副標題是「一個女孩的故事」，這個女孩名叫泰妲‧里涅克，她一生只有一個願望——或說後世的願望——永恆的神聖。她因此進行某種個人的贖罪券交易：她以所有儲蓄支持她的侄子，讓他能研讀神學。然而當她年屆七十想安享晚年，要在她侄子家度過最後的生命，她才發現：那個傢伙騙了她！他根本沒有當上牧師，不知把她的錢揮霍到哪兒去了。

泰妲料想自己的計畫無論如何都不會按照自己的意思發展，因此前往羅馬朝聖。就在聆聽教宗訓示的時候倒下。

法蘭茲‧威爾佛在二十世紀的二〇及三〇年代是頗受歡迎的作家，1938 年和妻子阿爾瑪移民到南法，兩年後以冒險的方式逃到葡萄牙（步行穿越庇里牛斯山，和海利希‧曼等人一起——務必一讀阿爾瑪‧馬勒－威爾佛的自傳！），從葡萄牙再流亡到美國。

	西班牙內戰結束	第二次世界大戰爆發			倫敦空襲	佔領巴黎
		1939				1940
《憤怒的葡萄》約翰‧史坦貝克	《大眠》錢德勒	《被侵佔的天堂》威爾佛	《京華煙雲》林語堂		《戰地鐘聲》海明威	

阿爾貝・卡繆 Albert Camus

異鄉人

L'Étranger

小說故事發生在三〇年代的阿爾及利亞，主角莫梭不是特別討喜的角色。莫梭在母親喪禮後隨即和女人廝混，然後他幫一個皮條客勾搭一個阿拉伯女人，皮條客對這個女人非常壞，使她的哥哥非常生氣。莫梭後來偶然遇到了他，這個阿拉伯人拿起刀子，莫梭射殺了他而被逮捕。

小說的第二部分描述審判過程，法官想找出謀殺的動機，卻發現很困難，因為主角的一生找不出犯下謀殺的任何原因和關連。莫梭的主要特色是冷漠。

《異鄉人》是存在主義的主要作品之一，因此也相當難讀。法國人就是這樣，從電影就看得出來，許多對白很少動作。然而，對法國文學感興趣的人一定不會錯過卡繆。

安娜・塞格斯 Anna Seghers

第七個十字架

Das siebte Kreuz

1937 年，七個男人從集中營逃走，指揮官下令在七棵梧桐樹釘上十字架，誓言要在七天內將逃犯追回並吊死在樹上。

所有的人確實都被抓住或死在逃亡途中——只有一個人逃脫：葛歐格・海斯勒。這是一場心力交瘁的逃亡，起初葛歐格必須面對他的愛人雷妮愛上了別人（一個納粹份子），但是後來獲得許多人的協助：讓他搭便車，給他衣物、食物和金錢——許多小東西，拯救了他的生命。這正是本書的主題，團結。

在東德時期，《第七個十字架》是學生的必修讀物，在西德很不公平地有些被遺忘。安娜・塞格斯是德國流亡文學的重要作家（她的小說《過境》就是關於移民的命運），在墨西哥生活了六年（並美妙地加以描述），1950 年來到東柏林，擔任東德作家協會會長長達二十年以上。

《毒藥與老婦》
（克瑟爾靈）　　突襲珍珠港　　巴巴羅薩行動
　　　　　　　　　　　　　　（德國襲擊蘇聯）

1941

《奇怪喬治》　　《聖克萊爾雙胞胎》　　《最後大亨》
雷氏夫婦　　　伊妮德・布萊頓　　　費茲傑羅

1942

《異鄉人》　　《第七個十字架》
卡繆　　　　　塞格斯

史蒂芬・褚威格 Stefan Zweig

棋局

Schachnovelle

情節

從紐約航向布宜諾斯艾利斯的一艘船上，討人厭的石油百萬富豪麥康納，挑釁同樣不討人喜歡的世界棋王千托維奇，要比一局棋。千托維奇當然毫不費力地獲勝，麥康納還想討回一局——不期然地獲得一個陌生人的支援，陌生人自稱是 B 博士。B 博士預料到千托維奇許多棋步，低聲指示麥康納如何有效防禦，棋局最後以和局結束。

千托維奇覺得自己的名譽受損，B 博士相反地只是覺得厭煩，絕不想再來一局。

怎麼會，第一人稱敘述者想著，試著找出背後的原因。這時 B 博士告訴他一個故事：納粹接管奧地利的時候，他被蓋世太保逮捕，之後被單獨囚禁。他無法逃脫，沒有人可以說話——他的酷刑就是一切都被剝奪，長達數個月。有一天他接受審訊時偷了一本書，卻失望地發現不是小說，而是著名棋局的合集。因為除了這本書他也沒有別的選擇，於是他就先翻閱這些棋路，後來讀到爛熟，在格子床單上演練這些棋步。最後他和自己對戰，強迫自己分裂自己的意識：黑色的自我對局白色的自我——最後他發瘋也就不足為奇。其實這是幸運的，他因此被送進醫院，治癒後和善的醫師宣稱他沒有行為能力，於是就不必再回到監獄，然而他不應該再玩西洋棋。

在船上，要說服 B 博士和世界冠軍再比賽一局並不容易，但是他還是再下了一局。B 博士贏了，千托維奇想復仇，B 博士答允。這是個錯誤，很快就明朗了，瘋狂復發，B 博士變得焦躁、惡劣又不受控制。敘述者警告他停止下棋——B 博士在最後一刻終於終止棋局。

小道消息

國王 g8 往 h7，城堡向前，c8 到 c4——聽起來給人一種內行人的印象。史蒂芬・褚威格其實並不特別懂得下棋——書中的第二主角千托維奇因此也不是太可靠：來自單純的環境，除了下棋什麼也不會，從來都沒能在腦子裡下棋。當個小說角色很不錯，但是西洋棋世界冠軍可不是這麼簡單就能當上的。

入門提示

《棋局》也許是最適合初接觸世界文學的入門書：簡短、緊湊、了不起的文字表現，但是又容易閱讀。

名言

> 如所周知，地球上沒有任何東西比空無更能對人類靈魂造成這樣的壓力。

B 博士談論自己的隔離拘禁。

反抗組織 「白玫瑰」成立	核分裂 以獲得能量	中途島戰役	《白色耶誕》 （平·克勞斯貝）

★1881 年生於奧地利
†1942 年死於巴西

「在不幸之中方能自知」

史蒂芬·褚威格認為十九世紀有九個作家堪稱建構世界的大師：巴爾扎克、狄更斯、杜斯妥也夫斯基、荷爾德林、克萊斯特、尼采、卡薩諾瓦、斯湯達爾、托爾斯泰。想讀他的評論，可參考三本《大師》系列。

不想被無無無聊的法國大革命歷史文字折磨，寧可把史蒂芬·褚威格的《瑪麗皇后傳》放到學生手上，《瑪麗·斯圖亞特》、《麥哲倫》、《伊拉斯謨斯》也一樣。史蒂芬·褚威格尤其以他的歷史傳記而聞名。真實的人物及其真實的熱情，而不是乾燥乏味的史實或是無趣的時間表。並不總是完全符合史實，但是（正因如此）值得一讀。

史蒂芬·褚威格在最短的時間內將這些傳記收入他偉大的著作《人類的偉大時刻》，以強大的語言力量描述了十四件歷史事件，以一個美妙的想法為基礎：他認為歷史上少有跨越時空仍具有影響力的事件能被壓縮在單一個日期、時間，更少侷限在某一分鐘之內，例如〈滑鐵盧的世界時刻〉，在這一分鐘之內，法國元帥決定服從命令，因此錯過拯救拿破崙的時機；或是那個年輕的法國人譜寫《馬賽曲》的那個晚上；還是史考特確認亞孟森已經先他一步到達南極。

偉大時刻經常以悲劇結尾——就像褚威格他自己的歷史：這個堅定的和平主義者為躲避納粹逃到倫敦，他的書再也不許出現在德國及奧地利，卻在瑞典印刷。身為少數流亡的作家之一，褚威格依舊成功，也還賺得到錢——然而政治發展和喪失他的精神故鄉讓他絕望。他移民到巴西，於 1942 年自殺。

伊妮德‧布萊頓 Enid Blyton

寶藏島上的五小

Five on a Treasure Island

情節

原本二十二冊故事的第一冊，五個小朋友才剛認識：尤里厄斯、理查*和安娜三兄妹要在芬妮姨媽家度過假期，芬妮和丈夫昆丁，一個古怪的學究，以及他們的女兒喬琪娜一起住在緊臨大海的屋子裡。

一開始還有些不合：表姊喬琪娜露出刁蠻本色，根本不想和親戚有什麼瓜葛。而且她寧可自己是個男孩，如果別人不叫她喬治，她就會失控。

但是聰明的尤里厄斯知道如何馴服小表姊，很快四個孩子就成為密友。對了，第五個朋友是提姆，是一隻狗（只有在電影和廣播劇裡才叫提米）。

這五個好朋友的第一次冒險發展如下：在暴風雨中，有艘船骸被沖上岸，孩子們在船上發現一個木箱，箱子裡有張寶藏圖。很清楚的：寶藏就被藏在喬治擁有的小島上某處。五個朋友找到通往寶藏洞穴的祕密通道，可惜被扒手幫嚇了一跳，喬治、尤里厄斯和提姆被關了起來。但是理查當然會用巧計以及祕密通道解救他們，他們逃脫了，壞人被逮捕。

故事中間有很多吃吃喝喝的情節，這是伊妮德‧布萊頓常會安排的情節，尤其是野餐供應火腿奶油麵包、果汁和罐裝水果。或是芬妮姨媽會端出冷的烤肉、蛋、燻肉、布丁，當然還有各式蛋糕。

小道消息

一共只有二十一本五小系列小說（加上一冊短篇故事）的確是由伊妮德‧布萊頓所撰寫，其他冊（超過六十冊！）雖然掛上布萊頓的名字，卻是由德國代筆人所寫。

這是遺產管理協會所允許的——然而有一定的條件：只能在假期當中冒險，而且維持原始組合，不能改變個性，沒有手機，不可用少年慣用語，因此尤里厄斯絕不會對喬治說「酷耶，老大」。

給純粹主義者的建議

當然可以就原文享受真正的伊妮德‧布萊頓，想要有原裝的伊妮德‧布萊頓感覺也可以閱讀舊的版本（可以在二手書店或 eBay 購買），德譯本雖然還有改進空間，但是讓人有種美妙舒適的懷舊感，譯本還會出現像「射門點子」（新的譯本稱之為「絕佳點子」）、糕餅（新：餅乾），還有「你真是個好傢伙」（新：你真的太棒了！）。

新版本卻因為有愛蓮‧索波的原創插畫而加分，這些插畫真的是典型的布萊頓風格——可惜僅限於封面。

---

*在英文原版裡，理查通常被稱為狄克——德文版本裡維持理查。那隻狗在原版當中名也為提摩西，也被稱為提姆，電影當中曾分別被叫做狄克、提米和喬治。

《卡薩布蘭加》首映	第一張金唱片（葛倫‧米勒／恰塔努加火車）	史達林格勒之役展開

布萊頓
兒童英雄

★ 1897 年生於英國
† 1968 年死於英國

伊妮德·布萊頓每天寫下一萬字，總共寫作超過七百本書

女孩喬治其實寫的就是伊妮德·布萊頓自己，她也想當個男孩——青年時期的照片看起來就像想像中的野喬治。

的確，她應該是個可怕的母親，沒有愛心，控制慾，傲慢，至少她自己的女兒伊莫根在自傳裡是這樣宣稱的。然而讀過她的書的讀者根本無法想像，很棒的孩子，很棒的大人，真想直接一起登上「冒險船」，和漢妮及南妮一起上寄宿學校，或是和史都柏、巴爾尼等人一起挖掘祕密港灣之謎。總是有超級美味的食物（午夜宴會！野餐！），無數冒險，最後至少有個很棒的大人讓其餘的事重回軌道。這樣的作家會是個女暴君？其實很難想像，而且也從未得到證實。

伊妮德·布萊頓原本是個教師，但是二十七歲的時候就放棄這個職業，好全心投入寫作。推出第一本兒童小說和幾篇故事之後，布萊頓在四〇及五〇年代成為史上最多產的童書作家——幾乎所有的書都變成系列小說：五小、……的冒險、黑色七人、……之謎、鹵莽的四小、多莉、漢妮與南妮等等，每一本都全球暢銷。

注意了：封面上寫著伊妮德·布萊頓（此外，親筆簽名是她的點子！），不一定就是她寫的書。在德國，她的小說系列直到八〇年代是那樣的成功，德國作家因為十分熱愛而續寫她的系列，《提娜和提妮》甚至是完全由一個德國女作家所創作出來的。

目前還有粉絲俱樂部，但是她的書在青少年之間已經不流行了，太刻板、老式，沒什麼動作，只有《五小》還依舊受歡迎，但是這些書早已不是原味的布萊頓五小了。

繽紛別墅類型

大、小孩子看的書

再次深入經典童書的人一定會發現，所有這些書真的都奇怪地黯淡下來，唯一的例外：阿思緹・林格倫，她大部分的書的確成功地跨越了時代。

童書文學在過去幾十年間有長足的發展，可惜這許多了不起的童書及青少年文學從不曾受到應得的注目——除非被貼上老少咸宜的標籤而進到銷售排行榜（好比《哈利波特》、《暮光之城》或是《飢餓遊戲》）。

即使沒有老少咸宜的保證，也敢大膽涉獵兒童文學的人，可以嘗試下列書籍：

瑪麗亞・帕爾
《鬆餅心》
擁有無數瘋狂點子的孩子們

法蘭克・考崔爾・波伊斯
《大師之作》
來自威爾斯非常滑稽的故事

凱特・勾蒂
《晚上十點的問題》
少年和他不怎麼正常卻可愛的家庭

約翰・費茲傑羅
《我的天才兄弟和我》 *
精緻的少年惡作劇

卡爾・海厄森
《地下》
怪異而充斥著笑話的環境犯罪小說

約翰・葛林
《紙上城市》
關於長大成人、偉大的青少年文學

＊重新被挖掘的美國青少年文學，作者描述家庭的故事，不過也加油添醋了一番。系列小說《偉大的腦子》在六〇年代非常成功；可惜不是所有的都被翻譯成德文（譯注：台灣只有單行本），整個系列的書讓人想到《湯姆歷險記》，但是比較現代，兒童比較容易閱讀。

硬漢類型
超級書生讀物

想對高深文學有正確認識的人，得面臨選擇的痛苦，因為「難讀」的書有很多，和休閒讀物相反，深度文學的作品畢竟要在數百年後依舊被視為文化財產。藝術和娛樂極少統一（請見頁72）。

如果認為閱讀不應該像看連續劇，那麼就該選讀下列作品：

詹姆斯·喬伊斯
《尤里西斯》*
≈1,000 頁

大衛·佛斯特·華萊士
《無盡嘲諷》
≈1,500 頁

法蘭茲·卡夫卡
《城堡》
≈只有 400 頁，但是……

馬歇爾·普魯斯特
《追憶似水年華》
≈3,000 頁

赫爾曼·梅爾維爾
《白鯨記》
≈1,000 頁，其中許多頁都是關於捕鯨

當然還有其他許多著作——介於非常容易和紮實讀物之間，是可以在游泳池邊閱讀的世界文學（海明威、馮塔納、法蘭岑以及其他更多）。

＊如果太過於絕望，可以改讀短篇小說系列《都柏林人》，也不是能低估的作品，但是至少比較容易有個梗概。

特別精選
快速瀏覽文學作品

安東尼‧聖艾修伯里
Antoine de Saint-Exupéry
小王子
Le Petit Prince

小王子住在一顆小行星上，清潔火山，拔掉猴麵包樹，這是某種宇宙裡亂長的植物。有一天，長出了一朵美麗的花，小王子細心照顧、保護她，但是最後她變得太挑剔而且煩人（注意：隱喻，花朵＝女性），因此小王子離開他的家鄉去旅行，好研究其他的小行星。

最後他來到地球，在那裡馴服了一隻狐狸（也就是狐狸說出了著名的那一句話：「只有用心才看得清楚，根本之物是眼睛看不到的。」經常被用在結婚告示和詩本上。）

然後他遇到敘述者（即作者），後者緊急降落在沙漠裡，小王子要求他畫了一隻羊，告訴他自己的故事，和他一起尋找水泉。

然而小王子非常想家，讓自己被蛇咬一口，好回到他的小行星。

裝腔作勢！有些人可能會打著哈欠這麼說；感人！其他人可能會醉心地這麼想。無論如何都是成功的：《小王子》是世界上銷售最多的書之一。

庫爾特‧葛茲 Curt Goetz
譚雅娜
Tatjana

第一人稱敘述者認識了一個名叫強森的人，強森某日對他說出自己的故事：年紀較長的醫生愛上一個十三歲的俄國女大提琴手，她是個神童。醫生在一個音樂會上看到她，馬上就被迷住了。就在演出後不久，指揮召來醫生，因為譚雅娜罹患一種腦炎。主角急忙前往，真的幫上譚雅娜，不過卻是幫她把死去的情人從寓所移走，他顯然是在幽會的時候心臟病發作死亡。事情才剛辦完，譚雅娜就開始誘惑醫師，他們在美國結婚——不久之後她就死了。

讓人想到《蘿莉塔》，但是《譚雅娜》先問世——納博科夫是庫爾特‧葛茲的崇拜者。葛茲此外還發表了兩本散文集；除了《譚雅娜》之外，還寫了小說《比佛利山的死者》。他有些被遺忘是不公平的——葛茲是個傑出的喜劇作家（《蒙特維德歐之屋》，被拍成電影）。移民美國之後，他在米高梅電影公司工作，參與許多劇本寫作。

尚－保羅・沙特 Jean-Paul Sartre

密室

Huis clos

那句聞名的台詞「地獄啊，就是他人」即來自這個舞台劇本，這句話還可以隨時運用，可以加入深深的嘆息，或是擺出一張撲克臉。

故事敘述三個人，在他們死後被關進一個密閉的空間（＝地獄）而彼此相遇：伊絲泰（富有，誘人）、伊內絲（女同性戀，聰慧，郵局職員）以及賈桑（怯懦，記者）。賈桑虐待他的妻子，伊內絲和某個名叫佛羅倫斯的表妹之死有關，這個女性和伊內絲以瓦斯自殺。伊絲泰第一謀殺了自己的孩子，第二把情人逼到自殺。

無論如何，這三個人都有足夠的理由下地獄。在這個密閉空間有點暖熱，除此之外看不到任何地獄之火的蹤影，因為：地獄啊，就是他人。這三個人彼此折磨，伊內絲想要伊絲泰，伊絲泰卻對賈桑有興趣，賈桑則想得到伊內絲的認同。沒有人能失去別人——也不能和別人在一起。逃離這個空間似乎不可能，然而門卻突然打開了，然後呢？因為害怕那是陷阱，三個人都留在原處。

本劇當作知識份子哲學表現是有趣的，當作戲劇表現則有些蒼白無力。

威廉・薩默塞特・毛姆
William Somerset Maugham

剃刀邊緣

The Razor's Edge

一個男人尋找生命的意義：拉利因為第一次世界大戰而受到精神創傷（迷失的一代！請參考頁 90），就是無法恢復到日常生活秩序。他的未婚妻伊莎貝爾對拉利的優柔寡斷相當不高興，為他在芝加哥安排了工作，並且對他定下最後通牒。

拉利不能也不想這麼做，於是解除婚約，伊莎貝爾嫁給兩人共同的朋友蓋瑞，拉利尋找生命意義而旅行穿過幾個地區：煤炭礦區、修道院、印度教靜修處（原則上是二十世紀無業旅行者的幾站，也許除了礦區）。

幾年之後，拉利、蓋瑞、伊莎貝爾和敘述者在巴黎重逢，拉利幫助蓋瑞，想要和一個共同的少時朋友結婚，卻被伊莎貝爾阻撓，因為她其實還愛著拉利。最後拉利計畫重返美國，好平淡地生活——結局如何卻未說明。毛姆有絕佳的名聲以及有意思的生平：他學醫，第一次世界大戰為英國情報單位工作，結了婚但其實是同性戀，和他輕浮的秘書眉來眼去。此外，他在蔚藍海岸有幢別墅，他的著作非常成功——是他那個時代真正的名人。

阿思緹・林格倫 Astrid Lindgren

長襪皮皮
Pippi Långstrump

情節

> 在這個小小的城市的邊緣有座老舊而荒蕪的花園，花園裡有幢老屋，屋子裡住著長襪皮皮，這時九歲，獨自一人住在這裡。

這本世界聞名的童書是這麼開場的，老房子叫做亂糟糟別墅，而皮皮其實也不是一個人住在那裡，而是和她的斑點馬以及小猴子尼爾森先生住在一起。旁邊住的是湯米和安妮卡・塞特葛倫——兩個非常可愛、教養良好而且安分的孩子。

不受拘束的皮皮瘋狂的點子一個接一個，乖巧的鄰居小孩驚訝地看著，或者甚至被說服一起做。一切更因為皮皮稍稍具有的超自然能力而獲得特別的動能，她能毫髮不傷地從很高的地方躍下（就這樣騙過警察），吃下許多蛋糕，像個專業的雜耍演員一樣保持平衡（並且從燃燒的房子救出幾個小孩），把倉狂的年輕人掛在枝條上，還把兩個小偷抓到櫃子上。

因為皮皮的母親已經過世，而她的父親是某個南海島嶼*的國王，所以皮皮總是隨心所欲，常常熬夜到很晚，說著瘋狂好笑的謊言故事，把馬帶進廚房裡，在地板上切胡椒蛋糕，把蛋黃塗抹到頭髮上，用刷子滑雪橇一邊清洗地板。

成年人嚇壞了，同時想要教育這個可憐的孤兒。塞特葛倫太太邀請皮皮參加咖啡閒聊會（而皮皮的舉止卻完全脫線），老師盡力輔導（但是算術不是皮皮的長項），警察前來想把她帶到孤兒院。皮皮認為這沒有必要：「我已經住進兒童之家了，我是個兒童，這裡就是我的家。」

在接下來兩本續集裡，《長襪皮皮出海去》和《長襪皮皮到南島》，孩童的邏輯不斷戰勝成年理性。

小道消息

皮皮的全名是皮皮洛塔・維克圖阿莉雅・羅佳爾迪娜・薄荷・依法蘭的女兒長襪子，電影裡把第四個名字改成薄荷巧克力。此外只有在電影裡那匹馬才有個名字：小叔叔。

同中有異

2007年，德國出現了「元皮皮」，也就是這本小說的原始手稿，當時阿思緹・林格倫把這份手稿寄給瑞典一家出版社，這家出版社卻拒絕了。她於是修改這個故事，皮皮顯然變得比較友善，文章整體比較沒有那麼肆無忌憚。

---

*在原版小說當中，皮皮的父親是個黑人國王，而黑鬼（Neger）這個字眼在書中頻繁出現。2007年，德國出版社在新版小說中起先加了一條註解，說明這個字當時是常見表達方式，今日一般會說黑人（Schwarzer），兩年之後黑鬼這個字眼完全從書中刪除。於是皮皮的父親在德文版中變成南海國王，而皮皮也不再是黑人公主，而是塔卡圖卡公主。

二次世界大戰結束

1945

《維吉爾之死》
赫爾曼・布洛赫

《長襪皮皮》
林格倫

《一家之鼠》
E.B. 懷特

《動物農莊》
歐威爾

林格倫
兒童之友

★ 1907 年生於瑞典
† 2002 年死於瑞典

———
「我永遠站在孩子的
那一邊」

———
有很多阿思緹・林格倫的
傳記，最好的是為兒童所
寫的那幾本，例如克爾絲
汀・雅格林所寫的《拜訪
阿思緹・林格倫》。

其實是在寫了《長襪皮皮》之後，阿思緹・林格倫才成為作家。1941 年，她的女兒卡琳因為肺炎而臥病在床，卡琳說了一句所有生病的小孩都會說的話：「媽媽，可以說故事給我聽嗎？」就像天下的母親，林格倫回答：「可是要說什麼故事？」卡琳說：「說長襪皮皮的故事給我聽。」這個名字是卡琳在那一刻才發明的——而她的母親也立刻想出適合這個奇特名字的女孩。

四年之後，阿思緹・林格倫在雪地滑倒，扭傷了腳，這時輪到她躺在床上修養，她終於有時間寫下《長襪皮皮》的故事，然後把稿子寄給一家出版社——加了附註：希望您不會通知少年處。出版社雖然沒有這麼做，但是也不想出版這份手稿。

阿思緹・林格倫修改文字，一年之後寄給另一家出版社，該出版社後來出版這本書，引發不小的爭議，批評家因其文字輕率、粗魯而憤怒，而且皮皮理所當然是個壞榜樣。有個著名的瑞典文學研究家表示，沒有哪個正常的孩子會吃掉整個奶油蛋糕，或是赤腳踩到糖上，這些都讓人想到瘋子的幻想。

相反的，孩子們立刻就愛上皮皮，顯然連家長都不同意該國教育專家的疑惑。雖然有負面的論戰，這本書賣得非常好，阿思緹・林格倫也從此未曾停止寫作，《大偵探卡萊》＊、《吵鬧村的孩子》、《屋頂上的小飛人》、《獅心兄弟》、《強盜的女兒》——每本書都依然受到孩子們的喜愛。

阿思緹・林格倫獲得無數獎項——今日沒有任何人還會對她有一點點負面批評，文學裡真正的女英雄。

＊譯注：原著書名 "Kalle Blomquist"，主角是個少年偵探，曾看過瑞典版《千禧年系列》的讀者是否覺得耳熟？主角的外號就是 Kalle Blomquist，指的就是他像個偵探似的到處挖掘祕辛。

| 聯合國第一次大會 | 紐倫堡審判判決 | 電視節目雜誌初版 |

1946

| 《希臘左巴》 | 《偵探到來》 | 《魔鬼將軍》 |
| 尼科斯・卡贊扎基斯 | J.B. 普里斯特利 | 楚克邁爾 |

阿爾貝·卡繆 Albert Camus

瘟疫

La Peste

情節

在阿爾及利亞的歐朗城裡，原本一切都很正常，突然間老鼠死了，起初只是幾隻，接著是幾百隻，然後人也死了。很長一段時間沒人敢說出這可怕的事：歐朗正瀰漫著瘟疫。也可能是麥克·克萊頓或是理查·普雷斯頓的恐怖片：城市被致命病毒癱瘓，人們熱切地尋找對抗藥劑和疫苗，好心的醫師工作到虛脫以拯救還能被拯救的人。

這位好心的醫師名叫柏納·瑞歐——基本上所有情節就像動作恐怖片一樣地發展，包括所有噁心的細節。然而這部著作是哲學文人所寫的小說，因此充滿象徵、譬喻和符號。瘟疫代表惡（戰爭），問題是每個人怎麼做——團結或是自私。然後還有個神父，帶入宗教元素。

作者

阿爾貝·卡繆是作家也是哲學家，他構思出自己的荒謬哲學，簡短說來，他的哲學理論是關於人類有無數無意義的痛苦，然而人類仍然應該與之對抗，最好是和別人一起（團結！）。

卡繆生於阿爾及利亞，和他的第二任妻子住在歐朗多年。有一次到法國療養時（卡繆患有肺結核），歐朗被聯軍佔領了——他不能回去，於是在巴黎開始寫書。

小道消息

加布列·賈西亞·馬奎斯曾對《瘟疫》寫下評論：卡繆沒有迷失在他的小說裡，戲劇性的不是那些穿過後門溜到墳場的人——對這些人而言，瘟疫的恐懼終於過去——而是活著的人，躺在他們悶熱的臥室冒著鮮血，而不能逃離被佔領的城市。

入門提示

無論如何，《瘟疫》是卡繆最容易讀的一本書，可以讀讀不勝枚舉的詮釋，但不是絕對必要的。故事情節緊湊而且不會交錯／迷惑／錯亂。

沃夫岡‧波歇爾特 Wolfgang Borchert

大門之外

Draußen vor der Tür

情節

這是一個戰爭返鄉者的故事：貝克曼被俘虜三年後從西伯利亞回到家鄉漢堡。衣衫襤褸、瘦弱、被射傷，而且必須面對自己的家已經不存在。

他的妻子投入別人的懷抱，他從不曾看過的孩子已經死去，他的雙親開瓦斯自殺，貝克曼不知道該往哪裡去。他想淹死自己，然而易伯河不想要他，他被沖上岸，有個女孩帶他回家，但是女孩的丈夫一來，貝克曼又必須離開。

他想去找從前的長官，在戰爭中，長官把二十個男人的性命交給他負責，其中十一個死亡。每天晚上貝克曼夢到這些人的家屬質問他：我的父親、我的兒子、我的兄弟、我的未婚夫在哪裡？長官應該要收回任命，但是他只是笑，他壓下自己的罪惡感，希望盡可能不再想起。

戲劇以貝克曼的獨白結束，並且絕望地大叫：「難道沒有任何答案？」

小道消息

《大門之外》是波歇爾特唯一的劇作，在八天之內就寫完，起初以廣播劇的形態在北德廣播公司播出，使作者一舉成名。

作者

沃夫岡‧波歇爾特和劇中的主角有許多相同之處，他也被戰爭所毀，心靈和身體都是。1946 年 1 月他一個晚上就寫下記述小說《蒲公英》，批評家非常驚訝：這個人具備不可思議的天賦，而且突然躍起。

沃夫岡‧波歇爾特有兩年的時間寫下生平大作，雖然幾乎都臥病在床，還是寫了超過五十篇短篇小說。

入門提示

文字不見得平易近人，沒有名字的人物登場，現實和夢境交錯，卻沒有直接的關連。可以無限詮釋這本劇作，因此這個劇本頗受德文教師的喜愛，經常受到學生的痛恨。

事實：這不是本容易消化的作品，也本應如此。比較簡單（然而同樣壓抑）的是他的短篇小說（《麵包》、《廚房時鐘》）。

名言

> 您還能活著嗎，長官，您能活著一分鐘而不尖叫嗎？

這是貝克曼對前長官提出的問題之一。

喬治‧歐威爾 George Orwell

一九八四

Nineteen Eighty-Four

情節

倫敦，（當時）在遙遠的未來。因為幾場戰爭，世界由三個強權瓜分：大洋帝國、歐亞帝國以及東亞帝國，英國屬於大洋帝國，是個極權國家，隨時監視著所有國民，每個公寓裡的監視器拍攝國民，錄下所有談話，同時不停地播放宣傳影片。

主角威斯頓‧史密斯在真相部門工作，負責事後偽造報紙新聞，只有關於黨派最好的消息才會被收錄到檔案裡。國家的領導人是著名的老大哥，然而從來沒有人見過他。

無論如何，史密斯慢慢地覺得受夠了這個系統，但是一直緊張地注意不要意識到自己的不悅，否則他可能因為思想犯罪而立刻被判死刑。在他的公寓裡終究因為偶然有個拍攝死角，他在那裡寫日記——其實這也是嚴格禁止的。

工作的時候他一再想起一個年輕的女孩，茱莉亞，她是思想警察的一員嗎？她畢竟佩帶著反性愛青年團的飾帶……茱莉亞其實也是反抗系統的一員。有一天她塞給溫斯頓一張紙條，上面寫著我愛你。這兩個人偷偷地在查靈頓先生的房間會面，後來才揭露他是思想警察的一員。

他們被逮捕、刑求，被洗腦，互相出賣了彼此，一切都混亂不已，最後溫斯頓只愛老大哥。

小道消息

每個人其實都知道，不是嗎？這本書叫一九八四，因為歐威爾在 1948 年完成，然後把後面兩個數字顛倒（1984 在當時還顯得很遙遠）。然而，歐威爾長時間無法下定決心是否要把書名改成《歐洲最後一個人》比較好。

入門提示

樂觀主義者興奮地閱讀前面五十頁（「當時已經有這麼棒的科幻小說點子了啊！」），悲觀主義者壓抑地讀（「幾乎一切都變成真的……」），然後可能開始覺得累了。目前大家已經讀過太多末世、反烏托邦、科幻小說，是（自願的）臉書成員，知道祕密警察的真面目。

因此，如果想在兩分鐘仇恨時間（＝大眾心理學的宣傳活動）和實施新語言（＝非常少見的語言，是政黨規定的）之間跳離，《一九八四》改編拍攝的電影是個選項，長短只有一百零五分鐘。

名言

> 老大哥在看著你。
> Big Brother is watching you.

早已是常被引用的句子——不管是玩笑還是嚴肅的。自從有個相關的電視秀以後，有點被用爛了。

康拉德・阿登瑙成為二戰後德國第一位總理　　東德建立　　發明咖哩腸

1949

《一九八四》　　　　《阿列夫》
歐威爾　　　豪爾赫・路易斯・波赫士

歐威爾

被低估者

———

★ 1903 年生於印度
† 1950 年死於英國

———

「如果自由有什麼意義，那麼就是對人們說出他們不想聽的話的權利」

———

喬治·歐威爾本名是艾瑞克·亞瑟·布萊爾，1933年首次以筆名發表。他似乎曾說：我要稱我自己為喬治·歐威爾，因為那是個好英文名字。或者也因為當時是喬治五世統治，而艾瑞克想到薩福克的歐威爾河畔郊遊。

喬治·歐威爾一生都因世界而受苦，世界的樣子、反社會、攻擊性、金錢以及權力慾。

大學學業結束之後，他在緬甸擔任警察，每天都看到不公平的事，英國人對殖民地居民並不客氣，歐威爾也必須下令執行死刑，負責鎮壓。他忍耐了五年，而後良知戰勝了，他請辭，寫下著名的評論《絞刑》，計畫成為一個作家。

但是起初他必須辛苦地維生——做些採啤酒花、當酒保、洗盤子、助理教師等零工。之後他寫了一篇報導：《巴黎倫敦落魄記》，漸漸地能依靠文章和評論生活——他的主題一直都是：正義、團結、人類尊嚴，歐威爾想使政治報導變成藝術。

他在報導時經歷到的英國北部礦場狀況讓他深感震驚——他為此寫了《通往威根碼頭之路》。但是歐威爾不僅寫作，他對自己的要求很高，他也過著自己所要求的生活：簡單、禁慾、自主。至少有幾年的時間他住在一個小村子裡，種植蔬菜和水果，自己製作家具，他說：真正的幸福在於辛勤工作和簡樸生活，而且，人類只有保存生命中的純樸方能維持人性。

因此光是報導西班牙內戰並不足夠，他也參與戰役，因而受重傷。接著爆發第二次世界大戰，歐威爾在英國國家廣播公司工作，該部門負責製作戰爭宣傳，之後擔任戰爭記者。他因為審查制度和肺結核而受苦。1945 年出版了《動物農莊》，比喻史達林主義的寓言，也使歐威爾成為文學作家。

四年後，《一九八四》出版——不久之後，歐威爾就死於肺結核，享年只有四十六歲。

亞瑟‧米勒 Arthur Miller

推銷員之死

Death of a Salesman

情節

推銷員威利‧羅曼六十三歲,三十年來都為同一家公司工作。他年紀越大就看得越明白,美國夢不會成真。他夢到美好的往昔,以及有所成就而已死去的兄弟。相反的,威利越來越失敗,必須靠他的朋友查理支助。威利的兒子畢夫和哈皮也並非如他所期望,畢夫是個成功的足球員,但是僅止於此。自從撞見父親和另一個女人在一起之後,畢夫就完全懈怠下來,只是一味地和威利爭吵。畢夫的弟弟哈皮的工作不好,而且沒有任何野心,他痛恨上司,出於沮喪勾引上司的妻子。

還有威利的妻子琳達就是個好人,照顧自己的丈夫,完全不知道真實情況。

威利最後被解雇,畢夫試著強迫他認清並接受現實。威利卻依然深信自己,最後一次扮演美國英雄:他假裝開車發生意外,用死亡讓畢夫獲得保險給付,終於能在工作上獲得突破。

入門提示

讀劇本雖然很有野心,卻沒什麼意義。如果這部戲不是剛好在附近的劇場上演,可以看看導演沃克‧施隆多夫了不起的電影,由達斯汀‧霍夫曼主演,約翰‧馬可維奇飾演畢夫。

作者

對,亞瑟‧米勒就是曾經和瑪麗蓮‧夢露結婚的那個人,雖然婚姻只維持了四年,但是他當然因此聲名大噪(他其實覺得非常不舒服)。

身為作家,他和夢露結婚之前就已經是顆明星:三十三歲時發表《推銷員之死》,一舉獲得普立茲獎。幾年後接著發表舞台劇本《熔爐》(1953),以獵巫事件隱喻麥卡錫年代——讓他立刻就招來共產黨人迫害者的憤怒。

格雷安・葛林 Graham Greene

第三個人
The Third Man

情節

1945 年，維也納被盟軍所佔領，分成好幾個勢力範圍。若羅・馬汀斯想和老朋友哈利・林姆在這裡碰面，然而他剛抵達就得知哈利被車撞死。

葬禮上若羅認識警官卡洛威（框架情節的第一人稱敘述者），卡洛威邀請他去喝一杯，一面告訴若羅他因可惡的走私買賣而追捕過哈利，而且幾乎逮到他。

之後在旅館裡，馬汀斯接到一通電話：有個名叫庫爾茲的奧地利人想和他見面，對話當中馬汀斯有種感覺，哈利的死似乎有些不太對勁，決定展開調查（因此愛上哈利的女朋友安娜）。

事情變得越來越可疑：意外發生的時候，所有在場的人都認識哈利，然後還有第三個人（！），被鄰居寇荷先生看到，而第二天傍晚寇荷就死了。

卡洛威傳訊若羅・馬汀斯，馬汀斯也終於得知他的朋友哈利・林姆做了什麼：盤尼西林黑市走私，糟糕的是：為了獲利更多，哈利稀釋了這些盤尼西林，對病患會造成災難後果。

最後卡洛威和馬汀斯相信哈利還活著，他就是那第三個人！他們將哈利引入陷阱，但是哈利逃脫了，接著是著名的維也納下水道追逐——最後若羅射殺了他的朋友。

小道消息 I

格雷安・葛林在前言裡提及何以寫下這本書：導演卡羅・里德想要一本劇本，葛林因此要先寫一本小說，因為：可用的材料必須多於真正用上的。他後來也覺得電影比較好（書出版前一年就放映）——電影變成小說的最終版本。

小道消息 II

電影有幾點和書不一樣：主角不叫若羅，而是荷利（演員約瑟夫・寇頓不滿意若羅這個名字）；有個美國壞蛋變成羅馬尼亞人（因為奧森・威爾斯已經是美國人而且邪惡）；有一幕綁架戲被刪掉（電影不想變得太政治）；結尾一點都不圓滿（馬汀斯和安娜在書裡還有一絲復合希望）。

此外，還可以聽到哈利的主題旋律——古琴演奏家安東・卡拉斯的絕妙作曲（這是卡羅・里德的個人發現）。《第三個人》主題曲甚至登上排行榜！

入門提示

該讀！！！（雖然電影真的比較好。）

韓戰爆發	美國麥卡錫時代開始

1949

1950

《西班牙園丁》　　《第三個人》
克朗寧　　　　　葛林

傑羅姆·大衛·沙林傑 Jerome David Salinger

麥田捕手*

The Catcher in the Rye

情節

霍爾頓·考菲爾德十六歲——對他而言狀況可不好。他在學校裡情況不好，和女孩子交往頂多溫溫的，他的室友利用他。確定第四次被學校丟出來的時候，霍爾頓不幹了，搭上火車前往他的故鄉紐約——然而不是回到父母身邊，而是住進旅館裡。

他在吧台喝雞尾酒，上夜總會，被電梯小弟說服召妓，但是霍爾頓只想和妓女聊天，皮條客那邊有些壓力——第一天結束。

第二天早晨霍爾頓離開旅館，和之前的學校女同學去劇院和溜冰。他對她訴了一點苦，可惜她不想和霍爾頓一起逃校。和從前的同學一起看電影也不順利——霍爾頓沮喪地坐在中央公園鴨子池邊的長凳上。（他一直都想知道鴨子冬天去哪裡了＝象徵他強烈的同情心。）

最後霍爾頓來到他以前的老師家，卻在半夜離開客房，因為他錯以為受到性騷擾。後來他四處遊蕩，在車站候車室過夜——第二天結束。

再一天早晨，霍爾頓決定逃向西方。他和九歲的妹妹菲比碰面，告訴她自己的計畫，菲比哭泣著想和他一起走。最後霍爾頓讓步，和菲比前往動物園。菲比可以玩旋轉木馬，他終於快樂起來。

作者

對沙林傑建議讀他全部的作品，他的作品一目了然：一部小說，少數幾篇記述小說——沒了。《麥田捕手》讓他經歷到不平靜的成就——他寧可低調地生活。1965 年他發表了最後一篇故事，之後直到他去世都不曾再露面。

小道消息

關於這個充滿神祕的作家的內幕消息，可以一讀成功的傳記小說《舞蹈課》，由喬依斯·梅納德所作，她還是大學生的時候，曾和沙林傑維持了十個月的關係，但並非八卦小說！

入門提示

《麥田捕手》是獨特的小說和長銷作品，但也是德國教師最喜歡的作品之一（有許多詮釋的可能性！）。

如果被霍爾頓·考菲爾德惹煩的話，可以試試《法蘭妮與卓依》。

＊想要稍微炫耀一下的人，可以如下解釋這奇特的書名：十八世紀的蘇格蘭詩人羅伯特·伯恩斯寫了一首詩，標題是《穿過麥田而來》，這首詩後來變成著名的童謠。副歌是 "Gin a body meet a body, comin' through the rye"（如果有人遇上穿過麥田而來的人）。霍爾頓·考菲爾德卻想成 "Gin a body catch a body, comin' through the rye"（如果有人抓住穿過麥田而來的人），霍爾頓覺得自己像在麥田邊緣的險峻峭壁，一直想拯救遊玩的小孩不掉下去（＝小說裡不斷重現的主題）。

特別精選
快速瀏覽文學作品

佛烈德里希・杜倫馬特 Friedrich Dürrenmatt

法官和他的劊子手
Der Richter und sein Henker

漢斯・貝爾拉赫是伯恩的刑事探長，正在調查謀殺案：他最好的同事烏里希・史密特被射殺了。因為貝爾拉赫生病了，必須由燦茲來進行偵查，然而事實上他正是兇手——貝爾拉赫也隨即明白，並且因此利用燦茲充當劊子手：燦茲要為他解決長期以來的對頭卡斯特曼。

卡斯特曼在四十年前犯下謀殺案，貝爾拉赫卻一直未能證實。此時探長藉助幾個巧計讓卡斯特曼成為眼前案子的主嫌，並且在調查的時候被燦茲射殺。

然後探長控訴野心勃勃的燦茲是殺害史密特的兇手，也提出證據，但是卻放他走。第二天燦茲被發現已經死亡——他的車被火車撞上。

簡短、緊張、世界文學——沒有什麼可要求的了。瑞士籍的作者還寫了另外兩本偵探小說，還有許多優秀的劇本：例如《老婦還鄉》以及《物理學家》。

厄尼斯特・海明威 Ernest Hemingway

老人與海
The Old Man and the Sea

古巴漁夫桑蒂阿哥已經連續八十四天都沒有捕到魚了，第八十五天有隻巨大的馬林魚上鉤了（簡短的魚類知識：馬林魚是種槍魚；有些種類可以長到超過四公尺）。這隻魚是那麼巨大，桑蒂阿哥無法把牠拉上船，反而是這條魚把他拉著穿越海洋，整整兩天兩夜。

桑蒂阿哥越來越疲累無力——因而對這條魚產生無比敬意。第三天老人終於贏得這場戰鬥：他用漁槍解決了這條馬林魚，把牠往海岸的方向拖，然而這時來了一條鯊魚，桑蒂阿哥儘可能捍衛他的戰利品——徒勞，最後馬林魚被吃得只剩下骨架。老人完全脫力地回到岸邊。

讀者和評論家都為這本書而振奮不已，兩年後海明威獲得諾貝爾文學獎，如果沒有這本小說也許就不會得獎了（因為之前許多小說都不算成功）。

然而此後卻有非常多的批評，因為他讚頌狩獵和大男人主義（「男人可被摧毀，無法被征服」）。今日一致認為，海明威成功寫出那樣的大師之作，足以讓人忽略他頌揚男性的觀點。

氫彈

1952

《法官和他的劊子手》
杜倫馬特

《老人與海》
海明威

伊恩・佛萊明 Ian Fleming

皇家賭場 / 皇家夜總會

Casino Royale

情節

主角：龐德，詹姆士・龐德，英國情報局 MI6 的 007 情報員（＝他擁有殺人許可），身高 183 公分，體重 76 公斤，三十多歲，當然非常有魅力。

任務：龐德應解決掉蘇聯情報員勒奇富瑞，在賭場裡摧毀他。藉著（俊俏的）法國間諜薇絲朋・琳德和美國情報員菲力克斯・萊特的協助，龐德在賭桌上打敗勒奇富瑞——然而他卻綁架了薇絲朋。龐德被惹毛了，開始高速追捕，他的車子失去控制（灰色賓利帶隱藏式手槍），同樣被勒奇富瑞綁架，接著還被刑求。

幸好另一個蘇聯情報員及時出現，解決了勒奇富瑞（因為……太複雜了），並在龐德的手背上畫了一個象徵間諜的西里爾符號（喔喔，這個當然不能就這麼留著，會穿透皮膚的！）。龐德和薇絲朋被救起，可以休養一下，龐德想和薇絲朋結婚（是的！雖然他要因此永遠放棄間諜工作！），但是薇絲朋的舉止怪異，最後自殺而死，因為——她是雙面間諜，正盯著龐德！於是龐德終究要繼續為女皇服務。

小道消息

伊恩・佛萊明是熱衷的賞鳥人士，詹姆士・龐德這個名字借自一個鳥類學家，他寫了一部專業書籍，標題為扣人心弦的《西印度群島的鳥類》。

作者

當然，伊恩・佛萊明自己就是個間諜。第二次世界大戰期間，他為英國情報局工作，主導了幾件耗費龐大的行動。不過「詹姆士・龐德」小說的原型並不是他自己，而是一個英國海軍軍官。第一部龐德小說是佛萊明重回記者崗位的時候所寫下的，並不是特別成功，然而佛萊明還是繼續寫系列小說——他的 007 間諜慢慢地變成明星。

同中有異

佛萊明寫了十二本龐德小說，在他死後，不同的作者試著寫下續集。1981 年由約翰・賈德納接手，寫了十四本續集，並將情節移到八〇年代——全部都和繼承人商談確認。1996 年，賈德納由美國作家雷蒙・班森取代，班森也有嚴格的寫作條件：情節要移轉到現代，M 是女性，不可涉及冷戰而是要和當前政治相關。

也許這是個好的決定，因為雖然不是真的佛萊明，但是至少故事緊湊。相反的，作者百歲紀念時出版的龐德小說，在時間和內容上都和最後一部原著（《金槍人》）相銜接。一切都正確地放在六〇年代，但是也相當無聊。

2012 年，美國驚悚小說作家傑佛瑞・迪佛成為新的龐德寫手。

發現 快速眼動睡眠期	韓戰結束	東德發生叛亂	伊莉莎白女王二世 登基	發現 DNA 雙螺旋結構	艾德蒙・希拉里 登上聖母峰

1953

《皇家賭場》 佛萊明	《熔爐》 亞瑟・米勒

€ 1 250 000

炙手可熱的獎項
最重要的文學獎

開膛手獎
Ripper Award

……頒發給歐洲犯罪
小說，根據連續謀殺
犯開膛手傑克命名，
惹火許多人。如今網
頁上雖然不再說明名
稱由來，但依舊維持
原名。

馬克・吐溫獎
Mark-Twain-Preis

……頒發給美國良好
幽默，因為馬克・吐
溫也是以幽默激發思
考。至今的獲獎者包
括史提夫・馬丁和比
爾・寇斯比。

€ 125 000

€ 7600

（美國）國家書卷獎
National Book Award
（簡稱 NBA）

♙ 約 1 萬美元
♟ 長篇小說、非小說類
、詩、青少年文學
1950 年起頒發

除了普立茲獎以外，這
個獎是美國最重要的文
學獎。除了上述四個類
別之外，每年還有兩個
獎項頒給終生成就。

€ 7600

普立茲獎
Pulitzer Prize

♙ 約 1 萬美元
♟ 21 類（其中包括長篇
小說、非小說類、報
導、攝影）
1917 年起頒發

NBA 以外，頒發給美國
作家最重要的獎——來
自奧地利－匈牙利的出
版家約瑟夫・普立茲所
創立。

塞萬提斯獎
Cerwantes-Preis

♙ 約 12 萬 5 千歐元
♟ 終生成就獎
1976 年起頒發

對西班牙語世界而言就和
諾貝爾文學獎一樣重要，
通常由一位西班牙人和一
位拉丁美洲人輪流得獎。
獎項一律於 4 月 23 日頒
發，也就是塞萬提斯的逝
世紀念日。

諾貝爾文學獎
Nobelpreis

♙ 目前為 1,000 萬瑞典
克朗
1901 年起頒發

諾貝爾想獎勵那些在文學
領域創造展現理想主義的
最佳作品。根據這個鬆散
的標準，瑞典學院基本上
自由選擇——每次結果出
來都會受到批評。即使如
此，文學世界每年還是一
再引頸等待著由五位老先
生組成的委員會做出的決
定。
高額獎金＝名聲高漲。

0 €

圖例
♙ 獎金 ｜ ♟ 類別 ｜ 重要獎項 ｜ 怪異獎項

布拉姆·史托克獎
Bram Stoker Award

⋯⋯頒給對恐怖文學有特殊貢獻者。

愛德嘉·愛倫·坡獎
Edgar Allan Poe Award

⋯⋯頒給美國偵探文學作品,也被暱稱為「愛德嘉」。

書商獎 / 圖表獎
Bookseller Diagram Prize

⋯⋯表彰特殊的書名。是由「圖表集團」的一個書商想出來的,當時他正在書展上無聊得慌。這個獎很快就大受歡迎——看看得獎標題就了解原因何在:例如《如何在路上避開巨船》,或是《同性戀雌馬大故事書》,還是《成吉思汗式牙醫診所管理》。從 2008 年開始也有個獎是頒給最奇怪的德語書名。

€ 62 000

€ 50 000

€ 25 000

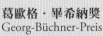

€ 10

0 €

布克獎
Man Booker Prize

👤 約 5 萬英鎊
♠ 長篇小說
1969 年起頒發

頒發給英國、愛爾蘭或英國聯邦作家的最佳英語長篇小說。這個獎項原本是由英國食品企業集團布克所頒發的,布克擁有一些作家如阿嘉莎·克莉絲蒂或伊恩·佛萊明的版權,將部分集團利潤用來資助此獎項。2002 年起由布克獎基金會頒發這個獎,主要贊助人是投資公司曼集團——因此如今這個獎的正式名稱是「曼布克獎」。

葛歐格·畢希納獎
Georg-Büchner-Preis

👤 5 萬歐元
1923 年起頒發

對德語作家而言最深具意義的獎項,頒發給以其工作及作品而特別傑出,並且根本參與塑造當前德語文化生活的作家。

德國書卷獎
Der Deutsche Buchpreis

👤 首獎 2 萬 5 千歐元,其餘進入決選名單的五位作者各得 2,500 歐元
♠ 長篇小說
2005 年起頒發

由德國書商交易協會頒發,至少在德國是最受大肆慶祝的獎項,初選、決選於每年法蘭克福書展即將開始前,在法蘭克福羅馬廣場盛大頒發。

龔固爾文學獎
Prix Goncourt

👤 10 歐元
♠ 敘述文學作品
1903 年起頒發

最重要的法語文學獎,雖然優勝者只獲得象徵性的 10 歐元支票。以前的獎金曾是 5,000 金法郎,但是通貨膨脹⋯⋯無所謂!得獎的作品一定會登上暢銷排行榜,還是會為作者帶來收入。

特別精選
快速瀏覽文學作品

薩繆爾・貝克特 Samuel Beckett
等待果陀
En attendant Godot

兩個男人在一棵樹下等待某個叫果陀的人，果陀卻沒有出現。這兩個人也根本不知道何時、何以和他約定的。等待之際，兩人有一搭沒一搭地聊著。

接著加入另外兩個人：波左，用繩子牽著拉奇，四處指指點點。最後拉奇必須登場表演跳舞和思考，結果變成完全荒謬的獨白而結束。以上是第一幕。

第二幕（＝第二天）那兩個男人繼續等待，拉奇和波左又再度經過，波左（變瞎了）必須被拉奇（變啞了）牽著走，兩個人並未想到昨天發生的事。果陀依然沒有出現。

此外，觀眾的等待其實同樣徒勞無功——等待戲劇情節、某種意義、某種邏輯。然而這部戲非常成功。美妙的是：根本就可以隨意詮釋（不論是導演、評論家還是觀眾），貝克特本身並未提出說明。

法蘭絲瓦・莎岡 Françoise Sagan
日安憂鬱
Bonjour tristesse

塞西爾十七歲了，獨自和她的父親雷蒙住在一起，雷蒙是個俊美的魔術師。父女兩人和雷蒙的現任情人愛爾莎一起到蔚藍海岸度假。時裝設計師安娜突然出現，她和雷蒙通常擁有的年輕情人是完全不同層次的。愛爾莎說再見，安娜和雷蒙立刻就宣布他們要結婚了。

這根本不合塞西爾的意——她有理由擔心，害怕她到目前為止的鬆散生活很快就會一去不回。因此她展開了一個小小的、精緻的詭計，計畫的結尾是讓安娜看到雷蒙是怎麼吻愛爾莎的。安娜邊哭邊開車，結果發生致命意外。令人震驚，不過塞西爾和雷蒙很快又回到從前無憂無慮的生活，塞西爾只有在想到安娜的時候有點傷心。

法蘭絲瓦・莎岡寫下第一本小說的時候才十八歲，《日安憂鬱》的成功出人意表，而且也是個小醜聞（對於假道學的五○年代而言太過放縱）。出於智慧遠見，她的雙親堅持用筆名發表，法蘭絲瓦・奎雷茲於是自稱莎岡，借用普魯斯特的小說角色名字。

威廉 · 高丁 William Golding

蒼蠅王

Lord of the Flies

一群六到十二歲的孩子要在戰爭爆發之前被送到安全的地方，然而飛機墜落，所有成年人都罹難，孩子們自行逃生到一個天堂島。他們找到飲水、水果和野豬，試著組織共同生活，拉爾夫被推為首領。起初一切進行得還不錯：年輕人探索小島，藉助一副眼鏡點燃求救火堆，建造起茅屋。然而後來分裂成兩個競爭的小組，一組以拉爾夫為中心（理性，負責必要的工作），另一組以傑克為主（冒失妄為，忽視自己的義務）。很快的兩個小組之間果真發生戰爭，傑克和他的「獵人」把越來越多的孩子拉到自己這邊，甚至殺了拉爾夫小組的兩個年輕人。就在他們抓到拉爾夫之前，這群年輕人被一艘英國戰船救起。

整個故事當然是在批評集權系統，最終就是批評文明世界，但是也是個心理學研究。

同中有異：同樣悲觀的魯賓遜故事也可以參考艾力克斯 · 嘉蘭的《海灘》（類似嬉皮的公社有著自己的規則——沒有成功），或是美國連續劇《LOST 檔案》（空難存活者在島上相遇——隨時死掉一些人）。

阿思緹 · 林格倫 Astrid Lindgren

屋頂上的小飛人

Lillebror och Karlsson på taket

「我是個英俊、基本上聰明而且胖瘦適中，正值黃金年歲的人」，卡爾森說著，他那天飛進利樂布羅爾（弟弟）的房間，直接就把他的蒸汽機壓爛了，卡爾森又說：「這不會擾亂任何偉大的靈魂」，然後就飛回他在屋頂上的小房子。

慢慢地，弟弟和卡爾森變成朋友，雖然卡爾森通常非常自私、控制欲、嘴饞、自以為是而且一點都不和藹。然而弟弟還是喜歡卡爾森（反正他不准養狗！），並且和這個奇怪的矮小胖哥經歷了許多冒險。

卡爾森相關的書共有三冊，每一冊都十分無法無天，也正因此而非常有趣。

第一台過濾式咖啡機	麥卡錫聽證會結束	德國成為世界盃足球冠軍（伯恩傳奇）		
		1954		**1955**
《魔戒第一部》托爾金	《日安憂鬱》莎岡	《蒼蠅王》高丁	《網之下》艾瑞斯 · 梅鐸	《鋼穴》以撒 · 艾西莫夫 　《屋頂上的小飛人》林格倫

弗拉基米爾・納博科夫 Vladimir Nabokov

蘿莉塔

Lolita

情節

頂著怪異名字的主角韓柏特・韓柏特*是個法籍文學家，住在美國。他一直都覺得自己被年輕女性所吸引，他稱這些女孩小仙女。他搬到新英格蘭，立刻愛上房東太太的女兒：多蘿瑞絲（被韓柏特稱為蘿莉塔）十二歲，金髮而且早熟。

蘿莉塔的母親夏洛特也覬覦韓柏特，於是對他施加壓力：和她結婚，不然就搬走。為了能留在蘿莉塔身邊，他同意了──雖然他輕視夏洛特。他在日記寫下自己對母親和女兒的感覺，夏洛特讀了之後震驚地跑出家門，剛好跑到一輛車前──死亡。

韓柏特從假期營接走蘿莉塔，開始和她發生關係，繼續和她旅行穿越美國，從一個汽車旅館到下一個。他的激情很快就變成情慾的束縛；他會做蘿莉塔要求的任何事，而蘿莉塔也無恥地利用他。

有一天蘿莉塔離開了──顯然和某個不知名的追求者一起逃走了。直到幾年之後，韓柏特才得知那個人原來是劇作家克拉爾・奎歐提，他承諾讓蘿莉塔在電影裡演個角色（然後強迫她演出色情片）。韓柏特射殺奎歐提然後自首，蘿莉塔──經過這段時間已經結婚而且一貧如洗──死於分娩。

小道消息

納博科夫運用許多對其他著作的隱喻和滑稽模仿，此外還運用歧異和多義性，只有熟悉文學和不同語言的人才能了解。

蘿莉塔最後的姓氏為席勒（Schiller），如果以英語發音的話，聽起來就像蘿莉塔的殺手（Lolita's killer）──因此也可以理解為她是（間接）被丈夫殺死的。

入門提示

情節聽起來似乎是有好幾個性暗示的緊張小說，但是看了一百頁的綻放胸脯等等也相當疲倦。除此之外，有許多情節發生在字裡行間，整體風格並不是那麼輕鬆。

想開始讀納博科夫的讀者，建議閱讀他的第一部小說《瑪申卡》──引人入勝的愛情故事，只有不到兩百頁。

名言

> 她是蘿，早晨就只有蘿；她是穿著褲子的蘿拉，她是學校裡的多麗，是官方文件上的多蘿瑞絲。但是在我的臂彎裡她一直都是蘿莉塔。

---

* Humbert Humbert 這個名字是敘述者自己取的假名，因為聽起來特別醜惡。

亨利 · 米勒 Henry Miller

克里奇的平靜日子

Quiet Days in Clichy

情節

啊，波西米亞生活風的人在三〇年代的巴黎有著怎麼樣的生活啊！飲酒、慶祝、歡愛和寫一點東西。美國人喬依（＝第一人稱敘述者，也是作者的另一個自我）和卡爾住在一起，有時有錢，有時沒錢，和不同女性消磨許多時間，也很喜歡和妓女鬼混。

是，有些性暗示，但並不特別多，而且相當簡潔。當時讓人（尤其是保守的美國人）驚嚇不已的，今日的讀者可能只是輕鬆的微笑以對──特別是如下華麗的描述：她把手放在我身上，在她的溫柔親吻之下，我的啄木鳥歡呼著像隻訓練有素的海狗挺立起來。

先不管這些，米勒描述「迷失的一代」（又出現一次，見頁 90）在巴黎的鬆散生活，那是充滿氣氛的，經常也是有趣的，混亂份子卡爾和喬依鈞上某個女孩，女孩隨身帶著槍，用唇膏在牆上寫詩；或是卡爾把空頭支票分給赤裸的女孩們，她們坐在他的浴缸裡並高聲斥責，因為覺得自己被騙做了白工。

小道消息

看到這個標題可能會以為這部小說描寫的是鄉村風情，其實恰恰相反，克里奇是巴黎西北的小社區（喬依和卡爾住的地方）──而克里奇宮＊就在蒙馬特中心（那兩個人勾引女孩的地方）。

作者

亨利 · 米勒事實上就是個好傢伙，有過五任妻子和許多情人；最驚人的是他和君 · 史密斯的婚姻，他們兩人於三〇年代初期住在巴黎，在那裡認識阿內絲 · 尼恩，過起三人行的婚姻生活！關於這段三角關係，不管是米勒或是尼恩在各自的傳記裡都詳細記述。

入門提示

……完美：輕鬆，有趣，充滿生命喜悅。米勒的其他作品都比較枯燥乏味、粗俗而挑釁，而且充滿了性暗示──《北回歸線》或《性別》是進階米勒讀物。當然──跨性別讀者請參考：阿內絲 · 尼恩的《亨利與君》。

＊順帶一提，喬伊斯／亨利 · 米勒常去的衛普勒咖啡館還依舊佇立：克里奇廣場 14 號。

馬克斯‧佛里希 Max Frisch

造物之人
Homo Faber

情節

書名「造物之人」，轉義可理解為「技師」，瓦特‧法博爾就是這樣一個人：五十歲，工程師，理性，不相信偶然或命運。偏偏就是這樣的他在小說中遭遇許多偶發事件。

他從紐約飛往卡拉卡斯，坐在德國人黑爾貝爾特‧亨克旁邊，結果他是尤阿辛‧亨克的兄弟，早年尤阿辛和法博爾是非常好的朋友（偶然！），尤阿辛後來和法博爾的少時情人漢娜結婚（偶然！）。漢娜和法博爾分手是因為他對漢娜懷孕極端不悅。

飛機緊急降落（偶然！）以及接著的救援行動之後，法博爾決定和黑爾貝爾特去拜訪他的兄弟尤阿辛。但是尤阿辛在位於瓜地馬拉的農莊自縊，法博爾回到紐約，從那裡搭船返回歐洲。在船上他認識了年輕的莎貝特，她讓法博爾想到漢娜，而事實上莎貝特真的是漢娜的女兒（偶然！）。他們兩人相戀，法博爾陪著莎貝特到希臘回到母親身邊。莎貝特在沙灘上被蛇咬了，法博爾急忙趕去幫忙，他突然赤裸著站在莎貝特面前讓她受到驚嚇，掉下堤岸而撞擊到頭部。莎貝特在醫院去世——然而死因不是蛇咬，而是腦部出血（法博爾忘記告訴醫師她跌倒的事）。

法博爾從漢娜那兒得知自己是莎貝特的父親（命運！）——他自己其實可以很簡單就算出來。

整本小說是以第一人稱寫成——法博爾原則上嘗試重新組構所發生的不幸，好為自己提出辯解，合理化自己當初棄漢娜於不顧，長時間不願正視莎貝特是親生女兒的事實，以及讓自己背負她的死亡的罪惡等等。

小道消息

伊底帕斯招招手！這整本書根本就充滿和希臘神話的相似之處，不過必須先研究古代神祇和祂們的朋友，才能解讀所有的象徵和隱喻。其中絕對不要忽視法博爾的打字機叫做「赫爾墨斯之子」，赫爾墨斯是神的使者，他的任務之一是將死者帶領到冥府，這是絕對明示法博爾在小說最後死於胃部手術。

入門提示

《造物之人》必然不屬於複雜的長篇小說，但是也不能很輕鬆的讀完這本書。太多敘述層面、象徵（如上所述）、時間跳躍和詮釋空間。

適合入門者閱讀的是記述小說《蒙托克》：佛里希自己就是主角，敘述他和一個年輕女子在長島度過的某個週末。帶有八卦效果的偉大文學作品：發表之後，佛里希和自己的第二任妻子離婚，她覺得現在所有的人都知道丈夫的緋聞不是很好。

佛里希

追尋者

——
★1911 年生於瑞士
✝1991 年死於瑞士

——

「文學凸顯某個時刻,這是它存在的原因」

——

馬克斯·佛里希曾說過:女性老的比較好,這個認知無論如何未曾阻止他一直擁有年輕的同居人。和他一起生活直到他死去的女人,就是他舊情人的女兒。

幾乎每一張馬克斯·佛里希的照片都戴著黑色的牛角眼鏡、抽著煙斗,看起來嚴厲,有些市儈,很能想像他坐在桌邊打著手稿,或是在他的建築辦公室設計獨棟的住宅,但是不見得能想像他引誘美貌女子,然而他的確這麼做。他一生都在不斷地追尋,尋找自己的天命,尋找正確的表達——追尋自我。

佛里希在大學念德語文學系,中斷之後當上記者。二十三歲就寫了第一部長篇小說,接著是一本記述小說,故事敘述一個不知道自己想當藝術家還是平凡人的男人。佛里希非常不滿意這本書,順理成章地排斥作家生涯。他重新進入大學攻讀建築,後來開設自己的建築辦公室。但是他很快又重新開始寫作,起先只是隨興,而且是寫劇本(例如《中國長城》),於是幾乎是違背了自己的意願,他成為戰後最重要的德語劇作家。

1954 年他發表長篇小說《史狄勒》——重大突破。佛里希結束建築辦公室,離開他的家庭(在他多次欺騙妻子之後)。他寫下《造物之人》和他最重要的舞台劇本《老實人和縱火犯》,和女作家英格柏·巴赫曼*相戀,但巴赫曼期待佛里希能夠縱容自己的戀情,佛里希卻很難辦到,這段關係維持不久。然後佛里希認識年輕三十歲的瑪麗安娜·歐樂,之後也和她結婚。女人、情史、旅行、寫作——這就是佛里希的生活。他的寫作主題一直都是罪惡/認同/辯解以及(或者)關係/婚姻/愛。也可以說他最重要的主題是他自己,而這也是評論家經常批評的一點,再加上他鉅細靡遺的日記常是他作品的基本部分。

即使如此,沒有馬克斯·佛里希,戰後德語文學就會好像缺了什麼。

＊譯注:Ingeborg Bachmann,奧地利人,二十世紀最重要的德語詩人及散文家,享年僅四十七歲。為紀念這位作家,1977 年起以她之名每年頒發英格柏·巴赫曼文學獎,是德語界最重要的文學獎項之一。

《西城故事》 (伯恩斯坦)	越戰爆發	第一部衛星 (史普尼克/旅行者一號)	歐洲經濟共同體 成立

1957

《鬼靈精》 蘇斯博士	《造物之人》 佛里希

傑克・凱魯亞克 Jack Kerouac

在路上
On the Road

情節

年輕的作家薩爾和妻子離婚，正在寫他的第一部長篇小說，這時來了個懶散、難以教養的狄恩妨礙他，讓他分心，而且十分徹底。狄恩帶著薩爾一起踏上馬不停蹄的穿越美國之旅，薩爾忘記離婚的痛苦和他的工作——繼續狂野而危險的生活：毒品、性、女人和咆勃爵士樂。

然後薩爾繼續寫他的小說。一年之後狄恩又出現在他身邊，玩樂又從頭開始，然而薩爾病得很重，狄恩棄他於不顧。當薩爾恢復健康，也不再眷戀起伏不定的生活。他在紐約找到個妻子，寫另一部新的小說——當狄恩又再度出現，他不再追隨狄恩。

《在路上》可說是所有公路電影之母：狄恩和薩爾搭便車和坐在小卡車後面前進，他們偷車子，跳上貨運列車，總是移動，就是不要錯過，一切都一起帶走，最後總有其中一個會到達。

小道消息

1951 年，灰色的史前時代，沒有電腦，作家必須用打字機寫作，美妙靈感中間要討厭地換紙。為了不要發生這樣的事，凱魯亞克有個天才點子，把奶油麵包紙黏成 36 公尺長的一捲，他就把小說打在上面，只花了三星期，藉著咖啡和迷幻藥的協助，幾乎沒有句點和逗號。

出版商不是那麼興奮，凱魯亞克必須把稿子重新謄到普通的紙張，並且多次修改（其中包括真實人物的姓名要改成虛構的）——這部小說畢竟還是過了好幾年才出版。

奶油麵包紙捲（原始紙捲）於 2001 年拍賣 250 萬美元；而原始版本（真實姓名！）於 2010 年出版成書。

作者

傑克・凱魯亞克發明「垮掉的一代」一詞——是「迷失的一代」（＝海明威、費茲傑羅等人）的後繼者，嬉皮文化的最初流行文學和先驅。垮掉的一代是反傳統、主動、創造、無休止和有些混亂的，他們想反抗五〇年代的庸俗，享受時時刻刻——而且少不了毒品。

他以小說《在路上》將他的生活感受印到紙上——這是他寫作生涯的突破和高峰，雖然他之後還寫了其他作品，但是基本上都難逃被時代淘汰。

名言

> 我們必須動而且絕不停止。

狄恩・莫瑞亞提如是說——而這個句子成為原則。

建造雪梨歌劇院

1957

《在路上》 凱魯亞克	《齊瓦哥醫生》 帕斯捷爾納克

鮑里斯·帕斯捷爾納克 Boris Pasternak

齊瓦哥醫生

Doktor Schiwago / Доктор Живаго

情節

俄國，二十世紀初，尤利·齊瓦哥（人稱尤拉或是尤洛齊卡）很想成為詩人，但是當作職業不必然有討論空間，因此他成為醫師，和安東妮亞（人稱東妮亞）結婚，生了幾個孩子。第一次世界大戰爆發，齊瓦哥在戰地醫院工作，認識了美麗、年輕的護士拉麗莎（人稱拉娜），兩人相戀。情感混亂，因為兩人都各有婚姻（道義感！）。

兩人分手，但是在周遭歷史更迭（十月革命、內戰）之際，兩人一再相遇。齊瓦哥被民兵擄走，他的家人逃到國外，他決定和拉娜一起生活，然而幸福並未眷顧。拉娜的丈夫被共產黨人迫害——她於是也深陷險境。齊瓦哥說服她逃亡到外蒙古——好讓自己的餘生不在對她的渴望中度過。

齊瓦哥後來在街上死於心臟病突發。在後記當中，讀者還是（安慰地）知悉拉娜和齊瓦哥有個女兒。而且，最後還可以讀齊瓦哥的詩，詩友福音。

小道消息

在蘇聯時期，這部小說直到 1988 年為止都是禁書，義大利文譯本發行之後，這本書的俄語版才首度問世——不過是在國外，帕斯捷爾納克隨即獲得諾貝爾文學獎，他卻沒有領獎——蘇聯機關對他施加壓力，直到他拒絕這個獎項，然而他還是被作家協會排除在外。1980 年，帕斯捷爾納克早已去世多年，他的兒子終於還是代他接下諾貝爾獎。

作者

鮑里斯·帕斯捷爾納克起初想當音樂家，後來研讀哲學，最後變成詩人。據說（即使是間接的）這是因為一個德國城市：帕斯捷爾納克曾在馬堡就學一學期，在那裡遇到一個女孩，至死不渝地愛上她，然而這女孩拒絕他的求婚，就是那個晚上讓他變成詩人……他隨即出名並獲得成功，然而因為他的政治觀點，帕斯捷爾納克和政府不合。他深居簡出，翻譯歌德和莎士比亞，直到戰後他才寫作他唯一的一本長篇小說。

入門提示

嗯……這部小說並不難讀（沒有內心獨白、交錯的敘述層次、缺少標點符號或是類似缺點），但是小說長長長，情節糾纏，此外還有許多人物有複雜的姓氏和變換的名字。

期待像奧瑪·雪瑞夫和茱莉·克莉絲蒂主演的電影那種媚俗呈現的讀者會大失所望。

朱塞佩 · 托馬西 · 蘭佩杜薩 Giuseppe Tomasi di Lampedusa

虎貓
Il Gattopardo

情節

故事發生在西西里諸侯家族薩里納周圍。法布里齊歐老爺，薩里納五十歲的諸侯（族徽是隻豹子）必須面對社會和政治變革。

小小歷史說明：西西里一再被其他強權統治，1861 年因朱塞佩 · 加里波底的入侵而成為義大利新王國的一部分。義大利的統一不斷推進，西西里貴族社會沒落──薩里納家族也隨之衰微。

唐克雷蒂，諸侯的侄子，為加里波底統一義大利一方奮戰，他愛上安潔莉卡，卡洛傑洛斯閣下的女兒。卡洛傑洛斯雖然和諸侯一樣富裕，但是沒什麼教養，沒有百年的家族歷史，也就是個新富。

諸侯心想，這哪有什麼，時代在改變──他支持侄子和美麗的安潔莉卡結婚，雖然他寧可他和自己的三個女兒之一結婚，但是她們都太固守舊傳統──直到太遲才清醒。

薩里納沒落，雖然諸侯還在試著適應這些改變。

小道消息

直到 2004 年，這部小說在德國都還叫做「豹子」，後來出現新的譯本，才發現原文標題的 Gattopardo 根本不是豹子，而是小型貓科動物一類（例如虎貓或是藪貓）。

而且──注意了！──這就是諷刺的地方：蘭佩杜薩的家徽動物是隻豹子，卻被僕人說成虎貓，也就是貶低其原來意義。啊哈！整個家族都是這樣……

作者

朱塞佩 · 托馬西 · 蘭佩杜薩原則上都在敘述自己的家族（法布里齊歐＝托馬西的曾祖父），托馬西的家徽上也是隻豹子，這個家族屬於西西里貴族，但是就像薩里納一樣失去財產和影響力。

托馬西只寫了這本長篇小說，但是沒有人想印行，直到他死後一年，這本書才出版──世界級成功，尤其是在盧切諾 · 維斯康堤將之拍成電影（1963），畢 · 蘭卡斯特（法布里齊歐閣下）、克勞蒂亞 · 卡汀娜（安潔莉卡）和亞蘭 · 德倫（唐克雷蒂）擔綱演出之後。

名言

> 如果我們想讓一切維持原狀，一切就必須改變。

唐克雷蒂加入加里波底陣營的時候這麼說，然而沒有任何事物真的維持原狀。

原子塔
設立於布魯塞爾

1958

《出埃及記》
里昂 · 烏里斯

《虎貓》
蘭佩杜薩

鈞特・葛拉斯 Günter Grass

錫鼓

Die Blechtrommel

情節

奧斯卡・馬策拉特，年屆三十，住在療養保護機構裡，撰寫他的回憶錄，一邊述說他在機構裡的生活。到這裡都還蠻清楚的。奧斯卡對於他到目前的生活記憶卻是一來非常詳盡，再者十分詭異。

他的記憶從他母親阿格妮絲的誕生開始（逃亡的縱火犯躲在奧斯卡祖母的裙子底下，就是在這一刻發生的）。阿格妮絲後來嫁給阿佛烈・馬策拉特，但是一邊和她的表弟楊維持曖昧關係。奧斯卡出生，三歲生日時獲得一個錫鼓，然後決定不再長大。錫鼓是他的全部，要是有人試著拿走這個錫鼓，奧斯卡就尖聲大叫，震破所有玻璃製品。實用——他這麼覺得，把這項天賦用在各種小把戲當中。他的母親很快死於魚類中毒。

接下來是各種糾纏情節，納粹份子、擊鼓和楊都牽涉其中，而楊被謀殺。

奧斯卡認識一個年輕女性（瑪麗亞），發生他用發泡粉的情慾一幕，最後也發展到性愛關係——但是奧斯卡抓到瑪麗亞和他的父親在沙發上親熱。瑪麗亞生了一個孩子（庫爾特），奧斯卡認為那是他的兒子——卻和侏儒演員（貝爾巴及羅絲薇塔）離開城裡，他和他們一起登台表演，由奧斯卡尖聲唱破玻璃。此外，他和羅絲薇塔還發生關係，羅絲薇塔卻被手榴彈炸死。

奧斯卡回到柏林他的父親和三歲的同父異母兄弟／兒子庫爾特身邊，不久之後俄國士兵進入柏林，射殺了他的父親。在葬禮上奧斯卡決定重新開始成長，把錫鼓丟進墳裡。奧斯卡很快就長到 121 公分，再也無法唱破玻璃。他成為石匠的學徒，愛上女鄰居（沒有結局），成立樂團賺了很多錢（中間發生一系列混亂的事）。

有次在散步途中，奧斯卡發現一隻手指，他把手指放在玻璃瓶裡，經常對著手指祈求。手指屬於某個被謀殺的人，奧斯卡被起訴，然後被送到精神病院。最後卻證實他是無辜的。

同中有異

想到約翰・厄文？沒錯，不過應該反過來：《馬戲團之子》、《為歐文・米尼祈禱》、《蓋普眼中的世界》等書讓人想到《錫鼓》，因為鈞特・葛拉斯一直都是厄文的大模範。

入門提示

一定要喜歡困難，還有大量的荒誕情節，那麼《錫鼓》可說是初次閱讀葛拉斯作品的最佳入門。如果開闊的情節讓人難以消受，可以從記述小說《貓與鼠》開始，短得多了！

古巴革命結束 （卡斯楚成為總理）	紐約古根漢美術館 開幕

1959

《錫鼓》 葛拉斯	《裸體午餐》 威廉・柏洛茲

葛拉斯

政治的

★ 1927 年生於德國
† 2015 年死於德國

「我認為，能對讀者
所做最糟的一件事就
是低估他」

葛拉斯親自為他自己的許
多書作插畫，除了寫作之
外，他也是雕刻家和插畫
家。他最著名的作品是銅
雕，《比目魚》，目前放
在丹麥桑德堡。

煙斗，像海狗的唇髭，看起來總是有點心情不好，這樣就能認出這位偉大的德國作家。他有許多孩子（三任妻子的六個親生孩子，加上兩個繼子），住在呂北克附近。鈞特·葛拉斯在格但斯克長大，年輕的時候，就在戰爭結束前不久，他還服役當高射砲助手，然後甚至被徵召成為納粹武裝禁衛軍（這件事後來招來許多憤怒）。

在他開始寫作之前，他在大學主修雕塑和平面設計。《錫鼓》是他的第一部長篇小說，寫這本書的時候他才三十二歲。當他第一次朗讀這本書，簡直就地成名。在國外，這部小說也造成轟動——然而也有反面的聲音，有些人抗議情色部分，德國的文學批評大家馬歇爾·萊西－朗尼基則挑剔小說的整體結構，不過後來他修正了自己的評論。

無論如何，葛拉斯現今是個著名的德語作家。他在大選中支持德國社會民主黨，尤其是威利·布朗特，並自許是「民主社會主義份子」。他的小說都在處理德國歷史（德國國家社會主義和戰後年代）。

1999 年他終於成為當今德國人最喜歡的作家，因為他獲頒諾貝爾文學獎。2006 年他出版了回憶錄《剝洋蔥》，描述他當時加入納粹武裝禁衛軍，出版前他就已經公開這個事實——一陣哀號響徹德國。有人認為葛拉斯應該立刻將諾貝爾文學獎送回去，或者至少捐出獎金。雷赫·華勒沙想讓他卸下格但斯克的榮譽市民身分。推銷新書的宣傳活動也中止。其他人——好比他的美國同事約翰·厄文，則為葛拉斯辯解。

騷動後來也很快又平靜下來，葛拉斯當年才十七歲，戰爭即將結束，一切只剩下惋惜，就像他針對以色列和伊朗之間的衝突所寫的飽受爭議的詩《不能噤聲》。

	披頭四首次在 德國登台（漢堡）	《驚魂記》 （希區考克）	避孕藥問世	甘迺迪成為 美國總統	
			1960		
《兔子，快跑》 厄普代克	《梅崗城故事》 哈波·李	《火車頭大旅行》 米夏埃爾·恩德	《綠雞蛋和火腿》 蘇斯博士	《親親》 羅德·達爾	

史坦尼斯沃夫・萊姆 Stanislaw * Lem

索拉力星

Solaris

情節

索拉力是個遙遠的星球，人類在上面設立了太空站。心理學家克里斯・克爾文被送到索拉力星，以支援研究者。奇怪的是，他在那裡發現一個幾乎被棄置的太空站，只有兩個男人，史諾特和薩爾托里烏斯，還在那裡工作，兩個人不知怎麼都有點瘋狂。

突然間克爾文看到他已死去的妻子哈瑞站在面前。他瘋了，還是見證科學上的大發現？今日的科幻片愛好者會立刻推測那是虛擬影像，但是當時還沒想出這些。哈瑞第二的確是由索拉力海洋所形成，這個海洋就像某種原質，可以從人類的情緒和記憶創造出似真還偽的圖像。所以是地球以外的智慧體索拉力以太空站的科學家進行實驗，而科學家們還以為是他們在研究這個星球。

史諾特和薩爾托里烏斯也有這種「訪客」，但並不滿意，他們想要擺脫幻象，但是克爾文卻愛上哈瑞第二。最後研究人員發現訪客是由中微子聚合而成，這意味著訪客可以被摧毀，只要用硬 X 光束射擊海洋（原質）即可。

克爾文不想這麼做，他的虛擬妻子卻同意，於是他被灌了安眠藥，薩爾托里烏斯和史諾特就在此時進行射擊——成功。

小道消息

美國人史蒂芬・索德柏拍攝的電影被批評得體無完膚，史坦尼斯沃夫・萊姆也是批評者之一，因為索德柏專注在克里斯・克爾文和哈瑞的愛情故事上——對萊姆而言，這反而是不重要的副線發展。萊姆關心的是個哲學問題，亦即人類是否能和其他智慧生物溝通（答案：不太可能）。

作者

波蘭作家史坦尼斯沃夫・萊姆被視為科幻文學的發明者（繼朱爾・凡爾納之後），但他也是哲學家。他的著作的確不像《星艦迷航記》（太少動作場景），反而是探索科技的可能性和極限，以及人類如何因為進步而改變。

名言

> 我們不需要另一個世界，我們只需要鏡子。

史諾特這麼說——這是小說裡的中心句子，也是史坦尼斯沃夫・萊姆的中心句子，他關心的一直都是人類及其行為舉止。

＊這個名字發音如 Stanis*waff*。

特別精選
快速瀏覽文學作品

多麗絲・萊辛 Doris Lessing
金色筆記
The Golden Notebook

女作家安娜・伍夫遭遇寫作瓶頸，於是撰寫四本日記：黑色的記載她對非洲（她的出生地）的記憶，紅色的記錄她的政治活動，黃色收錄了她的小說點子，藍色則記錄其他任何事情。她真的藉由這些日記克服她的憂鬱症，把四本日記用粗黑的橫線做結。她能和自己好好相處，可以開始寫新的日記，《金色筆記》開始。

整個故事被框架情節環繞，這個框架情節本身就是一篇完整的小說——標題是「不受拘束的女性」，情節是關於安娜和茉莉（中等程度的女演員），兩人都是單身媽媽，積極參與政治的高等知識份子。故事出現愛情、性愛和男性（也涉及女性高潮——令六〇年代許多人驚嚇不已），但是多麗絲・萊辛一直都排斥把她的著作視為女性主義的戰文。
附註：諾貝爾文學獎得主最著名的作品不一定是最易讀的，初入門者比較適合讀《青草的歌詠》或是《第五個孩子》。

約翰・勒卡雷 John Le Carré
冷戰諜魂
The Spy Who Came in from the Cold

就像書名點出的，這是部間諜小說，但是具備高文學水準（＝較少跟蹤、追逐、槍戰、女人／多些社會批判、政治、心理角度加上非常不幸的結局）。

五〇年代的柏林，阿列克・利馬斯領導英國情報局 MI6，但是情況越來越惡化：他在東德的情報員逐漸減少，利馬斯回到倫敦，得到坐辦公室的工作（和一個情人），越來越邋遢，甚至被送進監獄。

一切都只是個詭計，好讓對手以為他容易收買。接著是複雜的（雙面）間諜和（對手）間諜的你來我往，某個人讓另一個人上當，好人變成壞人，壞人變成好人。

最後所有的人都聚集在東柏林，利馬斯要逃出柏林圍牆的時候，他的前情人被射殺，他趕到她身邊，也被射殺。

詹姆士・龐德是昨天的故事了，約翰・勒卡雷的情報局是卑鄙的，而情報員頂多也只是悲劇英雄罷了。

康寶濃湯（安迪・沃荷）	第一部法拉利		「我有一個夢」（馬丁・路德・金恩）	「我是柏林人」（甘迺迪訪柏林）
	1962			1963
《發條橘子》安東尼・伯吉斯	《金色筆記》萊辛		《冷戰諜魂》勒卡雷	《V.》品欽	《小丑眼中的世界》波爾

湯瑪斯・品欽
Thomas Pynchon

V.

班尼・普羅方是個毫無計畫一團糟的人，認識偏執於秩序的赫爾柏特・史登索，他嘗試解讀父親的日記，日記裡總是出現字母 V──史登索推斷那是代表他的母親，於是深入不同錯誤想像探索她的身分。

以上是大概的情節，其餘的是後現代小說，也就是說具有不同敘述層次，不同的時間，不同的情節，讀者必須自行拼湊。聽起來費事，然而小說依然成功。

就在小說出版之後，品欽完全退出公開場合，他雖然不時地寫本（成功的）小說，但是四十年來沒有人知道他長什麼樣子。他自我嘲笑，偶爾出現在《辛普森家族》──頭上罩著紙袋。

海利希・波爾 Heinrich Böll

小丑眼中的世界

Ansichten eines Clowns

漢斯・史尼爾是個小丑，近三十歲，相當成功，而且和女朋友瑪莉幸福地在一起。然而他們想結婚的時候，就有得討論了。瑪莉是天主教徒，漢斯卻無論如何不想服膺在教會獨裁之下。瑪莉離開漢斯，他開始酗酒，他的職業生涯也開始走下坡，沒有人幫助他，最後他坐在波昂車站的樓梯上，等待瑪莉回心轉意。

小說出版之後招來了許多憤怒，對天主教廷的批評並不為人所樂見。但是波爾寫的主要是個愛情故事，因為不同的價值觀和機制的力量而破碎。

＊譯注：波爾於 1972 年獲頒諾貝爾文學獎，重要的作品還包括《九點半的撞球間》、《你在哪裡，亞當？》。

羅德・達爾 Roald Dahl

巧克力冒險工廠

Charlie and the Chocolate Factory

查理的家庭貧窮，他最大的夢想：參觀威利・旺卡（充滿神祕的）巧克力工廠，但是古怪的所有人卻把大門鎖得緊緊的──直到有一天威利・旺卡的宣傳活動讓世界嚇一大跳：在他的巧克力當中的五條裡面藏著金色的門票，找到門票的人就能進入工廠。

查理真的得到了眾所渴求的門票，被威利・旺卡帶領著穿過工廠──和其他四個孩子一起，但是所有的人都以各自的方式緊張，逐漸地在參觀過程中發生意外，只有查理還在，因為他是最可人的孩子，威利・旺卡讓他成為繼承人，查理全家搬到巧克力工廠。

羅德・達爾不僅寫作童書，也為成年讀者寫了原創而殘忍的故事。

甘迺迪被射殺

克雷首次奪得世界冠軍，並自稱穆罕默德・阿里

《分裂的天空》
克莉絲塔・沃爾夫

《三個問號》
羅柏・亞瑟

《巧克力冒險工廠》
達爾

犯罪類型
神經強壯型讀者用書

所有暢銷書超過四分之一都是犯罪小說和恐怖小說。斯堪地納維亞的憂鬱陰沉型，美國的動作派，英國的踏實作風。英雄是探長、情報員，病理學家和記者也頗受歡迎。要在此做出選擇極端困難。

然而以下還是選出五本緊張刺激的作品，各有其突出方式：

D.W. 布法
《伊萬潔琳》
怪異主題的法院恐怖小說

塔娜‧法蘭琪
《神祕森林》
七百頁的犯罪小說

史黛拉‧雷明頓
《即時危險》
主角是英國 MI5 * 的女情報員

梅蘭妮‧麥格拉斯
《白熱》
女主角是個非常自我中心的因紐特女子

愛德嘉‧愛倫‧坡
《莫爾格街兇殺案》
根本就是第一個偵探故事！

＊真正的女主角是作者：史黛拉‧雷明頓是英國情報局的局長（連她的孩子都不能知道），也是後面幾部詹姆士‧龐德電影中 M 的原型。這樣的背景讓她的麗茲‧卡萊爾犯罪小說有趣，即使在文學方面的表現平平。

愛情故事類型
浪漫型讀者用書

愛情故事總是有接近媚俗邊緣的危險，通常都會跨越這個界限——作品於是立刻被歸入通俗小說類型。《少年維特的煩惱》是暢銷書，而且是世界文學排行前幾名；《P.S. 我愛你》把西西莉亞·艾亨送上暢銷排行榜，但是文學評論家幾乎只會有些嫌惡地對待它。

以下這五本書同樣永遠無法成為文學典範，然而它們除了帶來一些心痛故事之外，還有其特殊之處，在眼淚早已乾枯之後依然發揮它的影響，男性至少會喜歡其中兩本。

大衛·尼克斯
《一天》/《真愛挑日子》
一生的愛，但又不是

奧黛麗·尼芬格
《時空旅人之妻》
科幻極小值，聰慧故事極大值

安·佛提耶
《茱麗葉》
莎士比亞相關*

強納森·崔普爾
《還會有人愛我嗎？》
哀傷又好笑！

丹尼爾·葛拉陶
《失眠的北風吹來愛情》
e-mail 愛情小說，好得出人意表

---

* 美國人茱麗葉是「那個」茱麗葉的後人，在義大利西耶納遇上「那個」羅密歐的後人，先不管這些營造出來的偶然，從這本小說可以得知許多有關莎士比亞著名悲劇的趣事，冒險、愛情以及歷史——有些媚俗也就值得原諒了。

加布列・賈西亞・馬奎斯 Gabriel García Márquez

百年孤寂

Cien años de solebad

情節

托爾斯泰規格的家族史詩，然而不是依時間順序敘述，簡介極度困難──即使不管故事涉及六個世代和三十個主要角色（大部分的名字都叫奧瑞里安諾或阿卡迪歐）。

第一代的荷西・阿卡迪歐和烏蘇拉結婚，愚蠢的是他們原本就有親戚關係，因此烏蘇拉拒絕生下有著豬尾巴的兒子──亂倫在她的家族裡就曾經造成這樣的後果。因為妻子維持貞節，荷西被其他人招惹，使他在激動之下殺了人。他和烏蘇拉離開村子，在叢林裡建立名為馬康多的聚落。

許多孩子在這裡誕生了──起先是荷西和烏蘇拉的兒子，兒子──驚喜！──也叫做荷西，年紀輕輕就擁有巨大的陽具，後來讓巫女懷孕，其子（也叫荷西）在祖父母身邊長大。這個非婚生兒子和菲爾娜達結婚，他們（也是非婚生）的兒子奧瑞里安諾最後愛上自己的姑姑，他們的兒子真的帶著豬尾巴誕生。

除了家族故事之外，小說也敘述了內戰和進步、大自然災難和宗教、現實與神話，也就是所有可能的都加進去了。

小道消息

1. 據說馬奎斯在一年半之內，在墨西哥市沉醉於寫作中就完成本書，但是連寄給出版社的足夠郵資都沒有。

2. 這是──注意了：文學專有名詞！──魔幻寫實主義最重要的作品，亦即鬼魂和真實政治一樣理所當然地出現。

3. 自從這本書問世之後已經賣出超過三千萬本。

4. 熟人只叫馬奎斯「加寶」（Gabo）＝加布列的暱稱！

入門提示

家族史詩聽起來頗緊張刺激──但是《百年孤寂》有些特殊，相當糾纏不清，其實也沒有真正的識別角色，可以循線閱讀延續幾十年命運──簡而言之：要有時間和心情……進入馬奎斯作品的適當入門當然是《預知死亡紀事》：簡短、炫麗、緊湊。之後或許可以閱讀《愛在瘟疫蔓延時》：敘述可以理解（也就是沒那麼魔幻，比較多現實），故事是關於歷史以及熱情。

FARC 游擊隊成立（哥倫比亞）	沙特 拒絕諾貝爾文學獎	《小紅書》/《毛語錄》（毛澤東）	麥爾坎・X 被謀殺
	1964		**1965**
	《飛天萬能車》佛萊明	《赫索格》索爾・貝婁	《清晨七點》艾瑞克・馬帕斯

賈西亞・馬奎斯
謙謙君子

——

★1927（或1928）年生於
　哥倫比亞
✝2014年死於墨西哥

——

「對這個世界而言，
你只能當一個人，但
是對某個人而言，可
能是整個世界」

——

賈西亞・馬奎斯怪異地不
想透露自己是在1927還
是1928年的3月6日出
生。何必如此？只有老去
的好萊塢明星才會想隱瞞
自己的生日。

對於拉丁美洲和文學世界而言，加布列・賈西亞・馬奎斯不只是某人，就像許多南美作家一樣，政治方面他一直都相當活躍，好比反對智利皮諾契獨裁，而且一直都反對資本主義。附帶一提：他也和古巴的費德爾・卡斯楚交好——使他一再受到非議，但是這就是他一生唯一的醜聞，此外只有好事可說。

他出生在一個小村落，有十五個（！）手足，是個好學生，在波哥大讀法律系，結婚，成功的記者生涯，但是一直都沒錢，無數報導旅行穿越世界，最初幾部小說，生孩子，搬遷到墨西哥市，然後以《百年孤寂》獲得瘋狂成就／突破。

這部小說問世之後，加寶有個苦惱：全球是那樣狂熱，讓他擔心這已經是他所能達到的最大成就——他才四十歲。他自問：「登山者登頂之後怎麼辦？」然後自己回答：「走下山，儘可能謹慎而充滿尊嚴。」多麼謙虛的一個人！

「魔幻寫實」的大作之後絕非走下坡，賈西亞・馬奎斯在這之後寫了許多偉大的小說和記述小說，此外還寫短論、報導、專欄和一部自傳，或說自傳的第一部分（《生而述說》），記載他直到二十八歲為止的生命歷程，比較適合已啟蒙的加寶迷，作者在其中畢竟說得非常詳細。

1982年，加布列・賈西亞・馬奎斯以其長篇及記述小說獲得諾貝爾文學獎，瑞典學院說得好：這些作品在文學的多面向世界裡融合幻想與真實，反映出南美大陸的生命和衝突。

齊格飛‧藍茨 Siegfried Lenz

德語課

Deutschstunde

情節

框架情節發生於 1954 年，漢堡附近某個青少年教養院。二十一歲的西吉‧耶普森要寫一篇作文，題目是「履行職責的快樂」，他交出空白的本子，因為他的想法太多，不可能在一個小時之內把這一切都寫下來。他受到懲罰，關在一個房間裡，補寫作文。西吉開始寫——就再也無法停止。他描述自己在納粹時期的童年以及之後的時光，因為「責任」在當時扮演重要角色。

1943 年，西吉的父親是個極度具備責任意識的警察，在什列斯威－霍爾斯坦任職，這裡也是表現派畫家馬克斯‧路德維希‧南森生活的地方。當納粹對南森發出職業禁令的時候，西吉的父親要負責監視他，他也的確這麼做了（雖然他和南森是朋友）——他十歲的兒子要幫忙監視，然而西吉卻反而和南森一起藏匿被禁的圖畫。

戰爭結束之後，相互的義務感變成小小的雙重偏執：警察父親覺得他應該繼續迫害南森——而西吉則盡一切可能拯救畫家，因此他最後終於偷了南森的畫作，被送進感化院。他確信自己是代替父親受罰；無論如何，在交出詳細的作文之後，西吉被提早釋放了。

小道消息

對歷史雖然不重要，然而讓這本書變得特別有趣：馬克斯‧路德維希‧南森就是埃米爾‧諾德！這位表現派藝術家原名叫做埃米爾‧南森（！），住在北什列斯威。1941 年，納粹對他發出禁止令；他的作品從 1938 年開始就被貶低為「退化的藝術」，諾德因此隱居在賽布爾的房子裡，畫一些小幅的水彩畫，他稱之為「未作的畫」（因為他根本不許畫下這些畫）。

入門提示

《德語課》的挑戰在於學生們必須花好幾堂課的時間來讀，畢竟老師們所喜愛的都在裡面：框架情節、面對歷史、象徵、意象、道德，然後還有真實畫家為故事背景——太棒了！如今幾百萬的學生必須寫一份有關西吉的作文也就不足為奇了。

因此《德語課》最適合那些在學校打瞌睡，或是出於其他因素而沒有經歷強制小說分析的入門者。

其他可行性首先可讀藍茨的記述小說：《我的小村如此多情》（描繪故鄉馬祖里的風景與人情），或是《火船》（犯罪小說，但也是有關善、惡／抵抗／寬容的寓言），或是乾脆拿他最新的暢銷書《默哀一分鐘》。當作入門的入門可以看看成功的《火船》電影改編。

藍茨
溫和的人

——
★ 1926 年生於德國
† 2014 年死於德國

——
「我承認我需要故事
才能了解世界」

——
齊格飛・藍茨熱愛釣魚。
在《火船》的新版電影裡
（2008），他得以客串一
個角色，扮演釣魚的人，
甚至還有台詞：「早安，
星期五。」

四十歲出頭的時候，藍茨的髮型就像他朋友赫爾穆特・施密特，也總是叼著煙斗，為社會民主黨作競選活動。但是藍茨有種淘氣的露齒笑容。當時他已經是個成功的作家，真正的國民作家，因為整個德國都愛他和他的書。評論家喜歡批評他的作品庸俗、匠氣，甚至市儈——但是他的讀者是忠實的，銷售數字驚人，即使在國外，藍茨的作品都達到幾百萬冊的銷量。

藍茨生在東普魯士，暫時被徵召加入海軍，逃兵，後來被英軍俘虜。戰後他在漢堡讀大學，開始擔任《世界報》的編輯，一邊寫作他的第一部長篇小說：《空中群鷹》，1951 年出版——當時藍茨才二十五歲。他決定放棄固定工作，終生都是自由作家。

藍茨定期寫一本新書，對他的出版商保持忠誠，一下子住漢堡，一下子住丹麥，幸福的婚姻生活維持超過五十年。他的妻子於 2006 年去世時，他的精神生活也隨之離去，這時烏拉出現，他的鄰居和他太太最好的朋友，烏拉繼續照顧這位作家，讓他重新開始寫作。三年之後，烏拉和藍茨結婚。

每個認識藍茨的人都盛讚他的友善，沒有醜聞，沒有卑鄙行為。為慶祝他八十五歲生日，他的老朋友赫爾穆特・施密特也來參加，兩個人都坐在輪椅上，施密特說：「西吉，我們還能撐幾年！」齊格飛・藍茨還是那副淘氣的露齒笑容。

布拉格春天	學生／民權運動展開	馬丁・路德・金恩遭射殺	魯迪・杜契克遇刺

1968

《德語課》藍茨	《國際機場》亞瑟・海雷

約翰·厄普代克 John Updike

夫婦們

Couples

情節

基本上是六對夫妻的故事，住在虛構的新英格蘭小城塔巴克斯。幾乎所有的妻子都是家庭主婦，丈夫的職業分別是牙醫、營造商、以及不知道究竟做什麼的職業。閱讀的時候很快就失去概觀，十二個成年人在宴會上碰面，一起烤肉、喝雞尾酒、打棒球，一下子又通個電話，也不是每個角色都會一起出現——然後婚姻開始破裂。

紅髮的皮耶特欺騙安吉拉，他先是和喬珍娜（和佛雷迪結婚）廝混，然後和佛克西（和肯結婚並且懷孕！），再來同時和貝雅（和羅傑結婚）及佛克西私通。溫柔的瑪西亞瞞著丈夫哈洛德和高大的法蘭克（和豐滿的珍娜結婚）交往。豐滿珍娜發現丈夫私情，想要報復，於是有些不情願的和哈洛德上床。到了某個時候，所有的人都知道發生的一切事情，有時生氣，有時無所謂。

最後皮耶特和安吉拉離婚，肯和佛克西也離婚，皮耶特和佛克西結婚。

入門提示

這部小說呈現相當殘酷的美國中產階級群像，只因無聊就讓婚姻破裂。小說本身並不難讀，然而面對五百頁的小說會希望有簡明版可讀。

因此《東村女巫》對入門者適合得多（注意：和傑克·尼可遜以及雪兒主演的電影《紫屋魔戀》非常不同！）或者讀《S.》（有個女性突然加入某個教派），當然也可以讀《兔子，快跑》，著名的兔子系列第一冊。

小道消息

約翰·厄普代克也寫作童書，但是只有一本被翻譯成德文：《第一本童書》，針對二十六個西方字母編寫二十六首小詩，當然是原文優美得多：《友善物體的有用字母表》——還附上他的兒子大衛的照片，並且題辭獻給他的孫子。

尼克森成為 美國總統	威利·布蘭特 成為德國總理	登陸月球 （阿姆斯壯）	胡士托音樂節

1968		1969	
《夫婦們》 厄普代克	《好餓的毛毛蟲》 艾瑞·卡爾	《教父》 馬里歐·普佐	《第五號屠宰場》 庫爾特·馮內果

彼得 · 韓德克 Peter Handke

守門員的焦慮

Die Angst des Tormanns beim Elfmeter

情節

主要角色名叫布洛赫，是個裝配工，從前是個有名的守門員。從第一個句子就能得知以上訊息──之後就變得不容易讀了，因為整部記述小說是由明顯心理錯亂的布洛赫的觀點來敘述的──沒有情節，故事的意義（如果有）必須由讀者自行費力尋找。

無論如何布洛赫有天早上突然有個荒謬的想法，以為自己被解雇了。讀者不知道他從前的生活是怎樣，但是從此開始就是個瘋子的生活。布洛赫搬進旅館，在小酒館和某個女孩調情，最後和電影院售票員上床──在這之前兩人沒說過一句話。第二天早上售票員惹煩了他，讓他不由自主勒死她。

接著他搭車前往南方邊界，在那裡住進了客棧，接下來有好幾頁都做些沒什麼特別的事（買襪子、散步、吃冷盤、聽音樂、睡覺）。中間布洛赫發生價格偏執（一直詢問這個或那個東西多少錢），不時出現巡警，提醒布洛赫和讀者先前發生的罪行。

最後幾頁終於提到一場足球賽，特別描寫一個十一碼球和守門員。守門員擋住了球，因為他沒動。小說結束。

小道消息

導演文 · 溫德斯覺得好友彼得 · 韓德克＊這個故事很棒，立刻把小說改編成電影。1972年上映，影片就叫做《守門員的焦慮》，韓德克和溫德斯兩人都深信電影是成功的，觀眾卻傻傻地期待看到一部運動電影，當然顯得不滿。

作者

奧地利人彼得 · 韓德克在 1966 年以一部舞台劇本獲得突破，劇本有個漂亮的標題──《冒犯觀眾》，沒有情節，只有演員和觀眾對話，最後稍微斥責了觀眾一下，然後自己鼓掌。當時頗受歡迎。

韓德克面對南斯拉夫戰爭時親塞爾維亞的態度，以及他出席斯洛柏丹 · 米洛塞維奇喪禮致詞時，就不是那麼受歡迎。

入門提示

好消息：這本書只有大約一百頁，想要偶而讀些具有文學價值，讀來有些費力的書的讀者（也可以用以自我吹噓），韓德克的記述小說蠻好用的。

＊譯注：兩人的交情果真匪淺：如果看過溫德斯的電影《慾望之翼》，可能會注意到片中一首寓意深遠的詩──是的，那是韓德克寫的《兒童之歌》（*Lied vom Kindsein*）。

阿波羅 13 號	美國進攻寮國	德國總理布蘭特於華沙紀念碑前下跪以示歉意		吉姆 · 摩里森逝世	
		1970		1971	1972
《守門員的焦慮》韓德克	《愛的故事》艾瑞克 · 西格爾				《賭城的恐懼與厭惡》杭特 · 湯普森

特別精選
快速瀏覽文學作品

亞歷山大・索忍尼辛 Alexander Solschenizyn

古拉格群島
Archipelag Gulag

一本重要的、政治性的書。作者描述自己在勞改營的經歷，還有其他前囚犯的回憶。整本書是史達林政權不可思議的犯罪證言──是本真實記錄，論戰傳單，一本編年史，一份報導，然而也是一部文學作品。

索忍尼辛最重要的一本書，當時從不被允許在蘇聯出現，2009 年卻變成俄國學校的必讀讀物！

此外，書的標題影射契訶夫的作品：《庫頁島》，內容涉及沙皇帝國的罪行。群島指的是遍布蘇聯境內的勞改營，古拉格是俄文勞改營中央管理處的縮寫，亦即史達林最惡劣的鎮壓機關。

被這本巨著嚇到的讀者可以從《伊凡・丹尼索維奇生命中的一天》開始──整個主題在本書中濃縮精簡，但是具備同樣的壓迫力。

達里歐・佛 Dario Fo

絕不付帳
Non si paga! Non si paga!

起初只是反對物價高漲的示威抗議，接著興高采烈地掠奪超市。安東妮亞也拿了許多食物回家，把東西藏在床下──她的丈夫喬凡尼是個守法的共產主義者。安東妮亞的朋友瑪格麗塔也拿到食物，她把東西藏在大衣底下，喬凡尼驚訝瑪格麗塔何以這麼胖，安東妮亞宣稱「懷孕」，然後立刻離開公寓。

當她和瑪格麗塔回來的時候，有個警察上門尋找被搶的貨品。為了轉移警察的注意力，瑪格麗塔假裝早產，警察和女人消失在救護車裡。不一會兒，瑪格麗塔的丈夫路伊吉前來，喬凡尼責備他有關懷孕的事，路伊吉卻根本聽不懂。他們兩人一起去尋找太太們，接著發生許多極端荒誕的事：男人偷了麵粉袋，把她們裝在棺材裡偷渡出來，太太們繼續假裝懷孕，警察擔心自己眼睛要瞎了因而昏倒。最後市民戰勝國家暴力。

因惹・卡爾特斯
Imre Kertész

非關命運
Sorstalanság

布達佩斯，1944年。十五歲的寇夫斯・喬治被送到奧許維茲，敘述他在集中營的經歷。聽起來天真，也應該如此，這正是這部小說的特點：第一人稱敘述者從一個年輕人的觀點，經歷這種殘酷；讀者已經了然一切的時候，喬治卻才逐步了解這種系統化的毀滅。他不做價值評判，也不生氣。

喬治從奧許維茲前往采茲，生病了，被送進醫療站——一直到集中營被解放為止。他前往布達佩斯，他的父親已經死亡，寓所裡住著陌生人，於是他上路尋找母親。因惹・卡爾特斯在此敘述的是他本人的故事，小說雖然在匈牙利出版，但不是那麼受歡迎，十年之後才獲得成功。

馬利歐・巴爾加斯・尤薩
Mario Vargas Llosa

胡莉亞姨媽與作家
La tia Julia y el escribidor

小說發生在祕魯首都利馬，五〇年代中期。十八歲的馬利歐研讀法律，但是想成為作家，於是前往巴黎。他愛上他的姨媽胡莉亞，姨媽比他年長十四歲——沒關係，因為她漂亮、風趣而且才剛離婚。她不反對和年輕的侄子消磨時間——當然沒有性關係（畢竟是五〇年代），但是依然演變成醜聞。

先不論愛情故事，小說還和收音機肥皂劇有關，馬利歐偶爾在電台工作，他的同事佩卓・卡馬喬要為每天的廣播劇系列撰寫續集。充滿壓力的工作，某天佩卓把一切弄得相當混亂。

非常有趣的小說，是接觸這位諾貝爾獎得主作品的完美入門書，其中自有其珍貴之處。

史蒂芬・金 Stephen King

鬼店
The Shining

傑克想和兒子丹尼以及妻子溫蒂在偏遠的旅館當管家過冬，他有酗酒的毛病，之前就虐待過丹尼——這次停留是他維持家庭的最後機會。愚蠢的是旅館裡到處都是幽魂，傑克心中被喚醒的只有最糟的部分。此外，丹尼還具有超感官能力，被鬼魂掐住脖子——溫蒂立刻就把責任推到傑克身上，想和丹尼離開旅館。但是他們當然被雪困住，無法離開。藉著心電感應，丹尼呼叫旅館廚師前來幫忙，但是廚師被傑克（＝被鬼魂附身）殺害。在最後一刻，丹尼和溫蒂終於逃脫。

這是史蒂芬・金最初的小說之一，如今顯得有些老式恐怖。

馬丁‧瓦瑟 Martin Walser

驚馬奔逃
Ein fliehendes Pferd *

情節

赫爾穆和莎賓娜‧哈姆每年都會住進波登湖畔的同一個度假小屋,話說得不多,做愛更少。赫爾穆四十多歲,是個教師,閱讀齊克果,只想儘可能少參與社交生活,只是過來喝杯咖啡對他而言都已經太多,太溫暖,太多人,太不舒服。

這時克勞斯‧布赫出現了,從前的同學。有吸引力,運動型,喜歡與人結伴。他一直慫恿赫爾穆,直到他同意一起吃飯。同行的還有海倫娜,暱稱海爾,克勞斯明顯年輕許多的太太。莎賓娜期待和布赫家的聚會,赫爾穆則是非常毛躁——尤其克勞斯和海爾都是完全的健康狂熱人士,只吃沙拉,不碰一滴酒精。

克勞斯在其他的聚會上也表現出獨立的自由靈魂,寫書,最佳性愛,而且立刻就要移居到巴哈馬。此外,他還不停述說赫爾穆年輕時的尷尬小故事。

有天他們到波濤洶湧的波登湖駕駛帆船,克勞斯扮演大膽的冒險家,非常冒險地將船駛過波浪。赫爾穆慌張地把他從船槳推開,克勞斯掉進水裡,就此不再出現。赫爾穆當然感到自責,海爾完全不知所措,由哈姆一家安慰她(有時也用酒精)。她坦白克勞斯真實的情況:他的一生什麼都做不成,覺得自己是個失敗者,因此也禁止海爾享受成功。海爾在大學主修音樂,卻甚至必須賣掉她的鋼琴。突然之間,大家以為已經死亡的克勞斯出現,他要求海爾跟他一起走,海爾無言地照做。哈姆一家相當煩亂地啟程離開——前往蒙佩里耶。

小道消息

這部小說是瓦瑟在空閒時寫下的,當時他的長篇小說《靈魂之工》停滯不前。《驚馬奔逃》是他最成功的作品,評論家都相當興奮——說這本書是世紀散文,瓦瑟甚至被比擬成歌德。初版的兩萬五千本幾乎是立刻銷售一空,目前已經售出一百萬本。

入門提示

絕對、娛樂性、緊湊、簡短,中年危機形態以及情節構成雖然有些過時,但主要是第一部分,赫爾穆被煩人的克勞斯壓倒,直到今日還是帶來閱讀樂趣。

習慣瓦瑟品味的人可以繼續欣賞他第一部成功的作品《菲力普堡的婚姻》,或是直接選讀他的醜聞小說《一個評論家之死》(評論家指的就是馬歇爾‧萊西-朗尼基,瓦瑟經常因為他的負面評價而受挫)。

---

* 書名指稱小說中一段狂野象徵性插曲:布赫和哈姆兩家人去健行,突然間一匹脫韁的馬跑過,克勞斯跑在馬的後面,當馬停下來的時候,他跳上馬背,真的騎著馬回來。所有的人都深受感動,克勞斯說:「不能站在逃走的馬的路徑上,牠必須有種牠沒被擋住的感覺。而且:奔逃的馬是不講道理的。」請吧——任由讀者詮釋!

約翰‧厄文 John Irving

蓋普眼中的世界

The World According to Garp

情節

就像厄文所有的小說，這部同樣充滿怪異的故事。其他作者可能只要一本就夠了——厄文卻如此敘述所有的故事，並且將這些故事合成一大篇：

從野戰醫院著名的一景開始，第二次世界大戰，珍妮是護士，想要一個孩子，但是不想要丈夫。於是她找上一個受重傷的士兵……士兵去世，她懷孕了，然後按照父親的名字將孩子命名為 T.S. 蓋普。

戰爭結束之後，珍妮在寄宿學校工作，蓋普在此度過美好的童年，愛上海倫，海倫無論如何都想和作家結婚，於是蓋普的職業目標也就釐清了！

但是在這之前蓋普先和母親遷居到維也納，珍妮在此寫下自傳，成為婦女運動的象徵人物；蓋普寫了一篇短篇小說，海倫也真的和他結婚。蓋普寫了一本長篇小說，他們兩人生了兩個兒子，認識一對夫妻，兩對夫妻發生四角關係。

之後海倫開始和大學生麥可的婚外情，蓋普知道了，後來發生意外（悲劇！）：蓋普撞上麥可的車，蓋普的兒子因而喪生。

後來海倫和蓋普跨越這一切，生了個女兒，蓋普繼續寫下另一部成功的長篇小說。

他的母親珍妮被某個男人射殺（悲劇！），因為他認為珍妮的女性主義破壞他的婚姻。最後蓋普被某個女人射殺，因為她以為蓋普反對女性主義。

小道消息

蓋普所寫的作品其實都和厄文真正的著作相關。蓋普用來吸引他未來的妻子的短篇小說標題是《葛利爾帕澤旅社》，故事發生在奧地利（＝厄文的《新罕布夏旅館》）。蓋普的第一部長篇小說《躊躇》，講述的是在維也納解放動物園動物的故事（＝厄文的《放開那些熊》）。蓋普的第二部長篇小說《綠帽情事》處理的是有趣的四角關係（＝厄文的《158磅的婚姻》）。最後，蓋普的第三部小說叫《班森哈佛以及他眼中的世界》，雖然情節完全不同，卻也是關於一個要為兒子的死負責的父親。

作者

在德國，約翰‧厄文的小說直到八○年代才為人所知。1979年，《蓋普眼中的世界》（厄文的第四部長篇小說）首先被翻譯成德文，然後是《新罕布夏旅館》，再來才是比較早期的作品，於是可以讀到系列著作，厄文的作品也成為那十年之間的必讀小說。

厄文的作品好笑但不過度，加上偉大的說故事天賦，還有和性相關的一些深奧想法，結果是超棒的小說，甚至連評論家都喜歡他——這是很少見的！

雖然比較新的小說（在《寡居的一年》之後的，1998）不再那樣讓人興奮，但厄文還是十分偉大的小說家之一（他自己也知道）。

兩個家庭乘熱氣球逃離東德	柴契爾夫人成為英國首相	《牆》（平克‧佛洛伊德）	伊朗政變	北大西洋公約組織以雙重決議增加軍備

1979

《說不完的故事》米夏埃爾‧恩德	《奧斯華叔叔》達爾	《銀河便車指南》道格拉斯‧亞當斯

安伯托・艾可 Umberto Eco

玫瑰的名字

Il nome della rosa

情節

框架情節：老修士艾德森敘述他的年輕時代——這份自述被多次翻譯，最後從十四世紀流傳到二十世紀。接著是主要情節：聖方濟修士威廉・巴斯克維爾和他的徒弟艾德森旅行到義大利的一座本篤修道院，他們要在這裡討論神學問題（也包括教宗）。

但是在這之前，威廉必須快速澄清一樁修士謀殺案，然而單一謀殺案很快演變成連環謀殺案——五個修士死於神祕的方式。威廉最終徹查找到盲眼圖書館修士約爾格・布爾戈斯，他看守一本亞里斯多德的著作，這本書的主題是笑——約爾格認為笑能消滅恐懼，沒有恐懼也就沒有信仰，因此他絕不讓其他僧侶讀這本書——為了確保書不被翻閱，他把書頁漬上毒藥，摸了書頁的人就會死亡。約爾格覺得自己被揭穿了，就放火把整個圖書館燒了，並且死在裡面。威廉和他的學徒逃過一劫。

以上是主要情節，然而書裡還談到各種和教堂、信仰及哲學，還有中古世紀歷史的根本問題。

入門提示

期待歷史犯罪小說的讀者會失望，緊湊的兇手追緝一直被各種題外話打斷；必須具備高才智，且對較廣泛的主題領域非常有興趣。

作者

安伯托・艾可絕非只是作家，還是（或者該說主要是）符號學家，他教授語言符號的知識，他的書中充斥這方面的知識也就不足為奇了。艾可是世界最聰明人類的前幾名，寫作對他而言只是嗜好——然而是報酬率非常高的嗜好，他所有小說在全世界都很暢銷，銷售冊數達數百萬本。

小道消息

1. 主角的名字是向夏洛克・福爾摩斯致敬：威廉・巴斯克維爾讓人想到福爾摩斯調查過的一個案子《巴斯克維爾的獵犬》；而他的學徒艾德森和華森的名字只差一個字母（d 或是 t 發音相近）。

2. 2012 年，在義大利出版了修改過的版本，艾可在這段期間發現中古世紀沒有南瓜、青椒和小提琴。

名言

> 往昔的玫瑰徒留其名，我輩唯得其名。
> Stat rosa pristina nomine, nomina nuda tenemus.

艾德森在小說最後這麼說，引述的是本篤修士伯恩哈特・克魯尼的話。聽起來了不起，但是和書名沒有關係。艾可給小說下這個標題，只是因為他喜歡，而且有很大的聯想空間。

太空梭　　　　查爾斯王子　　　波蘭頒布
首次航行　　　和黛安娜結婚　　　戒嚴令

1981

《非洲好人》　　《預知死亡紀事》　　　《午夜之子》　　　　　《浪潮》
威廉・波伊德　　　　馬奎斯　　　　薩爾曼・魯西迪　　　莫頓・盧/陶德・史崔塞

特別精選
快速瀏覽文學作品

伊莎貝‧阿言德 Isabel Allende
精靈之屋
La casa de los espiritus

八〇年代女性最喜愛的書！原則上是賈西亞‧馬奎斯《百年孤寂》的簡明版。
故事——當然——和一個智利家庭的愛、痛苦及生活有關。愛斯特班‧楚巴和美麗的羅莎結婚，羅莎死亡，她（具有靈視力）的姊姊克拉拉早已預見。愛斯特班哀悼著，強暴婦女，而在九年後回鄉，跟克拉拉結婚。克拉拉生了三個孩子；她的女兒布蘭卡懷了佩卓（管理官兒子＝門不當戶不對）的孩子，愛斯特班因此憤怒到鞭打他的妻子，妻子於是離開他。
愛斯特班進入政壇，代表保守派參選。布蘭卡的女兒阿爾巴上大學，愛上社會主義者。左派贏得選舉，佩卓擔任部長，愛斯特班的財產被充公，於是參與政變計畫。但是軍事政變發生的時候，一切都走樣，愛斯特班非常失望，於是和布蘭卡重修舊好，幫助佩卓逃亡，將阿爾巴救出集中營。
聽起來蠻實際的，卻完全偏向神祕故事——有人頂著綠色頭髮，飛過房間，能夠預視。文學批評家並不看好，然而依然獲得全球成功。

瑪格麗特‧莒哈絲 Marguerite Duras
情人
L'Amant

三〇年代初期，越南還被稱為印度支那，是法國的殖民地，這部自傳性小說的故事就發生在這裡：敘述者，一個十五歲的女孩（在印度支那長大的法國人），認識一個年紀明顯大上許多而且富裕的華人，開始和他發生關係。
她的母親大為震驚（和華人發生關係是敗壞風俗），卻容忍這樣的關係，因為她獲得金錢利益——無名女主角的哥哥也是，他的賭債都由這個華人償還。最後他還買了船票讓這一家子法國人能回到故鄉。除此之外，這個華人也對社會關係有其義務，聽從父親的願望和好家世的華人女性結婚。
敘述者回到法國的時候十八歲，這時她才知道自己是真的愛那個年長的華人，試著遺忘他，讓自己完全投入寫作。幾十年後，華人打電話給她，對她說明自己依然愛她。
噢，好美的愛情故事！但是就文學來看是雜亂的——時間上的跳躍，多個敘述觀點，有時相當突兀，不一定能讓人沉醉其中，而且和電影完全不一樣。

福克蘭戰役	Commodore 64 電腦問世	赫爾穆特‧柯爾 成為德國總理	芭芭拉‧卡特蘭一年之內 完成 23 部小說	發現 愛滋病毒	第一個文字處理程式 （微軟 Word）

1982

《水音樂》 T.C. 波伊爾	《精靈之屋》 阿言德	《暗殺》 哈利‧慕里施	《紫色姊妹花》 愛麗絲‧華克	《比利時的哀愁》 雨果‧克勞斯

1983

米蘭·昆德拉 Milan Kundera
生命中不能承受之輕

L'nsoutenable Légèreté de l'être

八〇年代大學生最愛的作品！發生在布拉格春天期間：托瑪斯（成功的外科醫師，追尋性愛冒險）認識了泰瑞莎（女侍，追尋偉大的愛），兩人展開一段關係，托瑪斯情事不斷，泰瑞莎默默地承受，因為她知道若非如此將會失去他。

布拉格春天被粗暴地鎮壓之後，兩人逃到瑞士，托瑪斯在那裡找到工作和一個舊情人。泰瑞莎轉身離去，回到布拉格，托瑪斯即隨著她回去。然而當他拒絕和政權合作，他就失去醫師的工作，必須洗窗戶維生。最後他們搬到鄉下，在生產合作社工作，兩人死於汽車意外。

這部長篇小說因為出版審查，直到2006年才首次以捷克文出版。

派屈克·徐四金
Patrick Süskind
香水

Das Parfum

十八世紀的巴黎，尚－巴普提斯特·葛奴乙是個奇怪的人。他本身沒有任何氣味，但是他擁有絕對的嗅覺。有個特別好聞的女孩，在他的聞嗅狂喜之中被他扼死。

葛奴乙去當香水師的學徒，來到葛拉斯，他試著在這裡研製一種人的香氣。為了這個目的，他殺死許多年輕的女性，以保存她們的香氣。他被逮捕並被判死刑，處決當天有成千上萬的人來看著他死去。然而突然間，葛奴乙在他們眼中根本不是殺人犯，而是很棒的人——因為他散發著不可思議的香味。葛奴乙塗著他的香水，那是用處女的香氣製造而成。

不是處決而是一場醉人的性愛狂歡：葛奴乙投身向犯罪者和妓女，他們卻出於極端的佔有慾而將他殺死。

保羅·科爾賀 Paulo Coelho
牧羊少年奇幻之旅

O Alquimista

年輕的安達魯西亞牧羊人山提亞哥想要認識這個世界，因為他夢想金字塔的寶藏，首先前往埃及。他來到一個綠洲，愛上法蒂瑪，並且遇到一個煉金師，煉金師說服他繼續尋找寶藏，雖然他寧可和法蒂瑪待在一起。

山提亞哥在路上認識生活這個學校的各種事物，以及學到重要的一課，也就是傾聽自己的內心。期間也曾經變成風。

最後他在安達魯西亞的家裡發現寶藏，並且和法蒂瑪結婚。這時他知道應該隨時嘗試活出自己的夢想，那麼愛情也會隨之順利。

巴西作家科爾賀在德國首部成功的作品，接著出版了其他具有類似神祕內容的作品——讀者大感興奮，文學評論家則不怎麼樂見。

英國礦工罷工	拯救生命（Live-Aid）慈善演唱會	貝克十七歲贏得溫布頓網球賽
1984	1985	1988

《情人》莒哈絲	《生命中不能承受之輕》昆德拉	《香水》徐四金	《牧羊少年奇幻之旅》科爾賀

文學星座圖

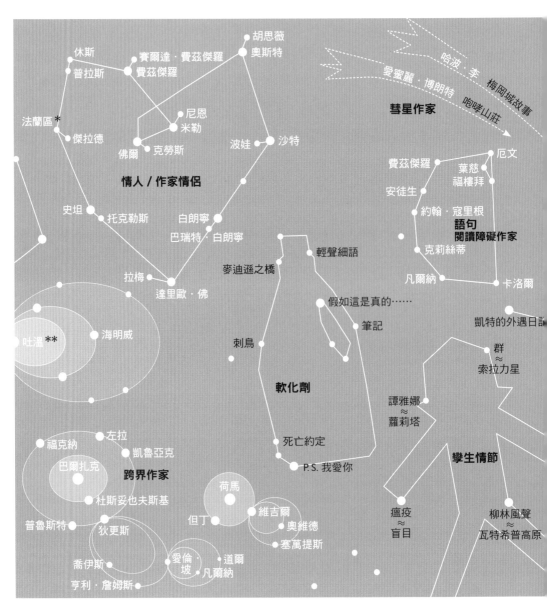

胡思薇
奧斯特

休斯
普拉斯
賽爾達·費茲傑羅
費茲傑羅

哈波·李　梅岡城故事
愛蜜麗·博朗特　咆哮山莊

彗星作家

法蘭區*
傑拉德

尼恩
米勒

波娃　沙特

佛爾　克勞斯

費茲傑羅　葉慈
福樓拜
安徒生

厄文

情人／作家情侶

約翰·寇里根

語句
閱讀障礙作家

史坦　托克勒斯

白朗寧

巴瑞特·白朗寧

麥迪遜之橋

輕聲細語

克莉絲蒂

凡爾納　卡洛爾

拉梅
達里歐·佛

假如這是真的……

筆記

凱特的外遇日記

吐溫**　海明威

刺鳥

群
≈
索拉力星

軟化劑

譚雅娜
≈
蘿莉塔

變生情節

死亡約定

左拉

福克納

凱魯亞克

巴爾扎克

跨界作家

P. S. 我愛你

瘟疫
≈
盲目

柳林風聲
≈
瓦特希普高原

杜斯妥也夫斯基

荷馬

普魯斯特　狄更斯

但丁　維吉爾
奧維德
塞萬提斯

喬伊斯

亨利·詹姆斯

愛倫
坡　道爾
凡爾納

＊譯注：尚恩·法蘭區（Sean French）和妮基·傑拉德（Nicci Gerrard），英國作家，兩人以妮基·法蘭區的筆名合著犯罪／恐怖小說。

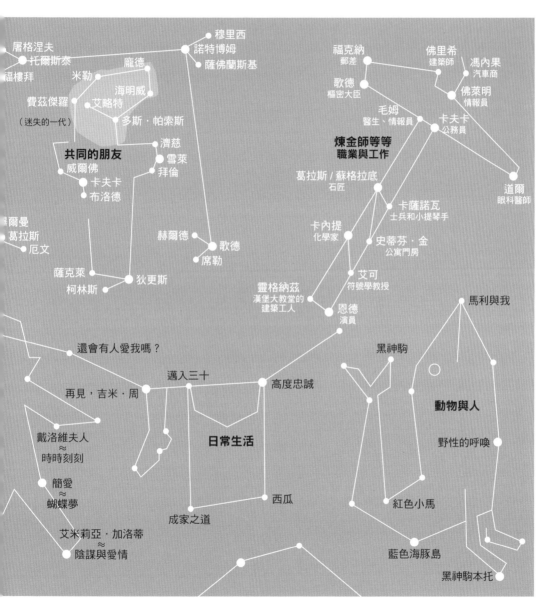

屠格涅夫
托爾斯泰
福樓拜
米勒
龐德
穆里西
諾特博姆
薩佛蘭斯基

費茲傑羅
艾略特
海明威
多斯·帕索斯

（迷失的一代）

共同的朋友
威爾佛
卡夫卡
布洛德

濟慈
雪萊
拜倫

福克納
郵差
佛里希
建築師
馮內果
汽車商

歌德
樞密大臣
佛萊明
情報員

毛姆
醫生、情報員
卡夫卡
公務員

煉金師等等
職業與工作

葛拉斯／蘇格拉底
石匠

道爾
眼科醫師

羅爾曼
葛拉斯
厄文

赫爾德

歌德
席勒

薩克萊
柯林斯
狄更斯

卡薩諾瓦
士兵和小提琴手

卡內提
化學家

史蒂芬·金
公寓門房

靈格納茲
漢堡大教堂的
建築工人
恩德
演員

艾可
符號學教授

還會有人愛我嗎？

邁入三十

再見，吉米·周

高度忠誠

黑神駒

馬利與我

動物與人

戴洛維夫人
≈
時時刻刻

簡愛
≈
蝴蝶夢

日常生活

西瓜

野性的呼喚

艾米莉亞·加洛蒂
≈
陰謀與愛情

成家之道

紅色小馬

藍色海豚島

黑神駒本托

**馬克·吐溫的作品影響了許多美國作家，海明威曾論及吐溫：「整個美國文學都源自馬克·吐溫的一本書：《頑童歷險記》，之前什麼都沒有，之後也沒有可與比擬的作品。」

貝努娃特・葛胡 Benoîte Groult

如果你不再為我心跳

Les vaisseaux du cœur *

情節

家世好的女孩遇上布列塔尼的漁夫，和他一起體驗最棒的性愛，而且在幾十年當中一再發生。

稍微詳細說明：喬琪認識高文很久了，他們家族定期到布列塔尼半島度假，但是有年夏天——喬琪十八歲，高文二十四歲——純真年代一去不返；兩人夜間在海裡游泳，一發不可收拾。

之後他們有段時間不見，但是一旦見面，又重新陷入激情之中。

基本上就這樣持續下去：他們碰面，然後上床。在某個時間點，高文雖然向喬琪求婚，但是——哎，階級差別！喬琪可不怎麼樂意和個漁夫一起生活。

然後是一段熄火期，高文和村子裡的一個女孩結婚，生了四個孩子。喬琪和成功的男人結婚，生了一個兒子，然後離婚。

突然間，他們偶然在非洲相遇，往昔的激情重新燃起。他們終於能在塞席爾島上度過一個比較長的愛情假期，其他假期隨之而來。

最後喬琪嫁給一個友善、聰明的婦科醫生，卻依然渴望和布列塔尼漁夫的性愛。

直到高文去世之後，喬琪才發現自己其實很愛高文。

小道消息

整個故事都是自傳性的：葛胡雖然沒有布列塔尼的漁夫，但是有個美國飛行員，兩人於1945年陷入愛河，五十年來定期相會（中間相隔數年），雖然她這期間結婚多次。

這部小說長時間被視為家庭主婦的色情小說——然而或許正是因此而大為暢銷。目前葛胡被視為女性主義作家……

名言

> 高文在珍愛她的期望，以及火山爆發似的、想要立刻在她體內噴發的渴望之間搖擺。

同中有異

不管是不是女性主義，同樣穿越幾十年的滿溢激情，可以在《刺鳥》當中看到，作者是柯林・馬嘉露。洛夫神父不許愛上美麗的瑪姬，但還是經常和她發生性關係。不是自傳性作品，馬嘉露個人的故事還更悲慘。

---

* 法文標題翻譯過來是冠狀動脈：一語雙關！一方面代表令人心痛的愛，另一方面則是醫學性的：故事結尾，戈萬死於冠狀動脈繞道手術。

保羅・奧斯特 Paul Auster

月宮
Moon Palace

情節

第一人稱敘述者馬可・史丹利・佛格回憶他六〇年代的成長期。十一歲的時候他變成孤兒，在叔父身邊和寄宿學校裡長大。馬可二十歲的時候，叔父過世，他也大受影響，沒錢也沒有賺錢的技能，最後他流落街頭。

完全走到盡頭之際，他被從前的室友——中國籍大學生凱蒂——拉了一把，一切都漸入佳境：和凱蒂的愛情、新朋友、打工，然後受雇為富有的暴君老人艾芬誦讀。艾芬告訴馬可自己的人生故事，讓馬可把故事寫下，好寄給艾芬的兒子（所羅門）。艾芬還把許多錢分給窮人，然後過世。

四個月後，所羅門和馬可連絡，然後很快發現自己認識馬可的母親，幾回戲劇性轉變之後（凱蒂懷孕，堅持墮胎，兩人分手，馬可搬去和所羅門同住，兩人一起前往芝加哥到馬可母親墳前），還發現所羅門正是馬可的父親！！在後續戲劇性轉變之後（所羅門跌入未覆蓋的墳墓而死亡，凱蒂不願復合，馬可放了一萬美元遺產的車子被偷），馬可徒步前往加州，展開新的生活。

小道消息

主角的名字馬可・史丹利・佛格是紀念三個旅人：馬可・波羅（探索者）、亨利・莫頓・史丹利（非洲研究家）和菲拉斯・佛格（凡爾納小說中的環遊世界者）。

作者

保羅・奧斯特是當代最著名的美國作家之一，也許是最有魅力的：深膚色、髮型完美、有力的眼神。他和女作家席莉・胡思薇（根據他本人的說法）維持一種很棒的開放婚姻關係，他們非常美麗的女兒是個歌手。

奧斯特每天以極小的筆跡寫作——然後用打字機謄稿，面對電腦他有許多疑慮——有可能瞬間一切都消失！他甚至為自己鍾愛的旅行用打字機奧林匹亞（1974 年以 40 美元購得）寫了一本書。

肯‧弗雷特 Ken Follett

上帝之柱

The Pillars of the Earth

情節

這部偉大的中古世紀悲劇史詩的最初幾頁就讓人潸然淚下：石匠湯姆‧畢爾德的妻子艾格妮絲必須在寒冷的森林裡生下孩子，而在分娩時死去，湯姆無法餵養初生嬰兒，只好把他留在他母親的墳邊。幸運的是孩子被修士發現，帶回就在附近的修道院。

神父菲利普把這個棄兒養大，帶到王橋鎮，他即將成為此處修道院院長。湯姆和他的孩子結識了愛琳，愛琳和她十一歲的兒子傑克住在森林裡。愛琳和湯姆相愛，於是大家就一同上路。最後湯姆被副主教菲利普委任在王橋鎮蓋一座新的大教堂。接著是一些命運的打擊（愛琳必須離開湯姆，菲利普和主教交惡，主教想在別的地方蓋大教堂，因為缺少石塊而使工程延宕），幾年之後愛琳回到湯姆身邊，傑克——此時已是非常有天賦的石匠——愛上艾蓮娜（曾經富有，然後變窮／被搶奪／強暴，生活又過得去了）。菲利普任命傑克擔任建築總監，但是他必須因此加入修道院。

湯姆去世，艾蓮娜違背意願地嫁給了阿佛烈（湯姆的兒子），但是懷了傑克的孩子。傑克逃往西班牙（途中認識了哥德式建築，重要！），大教堂興建出現新的問題，艾蓮娜帶著兒子追隨傑克而去。

最後三個人一起回到王橋鎮，傑克成為大教堂建築師。經過幾年和各種命運打擊之後，傑克和艾蓮娜也被允許成婚，最後連大教堂都完成了！棄兒也得知誰是他的父親，而傑克獲悉他的生父何以死亡。

故事結束在 1174 年，傑克五十歲，計畫重新設計大教堂的圍牆——哥德式，完全符合潮流。

入門提示

……就許多方面來說都非常適合，例如當作第一本厚重讀本：這部小說的篇幅超過一千頁。

或者可當作中古世紀入門：除了主線情節之外，也和普遍的幽暗年代相關，尤其是亨利一世死後的英國。

或者也可以是建築藝術入門：可以從這部小說得知許多有關浪漫時期、哥德式和中古世紀的建築技巧——而且一點都不無聊。

無論如何可以當作歷史小說入門，幾乎找不到其他中古世紀史詩像這部小說一樣，融合了愛情／悲劇／激情／詭計——而且剛好以文學的形式呈現。

小道消息

2007 年，虛構的王橋故事續篇出版：《無盡世界》，故事發生在兩百年之後，是關於一座橋樑的建造（加上愛情／悲劇／激情／詭計和瘟疫），雖然不像《上帝之柱》那樣令人心服，但依然在全球暢銷。

	德國贏得世界杯 足球冠軍	東西德統一	二次波灣戰爭	第一部城際高速列車 （ICE）	
1989 《上帝之柱》 弗雷特	1990 《隱之書》 A.S. 拜雅特		1990-91	1991 《蘇菲的世界》 喬斯坦‧賈德	《無臉殺手》 賀寧‧曼凱爾

——

★1949 年生於威爾斯

——

「我不想變成抱著中
古世紀書籍那種人」

——

值得到 youtube 上輸入"ken
follett damn right"（肯·弗
雷特「他媽的好」樂團）：
英語輕小說的大老爺讓滿
室都搖滾起來！在他的網
頁上，甚至可以看到他穿
著無袖的背心和美國星條
旗短褲，令人吃驚！

肯·弗雷特有如以絕對紳士之姿來到這個世界，白色的頭髮呈現柔順的波浪，深色的西裝／襯衫／領帶和不列顛式輕描淡寫的微笑。

但是起初他的書根本不是那麼暢銷，對於記者的工作也感到沮喪，弗雷特很早就開始寫作，在晚上下班的時候。他的故事也真的被出版了，然而幾乎沒有讀者。直到弗雷特贏得超級盃：《針之眼》，一部諜報－恐怖小說，故事發生在第二次世界大戰。他在寫作本書的時候就發覺自己完成了某種特別的東西，某種明顯優於他之前所寫的，他對太太說：「這真是太棒了。」而他說得對，《針之眼》在全球登上暢銷排行榜，肯·弗雷特一夕成名。

因為《針之眼》是那樣成功，他於是繼續寫了其他的間諜故事——也都是成功的小說，他後來的科學恐怖小說也是。然而他的（女性！）讀者最喜歡的還是他的《上帝之柱》和續篇《無盡世界》。

但是他不想就此固定在中古世紀，六十歲出頭又開始一項非常有野心的計畫：《世紀神話》，弗雷特想以三部的篇幅，描述二十世紀西方文明的故事——從 1914 年到柏林圍牆倒塌的 1989 年。

一旦他對十分耗費精力的資料蒐集、規律的寫作和閱讀感到厭煩，他就登上另一個舞台——和他的藍調樂團「他媽的好」。

比爾·柯林頓
成為美國總統

德國實施五位數
郵遞區號

盧安達種族屠殺

1992

1993

1994

《發現天堂》
哈利·慕里施

《國境之南·太陽之西》
村上春樹

《真情快遞》
安妮·普露

《盲目》
若澤·薩拉馬戈

尼克·宏比 Nick Hornby

高度忠誠 / 失戀排行榜

High Fidelity

情節

羅布三十五歲，是個倫敦生意不好的唱片行老闆，剛被女朋友蘿拉拋棄。羅布欺騙了女朋友，雖然她懷孕了但他卻不知道，因為蘿拉沒有告訴他，因為她知道羅布欺騙了她。羅布起初相當生氣，尤其當他知道蘿拉顯然和伊安在一起，伊安一直到前一陣子都住在他們樓上的公寓裡，他們一直聽到樓上的床事，蘿拉曾說「持續不斷」，這個註解如今對羅布而言是最後一擊。他不肯服輸，和瑪麗上床，卻沒有達到期望的效果。他不斷想到蘿拉，慢慢地意識到自己犯了錯。

這時他想到個點子，找到自己過去前五名的前女友*，找出何以和這些女孩子無法長相廝守的原因。這時候蘿拉和伊安的進展也不怎麼順利，接著有一天蘿拉的父親去世了。羅布受邀參加喪禮，蘿拉和他又重新接近，最後也重新在一起。

兩人學會一課，但是到最後讀者還是無法得知，羅布是否真的成熟了。小說最後幾頁，羅布又愛上一個女記者，又開始遺憾自己和蘿拉的關係再也無法像最初那樣（心動），但是最後一個句子暗示了，或許羅布已準備好邁入新的生命階段。

作者

尼克·宏比是個看起來親切又風趣的英國人，曾是教師，兵工廠足球俱樂部的支持者（他的第一部小說《足球熱》也與之相關），他對音樂也相當熱情。自從《高度忠誠》出版之後，他變成流行小說家第一名——雖然沒人知道到底什麼是「流行文學」（Pop-literatur），似乎是鬆鬆的、輕飄飄的描述三十歲左右的日常生活。事實上沒有其他作家能像尼克·宏比這樣充滿幽默而毫不尷尬地處理這個主題。

然而他早已拓展了自己的主題領域，其中包括憂鬱症（《往下跳》）、青少年懷孕問題（《砰！》）以及婚姻問題（《如何是好》）。

同中有異

「有趣，日常生活——我也辦得到！」看到《高度忠誠》的成功之後，許多作家一定會這麼想，而且讀者也要求「有趣，日常生活——多多益善！」，的確有少數幾個作家辦到了，以類似的方式融合樂趣和（一些）水準。好比東尼·帕森斯（《成家之道》；《男人與男孩》），強納森·崔普爾（《還會有人愛我嗎？》）或是艾莉森·皮爾森（《凱特的外遇日記》）。

---

*書中許多前五名的名單之一，其他大部分是歌曲或電影（有字幕的、有史以來、父親、母親最喜歡的電影）。除此之外，羅布也喜歡根據一、二、三或A、B、C列舉來分析自己的生活。這種列表在當時是新玩意兒，被抄襲了幾百萬次。

J．K．羅琳 J. K. Rowling

哈利波特 1-7

Harry Potter 1-7

情節

前史：哈利還是個嬰兒的時候，他的雙親被邪惡的魔王佛地魔所殺害，哈利也應該這麼死去，但是死亡的詛咒反彈回佛地魔，從此以後佛地魔就沒有身體，哈利的額頭上有個漂亮的閃電形狀的疤。

第一部：哈利十一歲，進入霍格華茲魔法寄宿學校，該校由法力強大而親切的阿不思・鄧不利多主持（在這之前，哈利都和愚蠢的親戚一起生活，既不知道自己的出身，也不知道自己擁有魔法力量）。他認識了最好的朋友榮恩和妙麗，立刻就學會了一些魔法技巧，以及騎掃把運動「魁地奇」。他並且阻止佛地魔得到智者之石而永恆不死。

第二部（入學第二年）：恐怖密室裡的怪物對學員發動醜惡的攻擊。哈利、榮恩和妙麗殺死怪物，再次打擊佛地魔。

第三部：危險的殺人犯天狼星越獄，每個人都害怕他會殺害哈利，事實上他的目標是榮恩的老鼠，因為天狼星是哈利的教父，而老鼠其實正是背叛哈利雙親的傢伙。

第四部：哈利必須參加一次非常困難的魔法學校訓練，完成危險的任務。這是佛地魔的詭計，他已經又回到自己的軀體裡。

第五部：魔法部不希望佛地魔回歸的事情曝光，對抗魔王的戰鬥因此困難重重。最後出現一個預言，只有哈利能殺死佛地魔——或是只有佛地魔能殺死哈利。

第六部：鄧不利多幫助哈利找出所有和佛地魔有關的事情，最後也找出關鍵細節，嘗試執行的時候，鄧不利多死亡。

第七部：哈利終於殺死佛地魔。

小道消息

直到目前為止，哈利・波特在全世界已經售出超過四億冊*，之前從未有任何系列童書獲得這樣的關注，粉絲在最新一部正式發售前在書店外過夜排隊，有些書店甚至額外在午夜開始營業。第五部有幾千本在正式發售前從貨車被偷走；羅琳尚未寫第六部之前，在中國就出現偽書。

作者

羅琳花了五年的時間來琢磨第一部——而她當時就知道一共會寫七部。起初沒有人對這個領社會救助金的單親媽媽的手稿有興趣，最後羅琳還是找到一家出版社，幾年之後她變成千萬富婆，從來沒有人靠寫書賺了這麼多錢。

---

*哈利・波特是第一部真正老少咸宜的作品——從此以後，老少咸宜就變成童書出版社的魔咒，因為很能擴展目標族群。

布萊爾成為 英國首相	黛安娜王妃去世	拓荒者號 登陸火星

1997

《慾望城市》 坎蒂絲・布希奈兒	《哈利・波特：神祕的魔法石》 羅琳	《美國牧歌》 羅斯

菲利普‧羅斯 Philip Roth

人性污點

The Human Stain

情節

1998年夏天，美國正因陸文絲基緋聞案而持續處於驚嚇狀態，在這樣的不安氣氛之下，文學教授寇曼‧席爾克稱他兩個從不曾出現的學生是「黑暗角色，害怕課堂的光芒」，他不知道的是這兩個學生正是黑人，因此立刻被冠上種族主義者的罪名。

反駁及無罪抗辯在這個時間不被接受，煽動攻訐開始了，寇曼的妻子死於中風，他提早退休。然而澄清整個誤會對他而言卻是重要的，於是寇曼拜託他的鄰居，作家納坦‧祖克曼寫一本有關他的書，好將一切導正，祖克曼拒絕，卻和寇曼成為朋友。

讀者慢慢地才得知寇曼原來是個黑人，只是膚色很淺。幾十年來，寇曼都能夠隱瞞這個「缺陷」，甚至他的妻子和四個孩子都不知道。為了前途，他否認了自己的非裔美籍家族。

寇曼開始和一個三十四歲的清潔婦佛妮亞（同樣有著困難的生命）談情說愛，好讓自己從這樣的不公平釋懷，卻讓他的大學敵人重新燃起怒火：性剝削！寇曼的孩子也大感震驚。

最後（書的結尾）寇曼和他的情人死於汽車意外。

小道消息

這部小說有許多隱喻藏在文字裡，很難一對一的英－德翻譯──例如：

1. 英文標題裡的 Stain 指的是缺陷、恥辱或是簡單的斑點，因此其中也隱藏針對陸文絲基緋聞的暗示，該案的犯罪事實是沾著精液的衣服。

2. 主角的終生大謊就藏在他的名字裡：寇曼‧席爾克＝炭人‧白絲（Coleman Silk）。

3. 他們究竟存在或者只是鬼魂？這是原文裡寇曼質問缺席的女學生，鬼魂（spook）以前也被用來貶稱黑人。

作者

菲利普‧羅斯是當代偉大的美國作家，《人性污點》是他的傑作。

書中的作家角色納坦‧祖克曼也出現在他許多書裡，是作者的他我，有時是主角，有時是配角──而且越來越老。最後出現的時候（《退場鬼魂》）他已經年老力衰，不舉而且失禁，絕望地試著阻止一個年輕人寫作某個年老作家的傳記，這個老作家是祖克曼非常崇敬的。不應該從作品推測作者的生活，這是本書清楚的訊息……

威而剛	施洛德成為德國總理	陸文絲基醜聞案	谷歌上線	京都議定書簽署		北大西洋公約組織攻擊塞爾維亞
		1998				**1999**
《寡居的一年》厄文	《無愛繁殖》米榭‧韋勒貝克		《時時刻刻》麥可‧康寧漢			《浮華如塵》布列特‧伊斯頓‧艾利斯

強納森・法蘭岑 Jonathan Franzen

修正

The Corrections

情節

蘭伯特一家是相當典型的九〇年代美國家庭：父親（阿佛烈）、母親（恩妮德）和三個孩子（蓋瑞、奇普和丹妮絲），雙親結婚將近五十年，普通的快樂／無聊／相互習慣。然而如今阿佛烈罹患帕金森氏症和性無能，恩妮德想舉辦最後一次家族共度的耶誕慶祝會，這是框架情節。

倒敘中重新評價了家族歷史，尤其是孩子們的生命道路：蓋瑞，成功但是不滿足的銀行家，和他討人厭的妻子，操縱著他的孩子。奇普是文學教授，職業生涯因為和學生的緋聞而被摧毀，然後被捲入立陶宛某項可疑的交易。丹妮絲是頂級廚師，陷入不幸福的愛情——她和主廚夫婦的緋聞最後讓她丟了工作。

蘭伯特的孩子們沒有一個真正滿足於生活，每個人都一再嘗試修正自己的生活和生命規劃。即使是恩妮德在丈夫死後也有新的計畫：她七十五歲，想改變生活裡一些事情——小說就以這句話結尾。

小道消息

歐普拉・溫芙雷邀請法蘭岑上她的節目「歐普拉讀書俱樂部」，但是他根本不想由歐普拉推銷他的書，擔心他的書被庸俗化——法蘭岑認為歐普拉的推薦書單上「只有感傷、沒有深度的書」。他一下子就被脫口秀女王從邀請名單剔除，事後法蘭岑感到遺憾，他表示自己其實沒那個意思。九年後，他的新書《自由》出版，兩人大和解：歐普拉推薦這本書，法蘭岑上她的脫口秀。

入門提示

這本書雖然很厚，但是非常容易讀，入門者可以跳過法蘭岑針對一些主題的長篇大論，好比經濟犯罪或是生化科技。不需要大聲宣揚，隨便翻過去當然是閱讀死罪，但是如果有助於讓文學變得更平易近人，所有的方式（幾乎）都是許可的。

多老？
作家的年齡與死亡

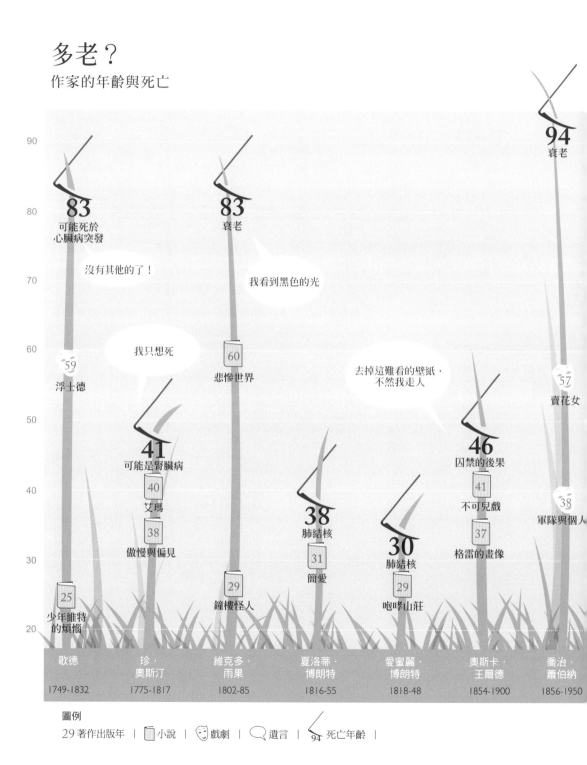

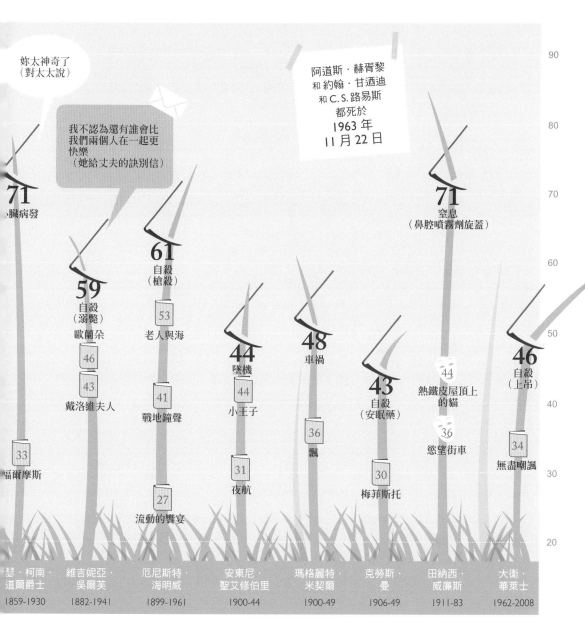

其他死亡原因：酒精／傑克・倫敦｜汽車意外／阿爾貝・卡繆、安東・契訶夫｜決鬥／亞歷山大・普希金｜謀殺（被法西斯主義者）／佛烈德里克・賈西亞・洛卡｜射殺（自殺）／海利希・克萊斯特、杭特・湯普森｜窒息（大笑之際）／安東尼・特洛勒普｜溺斃（自殺）／保羅・策蘭｜瓦斯（自殺）／希薇亞・普拉斯｜古柯鹼／喬治・特拉克爾、戈特弗里德・貝恩

特別精選
快速瀏覽文學作品

傑佛瑞·尤金尼德斯
Jeffrey Eugenides

中性
Middlesex

男／女主角是假性雌雄同體，以卡莉歐普的身分長大，青春期決定要當個男孩，自稱為卡爾。卡爾倒敘家族的故事，他的祖父母是姐弟，第一次世界大戰後移民到美國，這個機會當時是很便利的：他們選擇了新的身分，結婚，生了孩子；他們的兒子又愛上他們表親的女兒，並且結婚，卡莉歐普是他們的女兒──雖然在孩童時代就覺得有些不一樣，但是直到青春期才發現自己是怎麼回事。

是一部家族史詩，希臘－美國的文化衝擊──加上許多笑話、諷刺和詭異，但是不缺必需的嚴肅。獲得普立茲獎！

法蘭克·薛慶
Frank Schätzing

群
Der Schwarm

海洋還擊：鯨魚攻擊，破裂的龍蝦冒出致命的毒液，貝類使船隻翻覆，海蜇毒死漁夫，百萬隻深海毛蟲引發海嘯。全世界的科學家都動員起來，以找出事件的原因。他們發現有種不知名的智慧生物，命名為 Yrr，它們已經受夠人類系統性地摧毀海洋生命空間，因此計畫大規模的毀滅。研究人員和 Yrr 接觸，想說服它們放棄這個打算；軍隊試著殺掉 Yrr。和時間競賽，一千頁長的小說，難以置信的緊湊，使該德語作家取得轟動的成功，他直到目前原本主要寫作地區性犯罪小說。小說出版幾個月後，蘇門答臘因地震引發了大海嘯⋯⋯

瑪贊·莎塔碧
Marjane Satrapi

我在伊朗長大
Persepolis

瑪贊·莎塔碧在第一部裡描述了她在伊朗革命時期的童年。1979 年，何梅尼建立伊斯蘭共和國──對主角瑪吉而言這意味著：不許穿牛仔褲，不許聽西方音樂，相反地要縛上頭巾，要謙卑。她的一個叔叔因為間諜罪被判死刑，有個堂兄必須參加對抗伊拉克的戰爭。瑪吉十四歲被父母送到國外──從這個時間點開始是第二部。
特殊之處在於：《我在伊朗長大》不是小說，以前會被稱為漫畫，如今被稱為繪本小說。聽起來好多了，而且也比單純的漫畫書好。繪本小說指的是畫出來的小說，六○年代就已經出現，但是直到不久之前才被視為文學表現的一種。《我在伊朗長大》讓一切動起來，因為它令人訝異，獲得許多獎項，已經賣出超過百萬本。

	伊拉克戰爭爆發	Skype成立	SARS		印度洋海嘯	臉書成立
2002		**2003**			**2004**	
《中性》尤金尼德斯	《達文西密碼》丹·布朗	《追風箏的孩子》卡勒德·胡賽尼		《群》薛慶	《我在伊朗長大》莎塔碧	《暮光之城》梅爾

史蒂芬妮·梅爾
Stephenie Meyer

暮光之城
Twilight

十七歲的貝拉愛上愛德華，可惜他是個吸血鬼。雖然愛德華屬於放棄吸食人類血液、只吸動物血液的家族——但是當然依舊不會讓故事變成幸福的愛情故事。此外，當地很快就出現其他的吸血鬼，他們絕對是把人類當目標，尤其看準了貝拉。貝拉驚人地很快就順應現況，也不介意讓吸血鬼咬一口，因為成為不死一族，她和愛德華的關係也會容易一些。相反的，愛德華希望貝拉至少讀完大學，於是和他的家族成功擊退邪惡的吸血鬼。

吸血鬼為主角的《羅密歐與茱麗葉》——其實是為十四歲的青少年所寫的，但是讀者群年齡層很快擴展開來。

強納森·薩佛蘭·佛爾
Jonathan Safran Foer

心靈鑰匙
Extremely Loud and Incredibly Close

九歲的奧斯卡，他的父親死於 2001 年的 911 恐怖攻擊，在父親的遺物中，奧斯卡發現一個寫著「布萊克」的信封，裡面有著一把鑰匙，於是找遍全紐約，想找到鑰匙可以開啟的那扇門。後來發現布萊克是奧斯卡的祖父，他不僅失去了他兒子，而且也在幾十年前的德勒斯登大轟炸當中失去他的摯愛。

這是以 911 為主題的無數小說之一——也許是最成功的一部，因為恐怖攻擊不是主要情節，而是當作背景。但是佛爾也必須承受許多批評：小主角太過於難以置信，整個故事太過媚俗。

珍妮佛·伊根 Jennifer Egan

時間裡的癡人
A Visit from the Goon Squad

故事關於任何可能的事物，但是主要關於音樂。製作人班尼·薩拉查想到他動人的過去，然而當下和未來也一樣美好（當然有許多性和毒品）。特別的加分點：變換的時間層次、觀點和不同的敘述形式——有一章寫得像簡報軟體的報告，讓批評家有點消受不了。現代！實驗性！總有點像臉書！搖滾！呃，龐克。超級好的銷售數字，作者獲得許多讚譽和榮耀（其中包括普立茲獎）。

拉慶格成為教宗	梅爾克成為德國總理	全球經濟危機	歐巴馬當選美國總統	海地大地震	日本大地震	希拉蕊·曼特爾（二度）獲頒布克獎
	2005《心靈鑰匙》佛爾		2008《現金》理查·普萊斯	2010《時間裡的癡人》伊根	2011《格雷的五十道陰影》E.L. 詹姆絲	2012《臨時空缺》J.K. 羅琳

其實……

多、更多、再多一點！

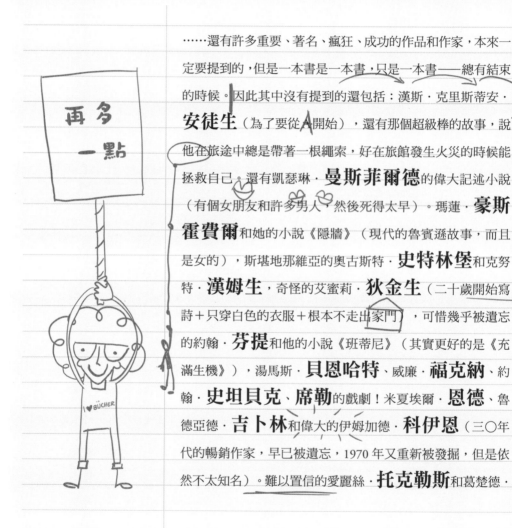

……還有許多重要、著名、瘋狂、成功的作品和作家，本來一定要提到的，但是一本書是一本書，只是一本書——總有結束的時候。因此其中沒有提到的還包括：漢斯‧克里斯蒂安‧**安徒生**（為了要從A開始），還有那個超級棒的故事，說他在旅途中總是帶著一根繩索，好在旅館發生火災的時候能拯救自己。還有凱瑟琳‧**曼斯菲爾德**的偉大記述小說（有個女朋友和許多男人，然後死得太早）。瑪蓮‧**豪斯霍費爾**和她的小說《隱牆》（現代的魯賓遜故事，而且是女的），斯堪地那維亞的奧古斯特‧**史特林堡**和克努特‧**漢姆生**，奇怪的艾蜜莉‧**狄金生**（二十歲開始寫詩＋只穿白色的衣服＋根本不走出家門），可惜幾乎被遺忘的約翰‧**芬提**和他的小說《班蒂尼》（其實更好的是《充滿生機》），湯馬斯‧**貝恩哈特**、威廉‧**福克納**、約翰‧**史坦貝克**、**席勒**的戲劇！米夏埃爾‧**恩德**、魯德亞德‧**吉卜林**和偉大的伊姆加德‧**科伊恩**（三〇年代的暢銷作家，早已被遺忘，1970年又重新被發掘，但是依然不太知名）。難以置信的愛麗絲‧**托克勒斯**和葛楚德‧

史坦（＝瘋狂又可愛的一對，在史坦位於巴黎的沙龍裡，他們所有人後來都變得非常有名——海明威等人＋畢卡索一伙人），道格拉斯·亞當斯（不僅是《便車》系列，還有《最後一眼》——是和動物有關的！），《第凡內早餐》（光是荷莉·葛萊特利這個名字就該永遠感激楚門·卡波提），娜汀·葛蒂瑪（總是和南非有關），美妙的安娜·戈華達（《在一起，就好》，最愛的小說！），《安琪拉的灰燼》＝自傳＋更多法蘭克·麥考特的作品（普立茲獎！），還有唐娜·塔特的《校園祕史》（緊張，大學＋希臘悲劇）。約翰·葛里遜／九〇年代的恐怖小說之王（《黑色豪門企業》是地下鐵暢銷書第一名），村上春樹，加寶·

瓦沙利俗氣的心痛小說《蒙普迪》（《鴛鴦夢》）。其他更多莎士比亞作品（《羅密歐與茱麗葉》或《哈姆雷特》——本書的問題就在這裡……），米榭·韋勒貝克的《無愛繁殖》（陰沉的小說，但是很快就被貼上「潮書」的標籤，也許因為其中非常豐富的性愛情節），克莉絲塔·沃爾夫的《分裂的天空》，彼得·霍格的《雪中第六感》（突然間所有的人都知道，因紐特人對雪有一百種以上的形容詞，其實根本不對，那些字只是詞素而已），路易斯·貝格利，若澤·薩拉馬戈，理查·鮑爾斯，伊恩·麥克尤恩、大衛·福斯特·華萊士——《無盡嘲諷》（瘋狂……），或是寧可要有趣得可怕的……沒有我的未來…

真可惜，一切都過去了

《冒險島》中菲利普‧曼納林如是說